原来

姹紫嫣红开遍

散文 海外版

2013—2014 精品集

散文海外版编辑部　编

天津出版传媒集团

百花文艺出版社

图书在版编目（CIP）数据

原来姹紫嫣红开遍 / 散文海外版编辑部编. ——
天津：百花文艺出版社，2015.1
（2013~2014《散文海外版》精品集）
ISBN 978-7-5306-6591-6

Ⅰ.①原… Ⅱ.①散… Ⅲ.①散文集–中国–当代
Ⅳ.①I267

中国版本图书馆 CIP 数据核字(2014)第 303043 号

责任编辑：李 跃　　　装帧设计：蔡露滋

出版人：李勃洋
出版发行：百花文艺出版社
地址：天津市和平区西康路 35 号　　邮编：300051
电话传真：+86-22-23332651（发行部）
　　　　　+86-22-23332656（总编室）
　　　　　+86-22-23332478（邮购部）
主页：http://www.bhpubl.com.cn
印刷：永清县金鑫印刷有限公司
开本：720×970 毫米　　1/16
字数：196 千字　　图数：3 幅　　插页：2 页
印张：18.25
版次：2015 年 1 月第 1 版
印次：2015 年 1 月第 1 次印刷
定价：38.00 元

目 录
Contents

辑三

辑一

散文 海外版

Essay
Overseas
Edition

2013—2014 精品集

离我太远了，皮兰

冯骥才

如果世界上有一个地方从来没听人说过，去了之后却永难忘怀，这个地方就是皮兰。

对我来说，它实在太远；我在"远东"，它藏在地球西边亚得里亚海最上端那个海湾，好像掖在欧洲的胳肢窝里。如果驱车从维也纳向南穿过山重水复的阿尔卑斯山，越过边境，路经斯洛文尼亚那个出名的小巧的首都卢布尔雅那，往西不停地开下去，再沿着亚得里亚海的海边弯弯曲曲前行，然后不知不觉驶入一条狭长的伸入大海的极小的岬角；皮兰就在这天涯海角似的地方。

这个只有四千多人的小小的中世纪的古城，密集着层层叠叠两三层的小楼，全是雪白的墙和砖红色的尖顶。如果艳阳高照，白墙更白；一场雨后，红顶瓦变为深红——再给湛蓝、深郁和辽阔的大海一衬，色彩分外独特又鲜艳。这时，偶尔飞来几只极黑的乌鸦，醒目地落在屋顶或烟囱上。如此的景象，叫谁看了不醉？

皮兰就像大地鲜亮的舌尖，伸进大海，舔弄着无穷而清凉的碧涛。

走进皮兰，不像进什么名城，心理上会有意无意做点准备。在皮兰海边散着步，边走边看海上的美景，不经意就走到它城中心的广场上。我试了一下，从海边到广场只需要二百步。广场是圆形的，广场周围的建筑排成U形，开口处对着大海。海鸥与海风可以更轻易地来到广场上。这就使我看到它源自一个原始码头而一直开放着的历史。

欧洲的广场无论大小，四周的建筑都是城市的门面。皮兰的门面可没有花团锦簇般的大厦，一律是墙面斑驳甚至是破损的老楼，然而它们简朴、素雅、沉静，像中世纪的农夫农妇、工匠市民平和地站在那里；铺满广场的石板石钉早已磨得光亮，像铁的；一些长长的石条凳围着广场放了一圈，人们三三两两坐在上边消闲，一看便知是本城的百姓；两个女孩坐在那里逗狗，一个女孩的长发金得发亮；一位老妇人抱着婴儿晒太阳，旁边坐着个老头，舒舒服服打着瞌睡；一群男子在下棋，其中一个中年男人穿着很漂亮的海员制服，帽檐却斜着。广场上小孩子们在踢球。年轻的父亲在教他的孩子学步，孩子张着胳膊摇摇晃晃走在前边，父亲笑呵呵跟在后边，走着走着，情不自禁地和孩子走的姿态一样了。

皮兰湾很静，适合扬帆出海，这里有桅樯如林的小码头；皮兰的海水比矿泉水还干净，海边的岩石上常常会躺着一个泳装女子沐日，粗粝的石块和光嫩的皮肤强烈地对比着；海鸥们常常在急转弯时发出一声响亮的尖叫。

偶尔能看到一两个背包的旅行者站在广场中心向四边贪婪地拍照。

皮兰的地标是在城中鹤立鸡群般高高耸起的尖顶的钟楼，它叫人想到威尼斯圣马可大教堂的钟楼，只是更简约更古朴一些。皮兰历史上曾属威尼斯王国管辖。有人称它是"袖珍的威尼斯"。但它在同海的关系上与威尼斯不同：它像是站在海边的礁石上，向大海眺望；威尼斯已经光着两只脚站在海里了。

可是，它被威尼斯统治太久了，广场立着一块石头旗桩，上边刻着的年号是1466，它是威尼斯王国时代的遗物吧。在威尼斯统治的漫长的五百年里，它骨子里已浸入太多意大利人的气息与气质。尤其是对历史的态度。街头巷尾处处可以看到历史的见证。一棵与一根石柱死死缠成一体的古藤，东一块西一块有刻痕的建筑残石，多半已经锈烂在土里的铁锚……没人去动它们。让它们以历史的原状存在。城中还有些中世纪的残垣断壁，更是地面上的文物。用不着标明"文保单位"，也被人们当作"沉默的老者"备受尊崇地活在人间。比如一座中世纪的修道院，早已荒芜，仅存中庭，只有一些残损的雕像或兽头放在廊子上，其他空空如也；人们把庭院打扫干净，却任由野草丛生，播放一些古典音乐——用音乐唤起的想象与情感装满它。这不是意大利人擅长做的事吗？

没有人去拙劣地添油加醋，或者去涂脂抹粉"打造"它。历史是不需要加工的。

无形的音乐是一种灵魂。古典音乐是历史的灵魂，皮兰人用它来轻轻唤醒历史。

它原本就是一块音乐的土地。早在17世纪这里诞生了作曲家和小提琴家塔替尼(1692—1770)。塔替尼那部堪称小提琴"绝品"的《魔鬼的颤音》，其指法与弓法难度之高至今无人超越；作品诡异、超凡、变幻莫测与难以捉摸。塔替尼说他这部音乐来自一次梦中魔鬼的指点，他只不过梦醒之后，把依稀记得的音乐记了下来。这并不一定是故弄玄虚，至少他本人再没有写过与此类似的作品。

皮兰人在塔替尼去世二百年时，仍然怀念他，以他为荣，便制作一尊雕像放在广场的中心。雕塑家的想法很有创意，特意将雕像做得和真人一般大小，看上去好像他们的塔替尼又回来了——拿着小提琴跳在台子上正往前走。在宽阔的广场上，雕塑显得小，但他占满了皮兰人的心。从此皮兰人称这广场为塔替尼广场。

真正的雕像都是为了一种精神，不是城市广告。

最深厚的皮兰还是在城中往复回绕的哥特式的老街老巷里。历史的空间向例窄仄。今天的皮兰没有为了"扩大旅游经济"而去放大街道尺度。老墙老屋老门老窗一切依旧，房中的生活设施却正在"现代化"。

他们依旧在窗口伸出杆子晾晒衣服,依旧在窗框上挂满花盆,让五颜六色的花朵镶在阳光射入室内的地方;然而,钻进一些地下室地洞似的小门,里边艺术家工作室的照明、通讯与生活设施却十分现代。这些艺术品店很少出售千篇一律乏味的旅游商品,多是艺术家富于个性的创造。不论是陶瓷、玻璃制品、木石雕刻,还是铁艺、布艺与千奇百怪的艺术化的日常物品。他们尊重历史,却又不是"靠山吃山、靠水吃水";不是一个劲儿在"非物质文化遗产"身上拼命挤奶。

这样的文化才是真正活着的。

山上教堂的钟声响后,一对新婚的男女走下来,穿着白纱裙的新娘一手拈着一朵挺大的红玫瑰,眼睛很美;新郎的脸上溢满幸福。两人穿过广场时,没人上去看热闹,只是几个本城人远远站着,笑嘻嘻看着这两位年轻的熟人。

他们手牵手穿过广场,偶尔会情不自禁停下来,亲吻一下,再走,就像他们的祖父祖母。

美好的传统就这么悠然自得地传承下来。

只可惜它离我太远了,皮兰。

乡村燕事(外一篇)

李存葆

"烟柳飞轻絮、麦垄杏花风"的时节,我回到家乡,又看到了燕子续窝筑巢。

老家有堂屋十间,辟为两个院落。家母住在东院,五弟一家住在西院。斯时,东院的房檐下,有两对新燕正在垒窝,"工程"已经过半。四只燕子一会儿衔着紫泥砌巢,一会儿又箭一般地消失于云缝。五弟院落的屋檐下和大门过道的檩梁上,各有两窝燕子,它们的旧巢仍在。四双燕子,跳进跳出,飞去飞来,衔来草屑、羽毛,在为生儿育女铺设舒适的软床。它们有的还从窝中探出头来,睁着亮晶晶的眼睛,友善地打量着我这陌生之人。

古人对家燕有春燕、劳燕、双燕、旧燕、新燕、喜燕、征燕等多种称谓。在我的故乡,燕子向被父老乡亲视为勤劳鸟、唱春鸟、恩爱鸟、仁义鸟、灵异鸟。见六双燕子同时在我家筑窝安居,老母亲笑了,五弟一家乐了。一种"春燕归来与子游"的喜悦之情,也在我的心中荡漾。

美是心灵自由的伴侣。在生命的初始阶段,我的心是随着燕子在这片故土上一起飞翔。后来,随着尘世的冲刷、阅历的丰富,我愈来愈感到:世上的鸟儿,没有比家燕更为美丽的了。

小燕子虽没有白鹤亭亭玉立的身姿,也不像孔雀总是拖着翠色的长裙,但燕子的体型颀长而又匀称,丰满而不失婀娜,称得上无瑕可摘;

它的羽背深黛幽蓝,纯净光亮;它的胸脯洁白如玉,素雅明快;再加上它那剪刀似的开合自如的尾叉,更让它的周身贯注了美的神韵。选择自然之美,是人类创造过程中的第一道程序。毫无疑问,欧美人所钟爱的燕尾服加白衬衣,就是按照燕子的装束剪裁出来的。

燕子的灵动之美,还展现在它的飞翔上。它们狭长的翅膀,分叉的尾巴,是飞翔的利器。无论是斜飞还是平飞,无论是高翔还是低回,无论是掠水而过还是凌虚直上,它们总是那样轻盈而敏捷,俊逸而从容,一道曲线连着一道曲线。它们连贯的飞态,从不同角度看,无一不美。毋庸置疑,燕子是飞翔的天才。

燕子的美丽,还在于它们那迷人悦耳的歌唱。燕子的呢喃,有时是畅快的、恣情的、甜熟的;有时是缠绵的、舒缓的、幽微的。无论是呼儿唤雏时的甜润,还是双燕恩爱时的婉转;无论是捕虫捉蛾时的激越,还是门墙小憩时的委婉,它们的鸣唱总似细溪淙淙,清扬活泼,绝不像雄鸡长鸣时那样击人耳鼓,更不像麻雀争食时的唧唧喳喳,惹人心烦。我以为,"呢呢喃喃"这一象声词,只能用于燕子。燕子的各种鸣唱,不火不躁,如吟如诉,总能使人们在兴奋中获得宁静,在消沉时受到鼓励,在愁闷时得到慰藉。

燕子是春天的音符,乡村的音籁。当它们呢喃的清音打破了村舍的静谧时,冰雪已经消融,春也在河谷、山坡蹒跚、摇曳。在我看来,三春的颜色,之所以飘落在大地丰厚的肌肤上,是春燕舞出来,唱出来的。春燕的歌声,唱出了农人积蓄了一个冬天的发自内心的企盼和真情。燕子运用音色和力度的变幻,唱得"红入桃花嫩,青归柳叶新";唱得"小雨晨光内,初来叶上闻";唱得"疏畦绕茅屋,林下辘轳欢";唱得"榆荚钱生树,杨花玉糁街";唱得"黄犊尽耕稀旷土,绿苗天际接旁村";唱得"蚕娘洗茧前溪渌,牧童吹笛晚霞湿";唱得"田舍翁,老更勤,种田何管苦与辛"……春燕的舞是安琪儿的舞,春燕的歌是安琪儿的歌,农人和着春燕的韵律和节拍,共同描绘出凡物可尽其性、色彩可嵌入人们永恒记忆的春天。

在所有的鸟类中,未经驯化便与人类最亲近者,莫过于家燕了。家燕像虔诚的教徒一样,以神意为最高命令,以时令为最高法则,每年春分北来,秋分南归,年年如此,岁岁如斯。人与燕子同居一室,相敬如宾,该是史前人类结庐而居时就有的事了。这种存在,应视为上苍给人与燕这两种敏感的生物,所制定的心照不宣的"无字契约"。

童年的记忆最纯真最真切,对人生的影响也最深久。在我牙牙学语时,信佛的奶奶就一次次地对我叨念:"千万别祸害燕子,祸害燕子会瞎眼。"年龄及长,我又知道,村里即使最顽劣的孩子,也谨遵这句古训。当时,家中那东三间、西三间堂屋中的檩梁上,各有一窝燕子。看着两对老燕子,阴晴风雨中双来双去地翻飞,我因不能摩挲一下它们美丽的翅羽,而引为憾事。

六岁那年的暮春,东堂屋的燕巢里,生了六只小燕子。某日,一双老燕打食归来,六只小燕簇拥着探出头来,同时张开鹅黄的嫩嘴儿,唧唧叫着等老燕喂食。老燕喂雏,一次仅能顾及两只。一只未接到食的小燕,不慎被挤落下来,跌到灶前的柴草上,幸未受伤。我忙扑上前去,把它捧在手里。小燕全身的茸毛像一团绒球,黑眼如同墨晶,仍张着小嘴儿唧唧叫着要食吃,真是可爱极了。奶奶忙找来针线笸箩,并铺上碎棉。待雏燕安置好后,我飞也似的跑到房后溪边的青草丛里,扑来十几只小蚂蚱喂它。此后的二十多天里,捉蚂蚱,逮青虫,喂小燕子,几乎成了我生活的主要内容。小燕子饱啜着我一瞬瞬的殷勤,会跳跃了,能抖翅了。每见我捉虫回来,它就扑棱棱跳出笸箩,欣欣地张开嘴儿,一口又一口地吞食着我随时投送的小蚂蚱。见它羽毛渐丰,我就用左臂架着它,去菜园里,到麦田边,随逮青虫随喂它。这只小燕比窝里的燕雏早两天就会飞了。只要我将它轻轻一抛,它便在我头顶上空打着旋儿地翻飞。我打个呼哨,它就会落在我伸出的食指上。在窝里的燕子都出飞那天,奶奶硬逼着我把这只小燕放飞到它的兄弟姐妹中。每逢老燕新雏从风动的树林、晴蓝的天空翩翩飞来,落到我家院墙、房顶时,只要我左手捏只蜻蜓当头一举,右手打个比示,我喂熟的那只小燕子便会轻灵地飞来,落在我的肩头……

这只小燕子,不仅是我童年时代一首优美的抒情诗,也成为我后来爱心的向导,心灵的晨曦,精神的美酒。

人生的前五十年,写的都是人生"本文",以后的岁月,则都是为这"本文"添加着注释。儿时的经历就像一幅油画,近观时没有看出所以然,今日远看,才能品出这幅画的美感。

母亲和五弟现在住的东西两个院落的十间堂屋,是在我知天命那年建起来的。落成后的第二年,每个院落的房檐下,每年都各有两窝燕子来生儿育女。也就是从那时起,我每逢春夏回乡探亲,自会对儿时钟爱的燕子,格外关注起来。

燕子是人类道德、伦理与行为的一面镜子。

在辛勤方面,燕子当首屈一指。新岁杏月里,春燕从南洋出发,飞越茫茫大海、重重关山,抵达离别了半年的村舍后,不做任何休整,便纷纷忙碌起来。老燕子见旧巢仍在,就叼住时光的分分秒秒,一刻不闲地清理旧窝。新燕子则是飞着吃,飞着喝,飞着洗涤羽毛,飞着衔泥构筑新巢。一双新燕一天都能垒几行泥,十几天就能把新巢筑好。一座"新房"的建成,连接着新燕飞奔的节奏,勤快的旋律。新居筑好,雌燕就急不可待地生卵、抱窝;十五天后,雏燕破壳而出;又三十天,新雏即可出飞。一双燕子在不到五个月里,要生两窝燕子。一窝燕子一般都是五只,两窝燕子就是十个燕宝宝。由于巢窄雏多,燕巢有时会损坏,老燕子会即刻去衔泥修补。老燕在哺育雏燕时,四野抓虫,任劳任怨;泉边衔水,栉风沐雨,一双老燕,每天要打几百个来回,飞出飞进、嘴对嘴地给燕宝宝喂吃喂喝。一只雏燕,老燕在一小时内就要喂食十几次,仿佛有一种神秘的丝线,牵连在老燕和新雏之间。这种天伦之爱的特质,是为爱而爱,不讲任何条件。

对儿女的父责母职,应包含身体和精神两个层面的教化。雏燕出飞时,若有懒宝宝恋栈温柔之窝,赖着不走,老燕子会前引后拥地将它赶出窝外。老燕子在领飞三天后,就再也不让新燕子回窝,让它们风餐露宿,自食其力,绝不留一个"啃老族"。一般在农历六月底,第二窝燕子也出飞了。因离南飞远征的日子还不足两个月,老燕子再也不回窝,它们率先垂范,加大了对第二窝儿女训练的强度。在老燕子的带领下,小燕子演练着俯冲、侧飞、回翔、挺飞等各种动作。它们一会儿从玉米梢上掠向山顶,一会儿从河面冲向云天。暴雨过后,蜻蜓舞晴,正是老燕子带领小燕子练习捕虫准确性的最佳时刻;日暮时分,虫蚊飘忽,又是老燕子统领小燕子操演捉虫精准度的最好时分。经过一番番朝习暮练,小燕子的天性得以充分开发,终使它们一个个都成为百捕百中的"小猎手",成为一架架袖珍的低空"战斗机"。

情爱是一切生物的精神甘霖。燕子的情爱,炽热如火,牢固如磐。它们不仅双双同来同回,形影不离,比翼而飞;而且还通过舌尖的交流,目光的顾盼,歌声的倾诉,把恩恩爱爱表现得淋漓尽致。雌燕抱窝时的情景,最为感人。在它孵雏的半个月里,是雄燕竟日捕来食物,衔来泉水,口对口地送进雌燕的嘴里。像燕子这种相响以湿、相濡以沫、灵与肉的完美结合,在当今人间,恐也难找出几多范例。

造物主不仅给燕子以美貌,也赋予燕子美好的德行。用儒家的道德准绳观照燕子,燕子称得上"仁义礼智信"皆有。燕子筑窝,不择贫富贵贱,不选门槛高低,只要认定谁家,如果主人和燕子都不出意外,它们都会岁岁来续窝筑巢,绝不会单方面地扑灭主人怀念它们的幽情。每双燕子的心中,都有它们魂牵梦绕的一幢茅舍。燕子这种从不琵琶别抱、返本归元的天性,称得上是"不辞故国三千里,还认雕梁十二回"。燕子是喜欢洁净的鸟儿。为保持它们翅羽的光滑和亮度,它们经常用清澈的泉水梳理羽毛。雏燕在窝中排出的粪便,老燕子会随时一口口叼出院外;即使正在抱窝的雌燕,也会飞到院外排泄污物。除了老燕子白天喂食时和雏燕喁喁私语外，在夜间它们总是静气屏声，绝不打扰主人的梦境。只吃活食的燕子，是农人公认的益鸟。它们从不叨啄农家的五谷，专吃飞动的虫蛾。据昆虫学家推算，一双燕子及其子女在北方生活的半年里，要吃掉各种害虫一百万只，是护卫庄稼的真正天使。燕子也从不像有些鸟儿那样，为争食而"鸡扑鹅斗"，俨然谦谦君子……

大自然神秘的原则，造物主微妙的功夫，在燕子身上得到了灵异的体现。在预报狂风暴雨方面，它们绝不逊于气象台。每当暴风雨到来之前，燕子们总是集结在一起，擦过房顶，擦过树头，擦过河面，忽上忽下地群体鸣叫，仿佛是在焦急地提醒农人：快戴上斗笠，快披上蓑衣，尽早收工，尽快让牛羊归栏……每当看到这种场面，我就觉得，神奇的燕子，仿佛能读得懂阴云在天宇中写下的文字，能辨得出狂风在江河里画出的图画。

"燕子不进愁门"，是家乡的俗语。想不到这话在我老父亲身上竟成了谶言。迟暮之年的老父，特别喜爱年年都来家中筑巢的两窝燕子。二〇〇九年清明已过，两对燕子却未如期而至。九十五岁高龄的父亲，便一天数次拄杖院中，引颈南望。五弟为卸掉老父的心病，说西院的两窝燕子都来了，也是咱们家的。转年初春，老父缠绵病榻，不能下地，清明过后，还叨念着燕子怎么还没有来。虽然西院五弟家的燕声不断传来，老父却摇头苦笑。农历三月十七日，老父便驾鹤西去。在父亲谢世近两周年的清明节前，两双燕子又来东院做窝了。这又应了"燕对愁门不过三(年)"的俗语。

大自然将自己灵魂中的小小一部分剥离出来，给人类造就了燕子这样晨风般温存、月光般柔顺的喜鸟。乡人凡遇吉祥事儿，总与燕子联系在一起。去年，五弟的女儿考上军校研究生，他"归功"于家中新添的两窝燕子。邻村我的一远房亲戚，在镇上买了楼房，去岁他乔迁新居不久，便见一对燕子在他家住的三楼檐下筑巢。燕栖楼中，实乃罕事。为不打扰燕子垒窝，他举家又迁回乡下十几天。待头窝燕子出飞后，他的独生女儿超常发挥,考上了大学。此事在故乡,一时传为美谈。

上个世纪六七十年代,无论是在北京、天津,还是在省城、县城,人们随处都能看到燕子们放胆尽性飞翔,能听到燕子内蕴灵动的歌唱。后来,燕子却在不知不觉中先是稀少了,继而消失了。今天,在工业比较发达的镇子里,已难觅到燕子的倩影了。

大城市里排排高楼豪厦一天天进逼,片片田野碧树一尺尺退缩,使得燕子栖息的领地愈来愈狭窄;车流、物流代替了护城河的银波细浪,人流、信息流,代替了城中湖、林中泉那醉涡里漾出的笑意,使得燕子无处用洁净的涟漪,去洗濯它们的亮羽素脯;化工的毒气、车辆的尾气,乃至氟利昂的过度排放,已玷污了燕子那纯净的歌喉,使它们再也难以唱出音质纯美的歌声。生活在竞争漩涡中的城里人,很少去怀念、关心燕子了。市场上的盘算,比高级计算器与电脑的硬盘、软盘来得更为复杂,不少人的血管里"疙瘩"着的是开发、买地、利润、效益、股票的K线图、物价的CPI、住室的宽与窄。看来,城里人已经单方面地撕毁了人类与燕子在史前就定下的和睦相亲的"无字契约"。

生存与发展是一切生灵的愿望。当乡下人潮水般涌入城市的时候,在城里已无一檐之栖的燕子,却纷纷飞到绿水青山的乡下。这大概是我家两个院落里竟然有了六窝燕子的缘由。

"小燕子,穿花衣,年年春天来这里"的儿歌,城中幼儿园的孩童,无一不唱得声情并茂;但其中的绝大多数孩子,却生下来就没见到过燕子。孙子檀檀明年秋天就要上学了,我想来年在故乡的孩童们吹响柳笛的时候,一定要带他回老家去看看燕子。他只有看到燕子筑巢,才能懂得什么是辛勤劳苦;他见到老燕喂雏燕的情景,才能明白什么是"嗷嗷待哺",什么是养育之恩。他只有看到故乡人是如何关爱燕子,长大后才会真正领会:人类的生存与万物紧密相关,也与每一棵小草、每一朵小花、每一只蜜蜂、每一只蝴蝶息息相关。

听雨

在七彩迷目、五音乱耳的都市里,我是个比出土陶罐还要陈旧的人。时髦的旋律,疯狂的乐曲,颤悠悠的嗓音,难以振奋我因尘世的风干而迟钝的耳朵;喷吐的霓虹,闪射的激光,斑驳陆离的色块,也难以燃亮我因岁月的磨洗而昏花的眼睛。

大自然不仅赋予人各种本能,还能将这些本能培育成各种敏锐的感觉和细腻的情感。大概是从伏案爬格子那时起,我就喜欢上了听雨。迈进晚岁的门槛,我感应各种雨声的神经元,非但没有衰退,反而益发灵敏。听雨,是我乡村情结的一种固执的延续,是我精神上的一种奢华的享受,甚至是我灵魂的一种不可或缺的补剂。

在我儿时的感知里,春雨就像天池里的琼浆玉液。后来,我看到古人将"久旱逢甘雨"排在"他乡遇故知,洞房花烛夜,金榜题名时"的"人生四喜"之首,可见人与大地一样,是多么渴望春霖的滋润。春日盼雨,一直是北方农人的希望。当春雨在一个夜里或某个清晨悄悄降临时,它便成了人与一切生灵交流情感的媒介。

春雨的雨丝儿,细细的,亮亮的,霏霏的,蒙蒙的。春雨落于山泉中,就像滴在亮晶晶的玉盘里;春雨飘在柳条上,好似在为村姑梳理长长的发辫;春雨播洒在干渴的大地上,能将种子从沉睡中摇醒,让它们开始倾诉对春天的挚爱;春雨化为原野的细胞,撩拨得青在滋生,黄在孕育,红在萌动。

春雨沙沙,若蚕食桑叶;春雨沥沥,像黄莺出谷;春雨答答,是贝多芬《欢乐颂》中跳动的音符;春雨"润物细无声"的雅韵,化作杜子美歌吟的琴弦;春雨在微风里斜敲着茅舍窗棂的音响,是农人心中最曼妙的乐曲。

一场春雨过后,冬日的萧索、落寞被涤荡已尽,山野脱下了灰黄色的瘦衣,换上了宽松多彩的新装。毫不偏私的大自然,把万千生灵的意愿和梦想都拢集在它宽阔的胸襟里。苦菜儿用葱翠肥嫩的茎叶,最先托起了金黄色的小花,来报答春雨的涵濡。车前子、蒲公英、白玉兰、锦带花、马兰草承受了春阳的温慰,也在溪边、河畔、地堰、路旁,争先恐后地拱芽抽叶。就连老巷墙下冥顽的石头上的苔藓,也泛出了淡淡的绿意。杏树刚刚卸下洁白的素妆,胭红的桃花又扑棱棱地挂满了枝头……

　　这时节,村童吹响了柳笛。童年的我常从柳树上折下或粗或细的柳条儿,用手轻轻拧转,柳皮遂与柳骨脱离;用剪子将柳管两端剪齐,再把一端的表皮刮去,柳笛就做好了。细管柳笛,声调悠扬婉转,柔中含刚;粗管柳笛,音韵深沉奔放,气势充沛。随着我和小伙伴参差不齐地吹奏,逗得云雀、黄鹂、百灵、画眉也都在林中千鸣百啭,啾啾欢啼。伴着柳笛和鸟儿的奏鸣曲,我们看蜂蝶吻花,燕尾点水,心中都像有清凌凌的小溪在畅快地流淌。农家早已打开窗户,敞开门扉,牛也出了栏,羊也离开圈,狗儿在前,人们在后,一道欢快地走向原野,去享受春雨后的清新与明媚。

　　几场春雨过后,山川田野,无不激扬起浅绿色的波涛。农家的墙头、篱笆、瓜架变成了青藤攀缘的画壁;崖涧岩下,白黄红蓝紫的野花,结成了花的城邦。

　　春雨是上苍深情的叹息, 是从天宫王母娘娘的凤冠上抖下的珍珠,是九天仙子洒下的多情泪滴。春雨在人们的千呼万唤中降临。春雨告谕人们,春光易逝,什么也挡不住时光横扫的镰刀。时间也是土地,空间也是原野,赶快耕耘,赶快播种,且莫辜负春风春雨的召唤。

　　当紫色的豌豆花变成胖鼓鼓的绿荚,阵阵南风吹黄麦梢的时候,夏天来了。北方的雨,多集中在农历的六七月份。这时,夏雨的呐喊与欢呼,喧嚣与吼叫,喝彩与狂歌,一次次地告诉我们,大自然的性情是不能束缚和囚禁的,谁也抵挡不了它的吐纳与呼吸。

为感知大自然脉搏的跳动，音波的起伏，近十余年来，每逢盛夏，我总爱到泰山北麓的一座军营和沂山半腰的一家招待所里，或读书或写作。这两处所在，无不近谷生岚，远山起霭，石罅泉响，峰峦叠绿，峭崖滴翠，实为观雨、听雨的胜地。

夏雨说来就来，说去就去；有时久盼不至，有时不请自到。夏雨喜欢与闪电结侣，和雷霆为伴。立闪裂空，常是它的报幕；惊雷滚地，常是它的鼙鼓。夏雨从不墨守死板的模式，也不就范单一的框框。有时候，它以急箭般的雨点儿扫向大地，将山川变成白茫茫的世界；有时候，它以层层密密的雨帘，搅得天地不分；有时候，它以鞭子似的雨线，抽打着大地的一切；有时候，它将铜钱般大的雨点，洒落在牛背东边的草丛，而牛背西面，却是一弯天盖蓝得迷人；有时候，它像个跌跌撞撞、盘桓数日赖着不走的醉魔，不把树木、庄稼折腾得东倒西歪，不将江河、湖泊鼓捣得满满溢溢，不将房舍、道路埋葬于洪水、泥石流里，绝不离开。我惧怕这种暴虐、残酷的夏雨。

夏日，在泰山或沂山褶皱中的房舍里听雨，我的心境常是清爽、活泼而惬意的。收听着霰弹般的雨点打在房瓦上的噼啪声，房檐下瀑布似的水流泻下的哗哗声；倾听着雨打在营房内的路边梧桐、池塘荷叶上的答答声，雨落在招待所院外的汉柏、宋槐上的唰唰声；谛听着远处群山万木在雨中传来的簌簌声、咻咻声……我仿佛感到有亿万个歌手、千百种乐器，在同时鸣奏着只有大自然才能排演出的大音乐。

我喜欢在大雨初霁后，扑入原野的怀抱。夏雨孕育着葳蕤的苗拔，葱郁的奋发。走在山间小径上，我呼吸着如同掺了薄荷一样清香的凉丝丝的空气，看着路旁的庄稼、草木，无不被大雨洗濯得青翠水绿，露莹珠烁，听着百鸟与流溪的合鸣，我仿佛又回到童年，变为无愁童子。贴身于高粱、玉米的梢部，我仿佛能听得见它们哝哝拔节的声音。我被岁月磨出老茧的心遂得以软化，也会给我的写作生涯增加些许激情。

大自然是永远年轻、美丽和慷慨的。大自然蓬勃的活力是靠雨水尤其是夏雨，来呈现它生的奥秘和美的诗意。

夏天的雨夜，是一个无边无际的庞然大物。夏夜躺在深山的房舍里听雨，灵感有时会像不速之客来敲我的门，我也常会浮想联翩去敲灵感的门。作为一名老兵，远处、近处的风声、雷声、雨声，常会在我的脑际里幻化出格斗声、厮杀声、马蹄嘚嘚声、炮火轰鸣声。这些声音，竟能唤起我那么多的历史记忆、民族情感。

自打人猿揖别后，人类便在风雨中、雷电中、泥泞中书写着历史。中华民族作为天地间最富智慧的生命群体之一，曾让文明的曙光穿透岁月的高墙和时空的山脊，越过秦时明月汉时关，越过唐宋的鼎兴与衰亡，越过元明清的初兴、中兴和沉沦，坚毅地向前铺展着，延伸着。

当大洋彼岸罂粟花的毒液，妄图麻醉、戕害一个民族心灵的时候，当一个个屈辱的条约像刺刀一样，把一个民族的心戳成碎片的时候，广东虎门燃起的那团禁烟的大火，比闪电还要明亮；长城喜峰口那"大刀向鬼子们的头上砍去"的吼声，比炸雷还要轰响；平型关那射出的让愤怒烤熟了的子弹，比雨点还要密集……

十年"文革"，当有人企图以极"左"的绳索捆绑一个民族的原动力和创造力的时候，那年十月的一声惊雷，使得神州的喜泪，汇集成一场倾盆大雨……

人是大宇宙中的小宇宙。人类之喜、怒、哀、惧、爱、恶、欲的七情，也常与天地精神相往还。夏天的惊雷闪电，滂沱大雨，是大自然积郁情感的宣泄。它启示我们，一个人、一个民族乃至一个国家，不能让心中的迷雾越积越厚，更不能任头顶的乌云像疯狂的狼豺虎豹一样随意抓挠。久闷必成病，久郁必成祸。该闪电时就闪电，该打雷时就打雷，该采取霹雳手段就采取霹雳手段，让铺天盖地的暴风雨，去驱散迷雾，赶走沉闷，扫除阴霾。阳光总在风雨后，惊雷作雨化彩虹。

如果说春雨是一首情感新颖、韵味细腻的幻想诗，夏雨是一部起伏跌宕、热烈奔放的多幕剧，那么秋雨就是一幅初视平淡、久视神明、肇自然之性、成造化之功的油画了。

秋雨的雨丝儿,雨珠儿,雨帘儿,常较春雨绵密悠长。秋雨的沙沙声,潇潇声,滴答声,也比春雨更有质感和力度。秋雨既是能使人产生怀想、生发感叹的乐曲,也是演示秋的风姿、秋的收获。秋雨之后大地的色彩是三分橙黄,七分枯绿。秋雨打在稻谷上,稻谷的穗儿会沉重几许;秋雨打在累累秋果上,秋果就多了几分甘甜;秋雨打在棉桃上,棉絮会平添几丝银白……

几场秋雨过后,农人便在丰收的原野上收割着稻谷金黄的成熟,采摘着清香飘动的瓜果。

秋雨本是收获的信使,秋天本是迷人的季节。但中国古代文人却有着"遇秋而悲"的审美传统。什么"一声梧叶一声秋,一点芭蕉一点愁";什么"寒雨声声滴小窗,清宵偏是到秋长";什么"他乡见月能凄楚,天气如许,一院虫音,一声更鼓,一阵黄昏雨"……像五柳先生陶渊明那样以"采菊东篱下,悠然见南山"的心境去赏秋、咏秋的诗家,并不多见。

享受秋雨和秋雨后的大自然,是一种艺术。人们因年龄、性情、阅历和生存境遇不同,对秋雨的感受会大异其趣。当今之世,票子、孩子、房子、车子、女子,乃至官阶、职称、学位、评奖等等物欲、人欲的管道,充塞在人们的胸中,驱走了其间的浪漫诗神;心乱如粥听秋雨敲窗,自会心神更加不定,心中就像有着一团又一团扯不断理还乱的雨丝,更难理出头绪。其实,人的苦恼大多都是自己营造的。不切实际地去扩张物欲、人欲,物欲就会成为刳割人们灵魂的利刃,人欲就会成为炮烙人们灵魂的烈焰。

生命是不能倒转的,刚刚过去的那一瞬也不能与眼下的这一瞬一起停留。人到晚年,看到秋日草木的枯衰,往往会生发凄凉。其实,人生如同草木的荣枯,总是由激越走向安详,由绚丽归于平淡。

秋雨过后,望着山路旁飒飒西风中仍淡然自若开放的秋菊,望着山崖间经霜后依然灿笑着的枫叶,年逾耳顺之年的我,常这样提醒自己:忘却曾有过的种种虚荣和矫饰,忘却在生活漩涡中曾有过的有幸与不幸,忘却在人群中有过的恩恩怨怨,忘却在社会舞台上有过的荣辱和得失,要像秋菊那样天然淡定,要像枫叶那样笑迎风霜,要用平和的目光看待人生,要把人生落日的时期视为"秋泉澄澈不染尘"的童年时代……

人生是一个过程,美丽就在这过程之中。生命的气息在阳光里,也在风雨中。人们只要将身心溶进春雨、夏雨、秋雨里,自会对人生有所顿悟、醒悟和觉悟。

我喜欢听雨。

大山行孝记

郭文斌

知道我喜欢吃榴莲，他会不时买一个，自己却只尝一口，然后就再不动勺子，凭你怎么动员。"对我来说，觉得吃一口和很多口是一样的，都是那个味道，后面的都是重复。"不由惭愧，还不如儿子，就是喜欢重复，喜欢重复那个味儿。

在享受上不喜欢重复，在孝行上却永不满足，这就是儿子。

妻说，上幼儿园时，姥爷姥姥到县城，儿子回来从兜里掏出两块蛋糕，说，这是阿(我)给阿姥爷姥姥的。姥姥闪着泪花说，这么大的一点人儿，咋想起来的，知道给姥爷姥姥留着吃。妻说，儿子把两块蛋糕装回来，意味着一顿没有吃主食。妻说，每逢发了新鲜的东西，儿子都要装回来让她尝，虽然每次都要挨她一顿训斥，但下次还是装回来。知道她晕车，每次回老家，都要抢先上车给她占座位，有年春节，挤车的人特别多，儿子竟从别人裆下钻过去，上车给她抢了一个座儿。

去北京上大学后，每学期放假回来，都要带一箱东西，一人一份。特别是给爷爷奶奶，必不可少的是"稻香村"的软点心。当然，那一天我拉开自己的书桌抽屉，往往会看见多了几袋茯苓饼、几盒干果。一次，还给妈妈买了一个发卡，亲手给妈妈戴上，问他怎么会的，说是让商场阿姨教的。一次，给大伯买了一把二胡，只为我们在聊天时讲到大伯当年喜欢拉二胡。还要到中关村给大伯买电脑，被我阻拦了，我怕电脑拿回家侄子会上网。

近几年,每逢寒假,他都会接爷爷奶奶到城里,也只有他能把爷爷接来。换了我,父亲总是一概拒绝。儿子不但能把二老接了来,而且留得住。2011年寒假接来,一直住到隔年夏至才送回去,长达半年时间,算是破天荒了。期间,父亲数次嚷着要回老家,都被他成功留住了。正好大四最后一学期,他就索性回来陪爷爷奶奶。为了让爷爷安心,他动了许多脑筋,想了许多办法。首先是严密监理着每一顿饭菜。我觉得妻做的花样已经够多的了,比我们平时丰富多了,但他还是要隔两天亲自去买一趟他认为更适合爷爷奶奶吃的菜。父亲不愿意戴假牙,早点妻就给烙软饼子吃,在我看来已经够软的了,但他还是要切成米豆大的小方块儿,让爷爷泡到牛奶中吃。爷爷的床头上,永远放着几罐糖果,各式各样的。每半个月给爷爷洗一次澡,每两天洗一次脚。怕爷爷奶奶晚上去卫生间磕着碰着,就买了一个可以在卧室用的便盆,还配了手电扶椅一应需要的东西。父亲眼睛不好,看电视要凑到屏幕前,妻就给他一个小木凳,儿子看见马上在网上买了一个同样高低的软凳子来。同时买来的还有足浴器,给爷爷洗完,给奶奶洗,然后自己洗,也不嫌弃他们用过的水。完了抱着爷爷奶奶的脚剪指甲,每次要剪半个小时左右,细致和耐心使我这个做儿子的惭愧。不巧,快要过年时,微波炉坏了,为了方便给爷爷奶奶每天热牛奶,他大年三十上街买新的,打不上的,就步行抱回来,到家,脸都冻肿了,累得睡了一下午,好几天胳膊还酸痛。知道我分身无术,他就每天拿出一定时间,陪爷爷奶奶说话,有时爷爷奶奶已经躺下了,他就上床躺在他们中间,和他们聊天,往往大半晚上。我在书房,都能感受到父母的开心。父亲永远在讲他当年那些事,我都能背下来了,但儿子却一遍遍倾听,他知道爷爷只是想和人说话。有空他就给爷爷奶奶录视频,包括每次回老家录的,估计超过一百小时。为了解除爷爷奶奶的终极焦虑,他不停地在网上寻找相关视频,下载下来让他们看,为此,还专门买了一个U盘播放器。这也为留住爷爷起了很大作用，父亲不再时时嚷着回老家，而是每天准时坐到电视机前，让孙子给他播放下一集。我们欣喜地看到，半年下来，二老变得更加乐观、安详、喜悦，可以坦然面对归属话题。

在孝顺爷爷奶奶方面，儿子显然制定了近期计划、长远规划。对于大学生来讲，最后一学期意味着什么，不用多说，但儿子却把自己强行安排在爷爷奶奶身边。还剩最后两个月时，我半开玩笑地催他回校，说，快回去陪女朋友吧，孝敬爷爷奶奶的时间长着呢。他说，我的女朋友是天使，不用陪的。仍然尽心为爷爷奶奶服务，直到毕业典礼前才返校。为了方便接送爷爷奶奶，他专门考了驾照，说等家里宽裕了，买个车，想啥时去接爷爷奶奶就啥时去，虽然至今我都没有满足他这一愿望。

我这些年之所以能够坚定地推广"安详生活"，有一个重要的力量就是儿子的支持。才知道人生最大的幸福来自后代对你价值观的认同。上大学后，儿子通过学习西方文化，接触外国人、外国公司，更加认同我的观点，成为一个最坚定的安详理念支持者，并为此放弃出国、到外企工作等计划，决定回家给我做秘书。

早在大二第一学期，他就写了长达万字的《让全世界人民都来学汉语》。《文学报》更名发了一个整版。在把东西方文化作了对比后，他说："在这一切对于经典文化的论断中，我们不难发现中华经典文化的魅力，遗憾的是，世界上至今没有一种语言可能代表汉语来描述出这种文化。汉语的魅力，是中华经典文化五千年的魅力，它所代表的智慧，是中华五千年文明的智慧。中华经典文化可以说是本世纪地球上仅存不多的文化宝库，而汉语，正是这座宝库大门的钥匙。"之后，他对中国经典文化的热爱与日俱增，到了大三，甚至到了非文言文不读的程度，说读白话文淡如白水。他说，这才真正体会到什么是爱国之情了，一个人在没有爱上自己的传统文化之前说爱国，肯定是言不由衷。

为此，大学期间，特别是后两年，他想方设法帮我，只要他能承担的,都主动承担了。

大三暑假,更换了已经老得不能再用的洗衣机、电饭锅、微波炉、淋浴器等。换洗衣机、淋浴器时,我正在楼上睡午觉,他都没有叫我帮忙,待我下楼时,一切都已做好。看到他累得满头大汗,我心里一阵自责,这本该是我的活儿,现在却让他来做。再看,还给卫生间安了换气扇,装了毛巾架等。说来惭愧,住进这个屋子已经七年了,这些基本设备我都没有顾上置办。对此,从未听到他埋怨,不想现在他竟自己动手了,而且摆出一种永远自己动手的样子,这从他在网上买了一套电钻等工具可以看出来。

大四最后一学期,他在孝敬爷爷奶奶、背诵《论语》等经典的间隙,抽空网上购物,给客厅买了一个书架和衣架,给厨房买了一个菜架,自己看着图纸组装。还把家里所有电源换成分项的,不用妈妈每次都要拔插,保证安全。那几天,门铃只要一响,他就下楼搬东西,然后拆箱,看着图纸组装,汗流浃背的。不多时,一个柜子就立在客厅了,一个衣架就立在门厅了,一个菜架就立在厨房了。那是赶二十二届图书博览会书稿最忙的一段时间,其间,我都没有认真看过他是如何组装的,当然就没有给他搭一手。他还给我的卧室床头买了一盏十分温馨的仿古灯笼形布艺彩绘罩式台灯,换下了我直接插在墙壁插座上的牛头灯。旁边配了一个小电扇,把遥控器放在我的枕头边,让我暑期舒服一些,因为阁楼暑期就是一个火炉。同时配了一个自动加湿器……让人躺在床上,有种重换天地的感觉。

一天下班回来,看见儿子映在一团橘黄色的光芒里。定睛,原来是他在往新书架上摆书,已经快摆完了,那是他给我网购的中华书局版的全本全译全注经典系列,摆了整整一书架。我说,郭大山同志,你想开书店啊。他有些得意地说,是啊,您老以后基本不必再买书了。说着,拉上窗帘,把刚刚安好的落地灯摁亮,柔和的灯光打在书架上,再加上妻摆在书柜顶端的吊兰,让客厅一角一下子温馨起来,有意境起来。接着,他拉过来一个简式靠椅,让我坐上去,又从书架抽出一本书给我,说,您老今后就坐在这里看书,一边晒太阳,一边看,把这些书齐齐看一遍,再出去讲安详,就是另一种感觉了。

说到书,我的每部书稿,特别是中华书局出的两部书稿,他都在紧张的学习期间和同事、朋友一起帮我做了校对,确实增色不少。为了帮助我取证,他十分关注出版动态。这些年,只要有快递摁门铃让我下楼取东西,我就知道他又在网上给我买了书。打开一看,正是我当时最需要的。

看到我在全国讲课总是穿着同一件外套,他就开始在网上给我选衣服,不断地发来样照,让我确定后他下订单,我觉得没必要买那么多花样,就说都不喜欢。他就失望地回一句,我觉得挺好的啊,我妈也说挺好的。接着找,接着发,接着被否。有一次学校组织去台湾,他还是自作主张买了一件回来,说实话,我是打内心里喜欢的,但表面上还是做出不冷不热的样子,怕他今后再买。每次回家,他都要给我把电脑重新装一遍,增加一些上档次的电子词典,还有一些我需要的软件,确实为我节省了许多时间。

除此之外,儿子还主动承担了对堂弟的教育工作,写给堂弟的励志信,估计也有上万字。2011年,二堂弟终于考上大学,他包揽了大人应该做的一切工作,从填志愿,到装扮,到送行。堂弟考取的学校远在长春,中间要换车,他不放心,就一直送到学校,办好住宿,给购置好生活用品后,才回京上课。

我这些年不揣浅陋,到全国学讲安详,一个重要的动力就是儿子,因为他时时处处身体力行,让我讲起来非常有底气。

上初二时,十一放假,妻带他到银川来,说要给买件防寒衣,我就带他们去华联商厦。不想看遍所有衣服柜组,也没有他看上的。他说,还有没有类似于固原商城那样的地方。我说有啊,东方商城就是啊。他说,那我们去东方商城吧。到了东方商城,他才真正进入买的状态。在一家卖休闲服的摊位前,他停了下来,要过一件,试了一下,然后和老板砍价。老板要了一百二,他还六十。老板说,六十我进也进不来。他就拉了我和妻走。老板说,如果要,就八十给你吧。他回过头说,七十?老板说,七十五行不行?他继续做出要走的样子。我和妻说,买上算了吧。他说,不买,刚才我看的那家,和他的货一模一样,人家才六十五。老板说,行行行,七十就七十吧,就算我没挣钱。就买了下来。往回走时,他说,如果换了你们,人家要一百二,你肯定给一百。我说,你什么时候学会的这一手?他说,早了。我说,真厉害,要不要奖励你一瓶康师傅?他说,要奖励就奖励一瓶酸奶,一瓶酸奶一元钱,有营养,还解渴,康师傅三块,不过是个水。我说,郭大山同志,你今天纯粹是给我和你妈现身说法来了嘛,哪里是来买衣服。他说,是啊,我就发现你们花钱太不仔细。就像刚才,你们怎么对五块钱是一种无所谓的样子。一个五块是五块,十个五块就是五十,一百个就是五百。我说,这又是谁教你的?你妈?他说,是我自己悟出来的,这衣服和华联的相比也不差嘛,但华联的价格却是这里的好几倍。爸,你以后买衣服就在商城买。再说,衣服要会穿,如果你会穿,十几块钱的粗布衫也能穿出时髦来,如果不会穿,几千元的名牌也一样没档次,你说对不对?我说,对极了,为了表示我虚心接受,请你们吃肯德基吧。他说,我才不去附庸风雅呢,那是暴利,知道吗?再说,专家说了,饮食要素一点,生一点,少一点。书上说了,消化相同单位的肉需要血液的供应量是素食的十几倍,给心脏和肠胃增加的压力非常大,得到的能量和失去的能量相比,根本得不偿失。还有,动物在宰杀的时候,把所有的仇恨都变成毒素注入肌肉和血液内,人吃肉就是吃毒。听得我心里一惊一惊的。我说,你是从哪儿看来的这些理论?他说,好多书上都这样说。我愕然。看妻,妻一脸的得意。我说,那今晚我们吃什么?火锅还是煲仔?他说,我们回去自己做吧。

　　大四实习,我让他到一所小学讲《论语》和《西游记》,觉得应该装扮他一下,不要太学生气,就让妻带他去百货大楼买衣服。但是看了一圈回来,他都觉得贵,就在网上买了一套三百元左右的咖啡色休闲西装,配了一双褐色皮鞋,穿上,站在镜子前左照照右照照,还真像个小老师的样子。那大概是他在穿着上出手最阔绰的一次了。

儿子如此节约,但在帮助别人上却十分大方。去年暑假的一个晚上,他给妈妈认错。妈妈问什么错。他说前年他其实借了一万元给×××。妈妈问那另外五千元哪里来的。他说是他上大学时爷爷、奶奶、伯伯、舅舅、姨姨和几位叔叔阿姨给的,他瞒了我们数目。前年的一天,他打来电话说,同学×××家的房子很危险,急需改造,让我们支持五千元。妻就给打过去五千元,不想他还把自己的五千元私房钱打过去了。听妻讲完,我既震惊又惭愧,儿子拿出他的私房钱,相当于我拿出所有家底。近年来我也做一些小公益,但要我拿出全部家底,扪心自问,还真做不到。2012年春节,他又跟妈妈说,借给同学×××的那一万元,咱们就不要了吧,一万元对我们不算少,但没有也能过得去,可对×××来说,却是一个大数字。这次我就不单单是惭愧了,而是觉得有一种力量拽着我的衣领,硬是把我带到一个开阔地带……就让妻告诉儿子,我们不但同意他的意见,而且欣赏他的做法。

实习结束时,儿子又给我出了一道考题,问我能不能给他的每位学生送一本我的《〈弟子规〉到底说什么》。我问一共多少人。他说大概五百人,如果算上另外一位实习老师的,大约八百人。我想了想,这等于把这本书的稿费全部捐赠了,心里多少有些不忍,但表面上还是十分痛快地答应了。他鼓励我说,老爸这次表现不错啊,有些真放下的样子了。真是羞愧。

在儿子的鞭策下,我把刚刚出版的散文集《守岁》、随笔集《寻找安详》修订版的首印版税全部折合成书,捐了出去,包括第三次重印的长篇小说《农历》,直捐到出版社无书可供,真正体会到了一点儿放下的感觉。但我深知,离真正的放下,还远着呢。

平时,我们是最好的"朋友","朋友"到可以无话不谈甚至交换感情隐私的程度,但在一些关键时刻,他又会以古礼把我推到父亲的角色里,让我体会为人父的尊严和幸福。高考完的一天晚上,我都迷迷糊糊地睡着了,听到一个声音,爸,洗个脚再睡吧。睁眼一看,床前站着儿子,笑呵呵地,地上果然有一盆洗脚水。起来把双脚伸进盆里,心里有一种无法言说的幸福。第二天早上,他又为我做好了早点,让我用后再去上班。儿子的这一频道切换让我一时有些手足无措,甚至不适。那是一种需要狠劲才能消化的幸福,不同于以往"最好的朋友"带来的那种惬意和开心。随之而来的身心感受真是无比特别,工作起来特别有劲头,一下班就急切地回家。

贪恋他听到我的脚步声提前把门打开探出头来的那种感觉,贪恋他从我的手里一边接过包一边跟我说话的那种感觉,贪恋刚一坐定他就剥一个香蕉递过来的那种感觉……于是,每次课后回答提问,当被问到如果老公有了外遇怎么办等问题时,我就讲"一盆洗脚水"的故事,告诉提问者,千万不要抱怨,不要跟踪,不要争吵,只是准备好一盆洗脚水,静静候着,他凌晨三点回家,你就三点端在他床前;第二天他肯定两点回家,你照样两点端在他床前;第三天他肯定一点回家,如此,一直奉陪到他准时回家为止,成本很低,效果很好。

去上大学那天,表哥表姐来送行,他拉了行李箱都要出门了,却调转身,把我和妻叫到卧室,关上门,让我们并排坐在床上。我说,干吗啊?寻思间,他已经跪在地上,说,爸,妈,儿子给你们磕个头。起身磕第二个时,眼里已经含满泪水。送走儿子,我回到电脑前,想写一段文字,但好长时间,却不知写什么。儿子用三叩首表达了他想表达的,我却无法用文字表达我想表达的。但我分明听到心里有一个声音在说,从今天开始,做一个好父亲。

此后,儿子十分自然地在孝子和朋友之间做着角色切换,比如遇到我和妻的生日,他都要五体投地行礼;遇到他的生日,也要给妈妈磕头感恩;遇到大事,他都要先征求我们的意见,然后再做决定,等等。但在平时,他也会在我看电视时搂一下我的脖子,揪一下我的耳朵,有时也会倒转乾坤,批评我不在现场时做错的事,当然是以我愿意接受或者能够接受的口气。总之,度把握得非常好,直接效果是促成了我的责任心和庄严感。

儿子的成长几乎没有让我们操心。很小的时候,都可以放心地让他一个人待在家里。妻去上班时,叮嘱他从里面扣上门链,交代任何人叫门都不能开。他就真不开。有一次,乡下姑父来,在门外叫他开门,他脸贴着门缝说,我妈说过不让开门的。姑父说,我是你姑父。他说,我妈说任何人来都不让开的。姑父说,你妈说的任何人不包括姑父,你看我给你拿了你爱吃的油饼。儿子看了看油饼,仍然说,还是等我妈来了再说吧。姐夫只好蹲在门外抽烟,一边抽烟一边跟儿子聊天,直到妻下班回来。

上小学一年级时,他就能帮妈妈做饭,常常妈妈还未回来,他就把面和好饧在盆里,单等妈妈来擀。一次妈妈下班回家,看到他正在和面,校服都没顾上脱,就说,你手洗了没有这样和面?他的眼泪就唰地一下掉了下来。妈妈看到他眼泪下来了,忙说,妈妈和你开玩笑呢。儿子看了妈妈一眼,用胳膊肘擦了眼泪,继续和,一双小手像模像样地在盆里搅和,等妈妈换完衣服过来,一团面已经坐在面板上了。二三年级时,他已经能把饭做熟等着妈妈。有一次,舅舅来家里,等妈妈从单位回来,他都用炒面片招待过了。

儿子小学也贪玩,但到考初中那年,开始拼力学习。玩伴在门外喊,我们要去开门时,他就使劲摇手,示意说他不在家。他想考固原一中,就用粉笔沿途写"一中"二字,从学校开始,一直写到家门口。可以想象,他在和贪玩的习气做着怎样的斗争。当年果然顺利考上固原一中。初中时也玩,但到考高中时,同样的办法,同样的用功,同样考到他想上的银川一中。到了高中,差不多班里所有同学都用手机了,我说如果需要就给你买一个,他说不需要。我知道,有一个女生对他有好感,常常把电话打到家里来,但他仍然用初中时的办法,没有分心。谁想高考失利,刚刚上重点线。他决定复读。那年,他总结出一套理论,人是没必要睡那么多时间的,考前是没必要放松的,平时怎么作息就怎么作息。遂把休息时间压缩到六小时,甚至五小时。考前一天,仍然做题到晚上十一点。果然比上年增加了七十多分,到达人民大学录取线。一年下来,书房四面墙上贴满了他的励志便条,如同时间老人的胡须,有一条写道,"以成绩报恩"。还有一条写道,"结果并不重要,重要的是完成一次超越"。

儿子曾画过一组图画,是他的成长史。除了在北京上大学,事实上也是我的迁徙史,从乡下,到县城,到地区,再到首府,外加两次进修,可谓一路辗转。每次观看,我都十分愧疚,这除了给妻平添了许多风尘和辛劳,也给儿子增加了许多新挑战,要不断适应新环境,建立新秩序。但他并未以此为怨,反而心存感恩,画面上写满了不同阶段关心帮助他的人,有老师同学,有亲朋好友,并用粗笔标注了几位决定我命运转折的关键性人物。后来的一天,当我从妻口里听到儿子之所以用心记住我讲的每件事并不断向她求证像是要准备为我传记时,泪水就不由打湿了我的双眼,他本已自觉承担了超过他年龄段的一切,还时时处处想着成就我们,这该需要一种怎样的心力。

在儿子身上,我真切地体会到了什么是"顺"。小学三年级时,亲戚把给妻还的钱放在棉衣夹层让孩子从老家带过来,但妻翻遍衣服也没有找见。我便断定是儿子拿了。妻说从未发现儿子有此毛病,平时花一块钱,都是向她要的,如果不给,绝不自己动手取。但我那天感觉儿子神态有点不对。就举起竹竿,让儿子说实话。儿子的眼泪夺眶而出,但我的竿子还是下去了,心想在品德教育上不能手软。不想在我抽第二下时,儿子突然止了哭声,说,你说是我就是我吧,要打要杀由你吧。然后转过身去,坐在桌前写作业,把后背给我,意思是,本人没时间正面奉陪。我手中的竹竿就尴尬在空中。晚上,妻在亲戚家孩子的鞋子里找到了钱,我才知冤枉了儿子。十分不安,默默站在儿子身后,看着他脖颈里红肿着两绺,心里很难过。想说一声对不起,却无论如何出不得口,就温了一块毛巾,敷在他脖子上,算是道歉。

母亲牙疼,半边脸都肿了,我和妻分别在合谷穴和足三里给按摩。儿子进来,看了一眼母亲,打开冰箱找东西。妻问他找什么,他不说话,只是找。妻说,你今天是咋了?刚吃过饭,不赶快去做作业,磨蹭什么?他仍不理会,又拉开冰箱底层,在里面倒腾了一会儿,然后出去。过了会儿,又进来,拉开冰箱门取东西。妻生气地说,你今天到底是咋回事?他仍然没有搭理,从中取出几牙冻成冰的橘子瓣,过来放在母亲肿着的脸上。我和妻都愕然。从初二开始,发现儿子已经对我们的唠叨不屑一顾,全然一种"小人不计大人过"的样子,只顾做自己的事。有时妻生气,冲到他面前,他也笑脸相迎,不顶撞,不辩解,不争论,只是那么笑笑,然后趴在桌上做作业,或者倒在床上看书,妻的火力就那样哑在枪膛里,有气没力地扯几下后,火自动熄灭。在这方面,我觉得儿子做得要比我好,同样的情境,我就做不到这样,往往要论理,要计短长,不留神就把一件小事争大,甚至反目。看来,年龄和智慧并不成正比。

近几年,儿子几乎没有了脾气,对我和妻几乎百依百顺。我们约定六点起床,但他有时晚上忍不住要看书,睡晚了,早上就起不来。我进去在大腿上掐一下,他呀呀叫一声,换个身,乐呵呵地,说,马上马上,五分钟。五分钟后,再掐一下,他又换个身,乐呵呵地,说,马上马上,五分钟。再五分钟后,我的手就要过去时,他就忽地坐起来,眯缝着双眼,冲我傻笑。然后说,把我衣服拿来。我就真给拿过去了。妻有时看见,说,呵,真"孝顺"啊。虽然听着不顺耳,但心里却是一种别样的幸福。小时候,他睡懒觉时,我这样掐他,他会不高兴,有时还发脾气。现在,我的手再重,也激不起他一丝情绪。如果不监督,他就坐在马桶上看书,我进去把书夺掉,他嘿嘿笑一下,盯着我看,让你觉得他之所以要在马桶上看书,就是为了让你夺掉,而让你夺掉,就是为了报你一个乐呵呵的笑。

不知是孝顺给了儿子开心,还是开心给了儿子孝顺,大四这年,儿子的开心饱满得到处洋溢。吃饭时,往往我们一碗都吃完了,他还盯着奶奶笑呵呵地傻看,吃一口,盯着奶奶看一会儿,吃一口,盯着奶奶看一会儿,看得奶奶都不会吃了。奶奶嚷着要回老家。他问为什么。奶奶说,你们这里把人坐朽了。他就嘿嘿一笑,然后搂着奶奶的双肩,推着奶奶在地上转圈儿。奶奶就咯咯咯地笑。他说,看能把你坐朽吗。之后,一有空儿,就推着奶奶在地上转圈儿,祖孙俩的笑声花瓣一样落满一屋。奶奶走累了,坐下来,他就蹲在面前,抱了奶奶的脸,欣赏桃花一样地看。看得奶奶不好意思,常常捂了眼睛。坐在沙发上看电视,常常搂着奶奶,否则那胳膊就没地方放似的。

大四寒假,他把同学之间的约会能取消的都取消了,非常要好的几位,非去不可的,也把时间尽可能地压缩。显然,他想念同学,但更依恋这个家,我甚至能够感觉得到,他聚会完是跑步回家的。一进门就"爸"地叫一声,然后跟我说话。我说把衣服放好。他一边把放错的衣服放整齐,一边等不及似的跟我说话。我说把袜子放在鞋窝里。他一边把袜子放好,一边眼睛盯在我脸上,说,爸,我给你说啊……

平时想跟我说话,到书房来,看见我写东西,就什么都不说,轻轻带上门,出去。有时实在想说,就在书柜悄悄取一本书,坐在地板上看,直到我告一段落。还没等我把文档存完,就开始说了。往往有许多让你意想不到的悟处,关于生命,关于人生,关于灵魂……大学期间,差不多每天都要来电话,有时我忙,往往会十分残忍地说,今天就说到这里,明天再说。也没觉得他有多少失落,说,那就明天再说。第二天仍然会按时打过来,每件事都讲得津津有味。有人说,只有恋人之间才有说不完的话,而我体会到的却是父子之间。上大学后,每学期回来他都要和妈妈睡一晚上,不停地说话,说得没了睡意,干脆坐起来说,直到妈妈的鼾声响起来。

虽然我是他的父亲,但在不少方面,他是我的老师。有时甚至觉得我和妻是他的孩子,什么都要他操心,都要他料理。

上高中时,正是韩剧流行时,为了控制妈妈看电视,他把天线给锁了,直到他高考完,才取出来,为此,我们养成了晚上读书的习惯,已经好多年没有看过电视剧了。

一度时间,我的写作有些背离方向,他就提醒我,钱这个东西,只不过是银行账户上的一串数字,说有就有,说无就无,手头宽余了日子可以过舒适一些,不宽余了日子可以过清淡一些,不必为了挣稿费降低写作格调,说得我心里一震。为此,他的生活会更加节俭。一次,我在北京出差,正好遇到他放假,他就邀请我一起坐火车回,但是已经买不上票,我就让他退掉火车票,和我同坐飞机回,他说什么都不干,说,等我啥时能挣来飞机票的钱再坐飞机。和他一起出门,没有赶急的事,你就别想打的,要么坐公交,要么步行。

有一年,我的人生进入低谷,有种扛不过去的感觉,儿子几乎每天都打电话来,给我打气,说,天地太广阔了,一定要把心量放大,当你的心量大到可以把小气候忽略不计时,大境界就到来了。还说,当外界还能影响你的心情时,说明你还没有找到本质,还在现象世界,平时多想一下孔老夫子的"朝闻道,夕死可矣",你就能超然了。按他说的去做,还真有效果。

一次回老家,晚上哥安排我单独睡一屋,因为我的瞌睡轻,怕人惊动。不想儿子悄悄跟过来说,你应该和我爷爷奶奶睡,一年睡不了几次。我说,你爷爷打鼾。他说,那也没关系,听爷爷打一晚上鼾也挺好,不然将来您老会后悔的。觉得有道理,遂去父母身边睡。果然睡不着,但听着父亲平添了许多老态的鼾声,就更加佩服儿子。大三那年,儿子和妻带母亲去了一趟北京,把该看的地方都看了,包括他的校园、宿舍,从照片上,可以看到母亲有多开心。但对父亲,此生就永远没有可能了,因为父亲已经八十七岁高龄,已经没有能力出远门了,于我,这个账,就永远欠下了。心里的懊悔,真不是语言能够表达的。有时心想,这些年都忙了些什么?忙来的那些东西,到底都有什么意义?居然一直没有拿出时间,带父亲出去一趟。就在那晚,我在心里说,一定要在哥嫂还健康时,带他们坐一次火车,坐一次飞机。

说实话，我和妻都算孝敬老人，但是要把父母吃剩的饭菜吃掉，一直没做到。但有一天，看着儿子一点儿嫌弃没有地把爷爷吃剩的饭菜吃掉，我们就不得不改。一天，当我首次把父亲吃剩的菜接过去吃完时，我从父亲的目光里看到了从前一直没有看到的欣慰，我也确确实实地感受到，只有不嫌弃老人时，才算真正迈进孝道的门槛。

2012年春节，几个妻侄张罗在大年初二进行了一次新年聚餐，一方面因为我的父母正好在银川，一方面也算是团拜，大家以此方式互道祝福，之后就不再一家家走动了。我是一个时间葛朗台，既然已经团拜，就不打算每家每户地去拜年了，因为岳丈岳母已经过世。不想儿子说，还是要去，你忙你的，我去，反正我姥爷姥姥不在了，你可以不去，但我做外甥的，不去给舅舅舅母们拜年，说不过去。我说已经搞过团拜了。他说，那是新式的，古礼还是要尊的，就一一去拜。

可见，他在如何地弥补着我的过错，减少着我的遗憾，维护着我的声誉，提升着我的威望。一次回老家，他甚至专程去看望我嫂子的母亲，临行把身上所有的钱留给老人家，让嫂子无比感动，对我的父母更加孝顺。

此后的一天，他给我说，爸，你什么时候修到能够平等对待郭、田(妻姓)两家，就真安详了。同样说得我心里一震，是啊，自己的心里还有分别，还有远近，还有亲疏，还有自私，怎么能够找到真安详呢。又一天，为了阻止我接一个书稿，给我说，生命的意义在于不断提高灵魂的等级，而不是老在一个平面上重复。更是让我惭愧。没错，这部书稿确实是一次重复。当晚，我就给对方写了长信，致歉解除了草签的协议，决定从儿子希望的层面上，开始新的人生。

曾有朋友问我，怎么老是那么知足。我说，儿子已经把我的心装满，又有何求？

也有朋友问我，怎么听不到你的抱怨？我说，此生已经拥有这样的儿子，又有何怨？

永和九年的那场醉

祝勇

一

到故宫博物院故宫学研究所上班的第一天,郑欣淼先生的博士徐婉玲说,正赶上午门上面办"兰亭特展",尽管我知道,午门城头,并没有王羲之的那份真迹,但这样的展览,得益于两岸故宫的合作,依然令人向往。那份真迹消失了,被一千八百多年的岁月隐匿起来,从此成了中国文人心头的一块病。我在展厅里看见的是后人的摹本,它们苦心孤诣地复原着它原初的形状。这些后人包括:虞世南、褚遂良、冯承素、米芾、陆继善、陈献章、赵孟頫、董其昌、八大山人、陈邦彦,甚至宋高宗赵构、清高宗乾隆……几乎书法史上所有重要的书法家都临摹过《兰亭序》。南宋赵孟坚,曾携带一本兰亭刻帖过河,不想舟翻落水,救起后自题:"性命可轻,《兰亭》至宝。"这份摹本,也从此有了一个生动的名字——"落水《兰亭》"。王羲之不会想到,他的书法,居然发起了一场浩浩荡荡的临摹和刻拓运动,贯穿了东晋以后一千八百多年的漫长岁月。这些复制品,是治文人心病的药。

东晋永和九年的暮春三月初三,时任右将军、会稽内史的王羲之,伙同谢安、孙绰、支遁等朋友及弟子42人,在山阴兰亭举行了一次声势浩大的文人雅集,行"修禊"之礼,曲水流觞,饮酒赋诗。魏晋名士尚酒,史上有名,酒具也十分讲究,比如现存故宫博物院的青釉鸡头壶,就是一件东晋文物。鸡头壶始见于三国末期,历经魏晋南北朝,到唐代就消失了,被执壶取代。这件青釉鸡头壶,有鸡头状短流,圆腹平底,腹上壁有两桥形系,一弧形柄相接口沿和器身,便于提拿,通体青釉,点缀褐彩,有画龙点睛之妙。而南朝时期的青釉羽觞,正是曲水流觞中的那只"觞",它的外形小巧可爱,像一只小船,敏捷灵动,我们可以想象它在水中随波逐流的轻巧婉转,以及饮酒人将它高高擎起,袍袖被风吹动的那副神韵。刘伶曾说:"天生刘伶,以酒为名;一饮一斛,五斗解酲。"[1]阮籍饮酒,"蒸一肥豚,饮酒二斗"[2]。他们的酒量,都是以"斗"为单位的,那是豪饮,有点像后来水泊梁山上的人物,但曲水流觞,有这样小的酒杯,却是另一种的喝法,一种文雅中的放浪。那天,酒酣耳热之际,王羲之提起一支鼠须笔,在蚕茧纸上一气呵成,写下一篇《兰亭序》,作为他们宴乐诗文的序言。那时的王羲之不会想到,这份一蹴而就的手稿,以后成为被代代中国人记诵的名篇,而且为以后的中国书法提供了一个至高无上的坐标,后世的所有书家,只有翻过临摹《兰亭序》这座高山,才可能成就己身的事业。王羲之酒醒,看见这幅《兰亭序》,有几分惊艳、几分得意,也有几分寂寞,因为在以后的日子里,他将这幅《兰亭序》反复重写了数十百遍,都达不到最初版本的水准,于是将这份原稿秘藏起来,成为家族的第一传家宝。

　　然而,在漫长的岁月中,一张纸究竟能走出多远? 一种说法是,《兰亭序》的真本传到王氏家族第七代孙智永的手上,由于智永无子,于是传给弟子辩才,后被唐太宗李世民派遣监察御史萧翼,以计策骗到手;还有一种说法:《兰亭序》的真本,以一种更加离奇的方式流传。唐太宗死后,它再度消失在历史的长夜里。后世的评论者说:"《兰亭序》真迹如

----

① ［南朝·宋］刘义庆:《世说新语》,第334页,郑州:中州古籍出版社,2008年版。

② 同上,第336页。

同天边绚丽的晚霞,在人间短暂现身,随即消没于长久的黑夜。虽然士大夫家刻一石让它化身千万,但是山阴真面却也永久成谜。"

二

现在回想起来,中国文化史上不知有多少名篇巨制,都是这样率性为之的,比如苏东坡、辛弃疾开创所谓的豪放词风,并非有意为之,不过逞心而歌而已,说白了,是玩儿出来的。我记得黄裳先生曾经回忆,1947年时,他曾给沈从文寄去空白纸笺,请他写字,没想到这考究的纸笺竟令沈从文步履维艰,写出来的字如"墨冻蝇",沈从文后来干脆又另写一幅寄给黄裳,写字笔是"起码价钱小绿颖笔",意思是最便宜的毛笔,纸也只是普通公文纸,在上面"胡画",却"转有妩媚处"①。他还回忆,1975年前后,沈从文又寄来一张字,用的是明拓帖扉页的衬纸写的,笔也只是七分钱的"学生笔",黄先生说他这幅字"旧时面目仍在,但平添了如许婉转的姿媚"②。所以黄裳先生也说:"好文章、好诗……都是不经意作出来的。"③

文人最会玩儿的,首先推魏晋,其次是五代。两宋以后,文人渐渐变得认真起来,诗词文章,都作得规规矩矩,有"使命感"了。以今人比之,犹如莫言之《红高粱》,设若他先想到诺贝尔奖,鼓足干劲,力争上游,决心为国争光,那份汪洋恣肆、狂妄无忌,就断然做不出来了。

王羲之时代的文人原生态,尽载于《世说新语》。魏晋文人的好玩儿,从《世说新语》的字里行间透出来,所以我的博士生导师刘梦溪先生说,他时常将《世说新语》放在枕畔,没事儿时翻开一读,常哑然失笑。比如写钟会,他刚写完一本书,名叫《四本论》——别弄错了,不是《资本

---

① 黄裳:《故人书简》,第35页,北京:海豚出版社,2012年版。

② 同上,第37页。

③ 同上,第35页。

论》——想让嵇康指点，就把书稿揣在怀里，由于心里紧张，不敢拿给嵇康看，就在门外远远地把书稿扔进去，然后撒腿就跑。再比如吕安去嵇康家里看望这位好友，正巧嵇康不在家，吕安在门上写了一个"凤"字就走了，嵇康回来，看到"凤"字，心里很得意，以为是吕安夸自己，没想到吕安是在挖苦他，"凤"的意思，是说他不过一只"凡鸟"而已。曹雪芹在给王熙凤的判词中把"凤"字拆开，说"凡鸟偏从末世来"，不知是否受了《世说新语》的启发。

中国文化史上，正襟危坐的书多，像《世说新语》这样好玩儿的书，屈指可数。刘义庆寥寥数语，就把魏晋文人的形态活脱脱展现出来了。刘义庆是南朝宋武帝刘裕的侄子、长沙景王刘道怜的公子，是皇亲国戚、高干子弟，同时是骨灰级的文学爱好者，《宋书》说他"招聚文学之士，近远必至"。他爱玩儿，所以他的书，就专拣好玩儿的事儿写。

《世说新语》写王羲之，最著名的还是那个"东床快婿"的典故：东晋太尉郗鉴有个女儿，名叫郗璇，年方二八，正值豆蔻年华，郗鉴爱如掌上明珠，要为她寻觅一位如意郎君。郗鉴觉得丞相王导家子弟甚多，都是品学兼优的三好学生，于是希望能从中找到理想人选。

一天早朝后，郗鉴把自己的想法告诉了丞相王导。王导慨然说："那好啊，我家里子弟很多，就由你到家里挑选吧，凡你相中的，不管是谁，我都同意。"郗鉴就命管家，带上厚礼，来到王丞相的府邸。

王府的子弟听说郗太尉派人为自己的宝贝女儿挑选意中人，就各个精心打扮一番，"正襟危坐"起来，唯盼雀屏中选。只有一个年轻人，斜倚在东边床上，敞开衣襟，若无其事。这个人，正是王羲之。

王羲之是王导的侄子，他的两位伯父王导、王敦，分别为东晋丞相和镇东大将军，一文一武，共为东晋的开国功臣，而王羲之的父亲王旷，更是司马睿过江称晋王首创其议的人物，其家族势力的强大，由此可见。"旧时王谢堂前燕，飞入寻常百姓家"，循着唐代刘禹锡这首《乌衣巷》，我们轻而易举地找到了王导的地址——诗中的"王谢"，分别指东晋开国元勋王导和指挥淝水之战的谢安,他们的家,都在秦淮河南岸的乌衣巷。乌衣巷鼎盛繁华,是东晋豪门大族的高档住宅区。朱雀桥上曾有一座装饰着两只铜雀的重楼,就是谢安所建。

相亲那一天,王羲之看见了一座古碑,被它深深吸引住了。那是蔡邕的古碑。蔡邕是东汉著名学者、书法家、蔡文姬的父亲,汉献帝时曾拜左中郎将,故后人也称他"蔡中郎"。他的字,"骨气洞达,爽爽有神力",被认为是"受于神人",让王羲之痴迷不已。那天他在碑前站了很久,才想起伯父王导是要他来相亲的,不得已,匆匆赶往乌衣巷里的相府,到时,已经浑身汗透,就索性脱去外衣,袒胸露腹,偎在东床上,一边饮茶,一边想那古碑。郗府管家见他出神的样子,不知所措。他们的目光对视了一下,谁也不知道对方在想什么。

管家回到郗府,对郗太尉做了如实的汇报:"王府的年轻公子二十余人,听说郗府觅婿,都争先恐后,唯有东床上有位公子,袒腹躺着,一副漫不经心的样子。"管家以为第一轮遭到淘汰的就是这个不拘小节的年轻人,没想到郗鉴选中的人偏偏是王羲之,"东床快婿",由此成为美谈,而这样的美谈,也只能出在东晋。

王羲之的袒胸露腹,是一种别样的风雅,只有那个时代的人体会得到,如今的岳父岳母们,恐怕难以认同。王羲之与郗璿的婚姻,得感谢老丈人郗鉴的眼力。王羲之的艺术成就,也得益于这段美好的婚姻。王羲之后来在《杂帖》中不无得意地写道:

> 吾有七儿一女,皆同生。婚娶已毕,唯一小者尚未婚耳。过此一婚,便得至彼。今内外孙有十六人,足慰目前。

他的七子依次是:玄之、凝之、涣之、肃之、徽之、操之、献之。这七个儿子,各个是书法家,宛如北斗七星,让东晋的夜空有了声色。其中凝之、涣之、肃之都参加过兰亭聚会,而徽之、献之的成就尤大。故宫"三希堂",王羲之、王献之父子占了"两希",其中我最爱的,是王献之的《中秋帖》,笔力浑厚通透,酣畅淋漓。王献之的地位始终无法超越他的父亲王羲之,或许与唐太宗、宋高宗直到清高宗这些当权者对《兰亭序》的抬举有关。但无论怎样,如果当时郗鉴没有选中王羲之,中国的书法史就要改写。王羲之大抵不会想到,自己这一番放浪形骸,竟然有了书法史的意义,犹如他没有想到,酒醉后的一通涂鸦,成就了书法史的绝唱。

三

一千八百多年后,我们依然能够呼吸到永和九年春天的明媚。三国时代,纵然有雄姿英发、羽扇纶巾的英雄,有乱石穿空、惊涛拍岸的浩荡,但总的来说,气氛仍是压抑的,充满了刀光剑影。"樯橹灰飞烟灭",对于英雄豪杰,仿佛信手拈来的功业,对百姓,却是无以复加的灾难。继之而起的魏晋,则是一个"铁腕人物操纵、杀戮、废黜傀儡皇帝的禅代的时代"①。先是曹操"挟天子以令诸侯",他的儿子曹丕篡夺汉室江山,建立魏朝;继而魏的大权逐步旁落到司马氏手中,司马懿的儿子司马师和司马昭相继担任大将军,把持朝廷大权。曹髦见曹氏的权威日渐失去,司马昭又越来越专横,内心非常气愤,于是写了一首题为《潜龙》的诗。司马昭见到这首诗,勃然大怒,居然在殿上大声斥责曹髦,吓得曹髦浑身发抖,后来司马昭不耐烦了,干脆杀死了曹髦,立曹奂为帝,即魏元帝。曹奂完全听命于司马昭,不过是个傀儡皇帝。但即使傀儡皇帝,司马氏也觉得碍事儿,司马昭死后,长子司马炎干脆逼曹奂退位,自己称帝。经过司马懿、司马昭和司马炎三代人的"努力",终于夺权成功,建立了西晋。

西晋是一个偷来的王朝。这样一个不名誉的王朝,要借助铁腕来

① 张节末:《狂与逸》,第36页,北京:东方出版社,1995年版。

维系,那是一定的。所以司马氏的西晋,压抑得喘不过气来。当年曹操杀孔融,孔的两个儿子尚幼,一个九岁,一个八岁,曹操斩草除根,没有丝毫的犹豫,留下了"覆巢之下,焉有完卵"的成语。此时的司马氏,青出于蓝胜于蓝,杀人杀得手酸。"竹林七贤"过得潇洒,嵇康"弹琴咏诗,自足于怀",刘伶整日捧着酒罐子,放言"死便埋我",也好玩儿,但那潇洒里却透着无尽的悲凉,不是幽默,是装疯卖傻,企图借此躲避司马家族的专政铁拳,最终,嵇康那颗美轮美奂的头颅,还是被一刀剁了去。

290年,晋武帝死,皇宫和诸王争夺权力,互相残杀,酿成"八王之乱"。对于当时的惨景,虞预曾上书道:"千里无烟爨之气,华夏无冠带之人。自天地开辟,书籍所载,大乱之极,未有若兹者。"这份乱,可谓登峰造极了。317年,皇帝司马邺被俘,西晋灭亡。王家的功业,恰是此时建立的,317年,王旷、王导、王敦等人推司马睿为皇帝,定都建康,建立东晋。动荡的王朝在建康(南京)得到暂时的安顿,社会思想平静得多,各处都加入了佛教的思想。再至晋末,乱也看惯了,篡也看惯了,文章便更和平。与西晋相比,东晋士人不再崇尚形貌上的冲决礼度,而是礼度之内的娴雅从容。昏暗的油灯下,鲁迅恍惚看到了一个好的故事:"这个故事很美丽,幽雅,有趣。许多美的人和美的事,错综起来像一天云锦,而且万颗奔星似的飞动着,同时又展开去,以至于无穷。"这些美事包括:山阴道上的乌桕、新秋、野花、塔、伽蓝⋯⋯

所以东晋时代的郊游、畅饮、酣歌、书写,都变得轻快起来,少了"建安七子""竹林七贤"的曲折和吞咽,连呼吸吐纳都通畅许多。永和九年(353年),暮春之初,不再奔走流离,人们像风中的渣滓,即使飞到了天边,也终要一点一点地落定,随着这份沉落,人生和自然本来的色泽便会显露出来,花开花落、雁去雁来、雨丝风片、微雪轻寒,都牵起一缕情欲。那份欲念,被生死、被冻饿遮掩得太久了,只有在这清澈的山林水泽,才又被重新照亮。文化是什么?文化是超越吃、喝、拉、撒之上的那丝欲念,那点渴望,那缕求索,是为人的内心准备的酒药和饭食。王羲之

原来姹紫嫣红开遍

到了兰亭，才算是找到了真正的自己，或者说，就在王羲之仕途困顿之际，那份从容、淡定、逍遥，正在会稽山阴之兰亭，等待着他。

会稽山阴之兰亭，种兰的传统可以追溯到春秋时代，据说越王就曾在这里种兰，后人建亭以志，名曰兰亭。而修禊的风俗，则始于战国时代，传说秦昭王在三月初三置酒河曲，忽见一金人，自东而出，奉上水心之剑，口中念道："此剑令君制有西夏。"秦昭王以为是神明显灵，恭恭敬敬地接受了赐赠，此后，强秦果然横扫六合，一统天下。从此，每年三月三，人们都到水边祓祭，或以香薰草蘸水，洒在身上，洗去尘埃，或曲水流觞，吟咏歌唱。所谓曲水流觞，就是在水边建一亭子，在基座上刻下弯弯曲曲的沟槽，把水流引进来，把酒杯斟酒，放到水上，让酒杯在水上浮动，到谁的面前，谁就要举起酒杯，趁着酒液熨过肺腑，吟诵出胸中的诗句。魏晋的优雅、江左的风流，让后世文人思慕不已，甚至大清的乾隆皇帝，也在紫禁城宁寿宫花园的一角，建了一座禊赏亭，企图通过复制曲水流觞的物理空间，体验东晋士人的风雅神韵。在他看来，假若少了这份神韵，这座宫殿纵然雕栏玉砌、钟鸣鼎食，也毫无品位。

或许得不到的永远是最好的，王羲之式的风雅，让后世许多帝王将相艳羡不已，纷纷效仿，与此相比，王羲之最向往的，却是拯救社稷苍生的功业。与郗璇结婚三年后，王羲之就凭借庾亮等人的举荐，以及自己根红苗正的家世，官至会稽内史、右军将军——"王右军"之名由此而来，但官场的浑浊，依旧容不下一个清风白袖的文人书生。官场上的王羲之，像相亲时一样我行我素。他与谢安一同登上冶城，在谢安悠然远想的时候，他居然批评谢安崇尚虚谈，不务实际："今四郊多垒，宜人人自效，而虚谈费务，浮文妨要，恐非当今所宜。"还反对妄图通过北伐实现个人野心的桓温、殷浩："以区区吴越经纬天下十分之九，不亡何待？"《晋书》说他"以骨鲠称"，还说他"雅性放诞，好声色"。他入世，却不按官场的既定方针办，他不倒霉，谁倒霉呢？果然，王羲之被官场风暴，径直吹到会稽。

离开政治漩涡建康,让他既失落又欣慰。他离自己的理想越来越远,却离自然越来越近。即使在病中,他还写下这样的诗句:

取观仁嘉乐,
寄畅山水阴。
清泠涧下濑,
历落松竹林。

和朋友们相约雅集的那一天,天朗气清,惠风和畅,桑葚的芬芳飘荡在泥土之上,阳光透过密密匝匝的竹林漏到溪水边,使弯曲的流水变成一条斑驳的花蛇。光线晶莹通透,饱含水汁。落花在风中出没,在光影中流畅地迂回,那份缠绵,看着让人心软。所有的刀光剑影都被隐去了,岁月被这缕阳光抹上一层淡金的光泽。唯有此时,人才能沉下来,呼应着自然的启发,想些更玄远的事情,"仰观宇宙之大,俯察品类之盛,所以游目骋怀,足以极视听之娱,信可乐也"。从这文字里,我们看到王羲之焦灼的表情终于松弛下来。我们看见了他的侧脸,被蝉翼般细腻和透明的阳光包围着,那样柔和。他忽然间沉默了,他的沉默里有一种长久的力量。

在那一刻,谢安、孙绰、谢万、庾蕴、孙统、郗昙、许询、支遁、李充、袁峤之、徐丰之一干人等,正忙着饮酒和赋诗,他们吟出的诗句,也大抵与眼前的景象相关。其中,谢安诗云:

相与欣佳节,率尔同褰裳。
薄云罗物景,微风扇轻航。
醇醪陶元府,兀若游羲唐。
万殊混一象,安复觉彭殇。

孙绰诗云：

流风拂枉渚，停云荫九皋。
嚶羽吟修竹，游鳞戏澜涛。
携笔落云藻，微言剖纤毫。
时珍岂不甘，忘味在闻韶。

　　他们或许并不知道，望着眼前的灿烂美景，王羲之在想些关于短暂与永久的话题，也快乐，也忧伤。儒家学说有一个最薄弱、最柔软的地方，就是它过于关注处理现实社会问题，协调人的关系，而缺少宇宙哲学的形而上学思考。它所建构的家国伦理把一代代的中国士人推进官场，却缺少提供对于存在问题的深刻解答，这一缺失，直到宋明理学时代才得到弥补。而在宦海中沉浮的王羲之，内心始终缺了一角，此时，面对天地自然，面对更加深邃的时空，他对生命有了超越功利的思考，他心灵中缺失的一角，仿佛得到了弥补，那份快乐自不必说，对于度尽劫波的王羲之来说，这份快乐，他自会在内心里妥帖收藏；而他的忧伤，则是缘于这份"乐"，来得快，去得也快。因为人的生命，犹如这暮春里的落花，无论怎样灿烂，转眼之间，就会消失得无影无踪。

　　花朵还有重新开放的时候，仿佛一场永无止境的轮回，在春风又起的时候，接续它们的前世。所以那花，是值得羡慕的。但是，每当春蚕贪婪地吸吮桑叶上黏稠甜美的汁液，开始一段即将启程的路途，眼前这些活生生的人们，可能都已不在人世了。一如我们今日重返兰亭，看得见崇山峻岭，茂林修竹，清流激湍，映带左右，唯有永和九年那一班名人雅士去向不明。我们摸得到阳光，却摸不到他们曾经真实的身体。

　　王羲之特立独行，对什么都可以不在乎，包括官场的进退、得失、荣辱，但有一个问题他却不能不在乎，那就是死亡。死亡是对生命最大的限制，它使生命变成一种暂时的现象，像一滴露、一朵花。它用黑暗的手斩断了每个人的去路。在这个限制面前,王羲之潇洒不起来,魏晋名士的潇洒,也未必是真的潇洒,是麻醉、逃避,甚至失态。在这个问题上,他们并不见得比王羲之想得深入。

所以,当参加聚会的人们准备为那一天吟诵的37首诗汇集成一册《兰亭集》,推荐主人王羲之为之作序时,王羲之趁着酒兴,用鼠须笔和蚕茧纸一气呵成《兰亭序》。全文如下:

> 永和九年,岁在癸丑,暮春之初,会于会稽山阴之兰亭,修禊事也。群贤毕至,少长咸集。此地有崇山峻岭,茂林修竹;又有清流激湍,映带左右,引以为流觞曲水,列坐其次。虽无丝竹管弦之盛,一觞一咏,亦足以畅叙幽情。是日也,天朗气清,惠风和畅,仰观宇宙之大,俯察品类之盛,所以游目骋怀,足以极视听之娱,信可乐也。夫人之相与,俯仰一世,或取诸怀抱,晤言一室之内;或因寄所托,放浪形骸之外。虽取舍万殊,静躁不同,当其欣于所遇,暂得于己,快然自足,不知老之将至。及其所之既倦,情随事迁,感慨系之矣。向之所欣,俯仰之间,已为陈迹,犹不能不以之兴怀。况修短随化,终期于尽。古人云:"死生亦大矣。"岂不痛哉!每览昔人兴感之由,若合一契,未尝不临文嗟悼,不能喻之于怀。固知一死生为虚诞,齐彭殇为妄作。后之视今,亦犹今之视昔。悲夫!故列叙时人,录其所述,虽世殊事异,所以兴怀,其致一也。后之览者,亦将有感于斯文。

文字开始时还是明媚的,是被阳光和山风洗濯的通透,是呼朋唤友、无事一身轻的轻松,但写着写着,调子却陡然一变,文字变得沉痛起来,真是一个醉酒忘情之人,笑着笑着,就失声痛哭起来。那是因为对生命的追问到了深处,便是悲观。这种悲观,不再是对社稷江山的忧患,而是一种与生俱来,又无法摆脱的孤独。《兰亭序》寥寥324字,却把一个东晋文人的复杂心境一层一层地剥给我们看。于是,乐成了悲,美丽作成了凄凉。实际上,庄严繁华的背后,是永远的凄凉。打动人心的,是美,更是这份凄凉。

四

由此可以想见,唐太宗之喜爱《兰亭序》,不仅因其在书法史的演变中,创造了一种俊逸、雄健、流美的新行书体,代表了那个时代中国书法的最高水平(赵孟頫称《兰亭序》是"新体之祖",认为"右军手势,古法一变,其雄秀之气出于天然,故古今以为师法";欧阳询《用笔论》说:"至于尽妙穷神,作范垂代,腾芳飞誉,冠绝古今,唯右军王逸少一个而已。"),也不仅因为其文字精湛,天、地、人水乳交融(《古文观止》只收录了6篇魏晋六朝文章,《兰亭序》就是其中之一),更因为它写出了这份绝美背后的凄凉。我想起扬之水评价生于会稽的元代词人王沂孙的话,在此也颇为适用:"他有本领写出一种凄艳的美丽,他更有本领写出这美丽的消亡。这才是生命的本质,这才是令人长久感动的命运的无常。它小到每一个生命的个体,它大到由无数生命个体组成的大千世界。他又能用委曲、吞咽、沉郁的思笔,把感伤与凄凉雕琢得玲珑剔透。他影响于读者的有时竟不是同样的感伤,而是对感伤的欣赏。因为他把悲哀美化了,变成了艺术。"①

唐太宗李世民是一个迷恋权力的人,玄武门之变,他是踩着哥哥李建城的尸首当上皇帝的,但他知道,所有的权力,所有的荣华,所有的功业,都不过是过眼云烟,他真正的对手,不是现实中的哪一个人,而是死亡,是时间,如海德格尔所说:"死亡是此在本身向来不得不承担下来的存在可能性""作为这种可能性,死亡是一种与众不同的悬临。"②艾玛纽埃尔·勒维纳斯则说:"死亡是行为的停止,是具有表达性的运动的停

---

① 扬之水:《无计花间住》,第16页,上海:上海人民出版社,2011年版。
② [德]马丁·海德格尔:《存在与时间》,第288页,北京:生活·读书·新知三联书店,2006年版。

止,是被具有表达性的运动所包裹、被它们所掩盖的生理学运动或进程的停止。"①他把死亡归结为停止,但在我看来,死亡不仅仅是停止,它的本质是终结,是否定,是虚无。

虚无令唐太宗不寒而栗,死亡将使他失去他业已得到的一切,《兰亭序》写道:"况修短随化,终期于尽。古人云:'死生亦大矣。'岂不痛哉!"这句一定令他触然心惊。他看到了美丽之后的凄凉,会有一种绝望攫取他的心,于是他想抓住点什么。他给取经归来的玄奘以隆重的礼遇,又资助玄奘的译经事业,从而为中国的佛学提供了一个新的起点,我们无法判断唐太宗的行为中有多少信仰的成分,但可以见证他为抗衡人生的虚无所做的一份努力,以大悲咒对抗人生的悲哀和死亡的咒语。他痴迷于《兰亭序》,王羲之书法的淋漓挥洒自然是一个不可不觑的因素,但更重要的原因却在于它道出了人生的大悲慨,触及了他最敏感的那根神经,就是存在与虚无的问题。在这一诘问面前,帝王像所有人一样不能逃脱,甚至于,地位愈高、功绩愈大,这一诘问,就愈发紧追不舍。

从这个意义上说,《兰亭序》之于唐太宗,就不仅仅是一幅书法作品,而成为一个对话者。这样的对话者,他在朝廷上是找不到的。所以,他只能将自己的情感,寄托在这张字纸上。在它的上面,墨迹尚浓,酒气未散,甚至于永和九年暮春之初的阳光味道还弥留在上面,所有这一切的信息,似乎让唐太宗隔着两百多年的时空,听得到王羲之的窃窃私语。王羲之的悲伤,与他悲伤中疾徐有致的笔调,引发了唐太宗,以及所有后来者无比复杂的情感。

一方面,唐太宗宁愿把它当作一种"正在进行时",也就是说,每当唐太宗面对《兰亭序》的时候,都仿佛面对一个心灵的"现场",让他置身于永和九年的时光中,东晋文人的洒脱与放浪,就在他的身边发生,他

① [法]艾玛纽埃尔·勒维纳斯:《上帝·死亡和时间》,第7页,北京:生活·读书·新知三联书店,1997年版。

伸手就能够触摸到他们的臂膀。

另一方面，它又是"过去时"的，它不再是"现场"，它只是"指示"（denote）了过去，而不是"再现"（represent）了过去，这张纸从王羲之手里传递到唐太宗的手里，时间已经过去了两百多年，它所承载的时光已经消逝，而他手里的这张纸，只不过是时光的残渣、一个关于"往昔"的抽象剪影、一种纸质的"遗址"，甚至不难发现，王羲之笔画的流动，与时间之河的流动有着相同的韵律，不知是时间带走了他，还是他带走了时间。此时，唐太宗已不是参与者，而只是观看者，在守望中，与转瞬即逝的时间之流对峙着。

《兰亭序》是一个"矛盾体"（paradox），而人本身，不正是这样的"矛盾体"吗？——对人来说，死亡与新生、绝望与希望、出世与入世、迷失与顿悟，在生命中不是同时发生，就是交替出现，总之它们相互为伴，像连体婴儿一样难解难分，不离不弃。

当然，这份思古幽情，并非唐太宗独有，任何一个面对《兰亭序》的人，都难免有感而发。但唐太宗不同的是，他能动用手里的权力，巧取豪夺，派遣监察御史萧翼，从辩才和尚手里骗得了《兰亭序》的真迹，唐代何延之《兰亭记》详细记载了这一过程[1]，从此，"置之座侧，朝夕观览"。还命令当朝著名书法家临摹，分赐给皇太子和大公大臣。唐太宗时代的书法家们有幸目睹过《兰亭序》的真迹，这份真迹也不再仅仅是王氏后人的私家收藏，而第一次进入了公共阅读的视野。这样的复制，使王羲之的《兰亭序》第一次在世间"发表"，只不过那时的印制设备，是书法家们用于描摹的笔。唐太宗对它的巧取豪夺，是王羲之的不幸，也是王羲之的大幸。而那些临摹之作，也终于跨过了一千多年的时光，出现在故宫午门的展览中。其中，我们目前能够看到的最早的摹本是虞世南的摹本，以白麻纸张书写，笔画多有明显勾笔、填凑、描补痕迹；最精美的摹本，是冯承素摹本，卷首因有唐中宗"神龙"年号半玺印，而被称为

---

① 明代李口华、近代余绍宋皆认为此文不可信。

"神龙本",此本准确地再现了王羲之遒媚多姿、神清骨秀的书法风神,将许多"破锋""断笔""贼毫"等,都摹写得生动细致,一丝不苟。

而王羲之《兰亭序》的真迹,据说则被唐太宗带到了坟墓里,或许,这是他在人世间最后的不舍。临死前,他对儿子李治说:"吾欲从汝求一物,汝诚孝也,岂能违吾心也?汝意如何?"他对儿子最后的要求,就是让儿子在他死后,将真本《兰亭序》殉葬在他的陵墓里。李治答应了他的要求,从此"茧纸藏昭陵,千载不复见"。或许,这张茧纸,为他增添了几许面对死亡的勇气,为死后那个黑暗世界,博得几许光彩,或许在那一刻,他知道了自己在虚无中想抓住的东西是什么——唯有永恒的美,能够使他从生命的有限性中突围,从死亡带来的巨大幻灭感中解脱出来。赫伯特·曼纽什说:"一切艺术基本上也是对'死亡'这一现实的否定。事实证明,最伟大的艺术恰恰是那些对'死'之现实说出一个否定性的'不'字的艺术。"

唐太宗以他惊世骇俗的自私,把王羲之《兰亭序》的真迹带走了,令后世文人陷入永久的叹息而不能自拔。它仿佛是在人们视野里出现、又消失的流星,一场风花雪月、又转眼成空的爱情,令人缅怀、又无法证明。它是一个传说、一缕伤痛、一种想象,朝朝暮暮,模糊而清晰地存在着。慢慢地,它终又变成一个无法被接受的现实、一场走遍天涯道路也不愿醒来的大梦,于是各种新的传说应运而生。有人说,唐太宗的昭陵后来被一个"盗墓狂"盗了,这个人,就是五代后梁时期统辖关中的节度使温韬。《新五代史》记载,温韬曾亲自沿着墓道潜进昭陵墓室,从石床上的石函中,取走了王羲之《兰亭序》,那时的《兰亭序》,笔迹还像新的一样。宋人所著《江南余载》证实了这一点,说:昭陵墓室"两厢皆置石榻,有金匣五,藏钟王墨迹,《兰亭序》亦在其中。嗣是散落人间,不知归于何所。"

如果这些史料所记是真,那么,《兰亭序》在唐太宗死后,又死而复生,继续着它在人间的旅程。在宋人《画墁集》中,我们又能查到它新的行踪——在宋神宗元丰末年，有人从浙江带着《兰亭序》的真本进京，准备用它在宋神宗那里换个官职，没想到半路传来宋神宗驾崩的消息，就干脆在途中把它卖掉了。这是我们今天能够打探到的关于真本《兰亭序》的最后的消息，它的时间，定格在1085年。

五

　　但人们依然想把它"追"回来，他们发明了一种新的方式去"追"，那就是临摹。临，是临写；摹，则是双勾填墨的复制方法。与临本相比，摹本更加接近原帖，但对技术的要求极高。唐太宗时期，冯承素、赵模、诸葛贞、韩道政、汤普彻等人都曾用双勾填墨的方法对《兰亭序》进行摹写，而欧阳询、虞世南、褚遂良、刘秦妹等则都是临写。宋高宗赵构将《兰亭序》钦定为行书之宗，并通过反复临摹、分赐子臣的方式加以倡导，使对《兰亭序》摹本的收藏成为风气，元、明、清几乎所有重要的书法家，包括赵孟頫、俞和临，明代祝允明、文徵明、董其昌，清代陈邦彦等，都前赴后继，加入到浩浩荡荡的临摹阵营中，使这场临摹运动旷日持久地延续下去。他们密密麻麻在站在一起，仿佛依次传递着一则古老的寓言。他们不像唐朝书法家那样幸运，已经看不到《兰亭序》的真迹，他们的临摹，是对摹本的临摹，是对复制品的复制，他们以这样的方式，完成对《兰亭序》的重述。

　　但这并非机械地重复，而是在复制中，渗透进自己的风格和时代的审美趣味，这些仿作，见证了"一切历史都是当代史"这一真理。于是有了陈献章行书《兰亭序》卷、八大山人行书《临河叙》轴这些杰出的作品。清末翁同龢在团扇上书写赵孟頫《兰亭十三跋》中一段跋语，虽小字行书，亦得沉着苍健之势；无独有偶，他的政治对手李鸿章，也酷爱《兰亭序》，年过七旬，依旧"不论冬夏，五点钟即起，有家藏一宋拓兰亭，每晨必临摹一百字，其临本从不示人"。

于是，《兰亭序》借用了一代又一代人的手，反反复复地进行着表达。王羲之的《兰亭序》，像一个人一样，经历着成长、蜕变、新陈代谢的过程。在不同的时代，呈现出不同的形状。这些作品，许多为故宫博物院收藏，许多亦在午门的"兰亭特展"上一一呈现。它们与我近在咫尺，艺术史上那些大家的名字，突然间密密匝匝地排在一起，让我屏住呼吸，不敢大声出气，而面前的玻璃幕墙，又以冰冷的语言告诉我，它们身份尊贵，不得靠近。

这时我突然想到一个问题——历代文人，为什么对一片字纸如此情有独钟，以至于前赴后继地参与到一项重复的工作中？写字，本是一种实用手段，在中国，却成为一种独特的视觉艺术——西方人也讲究文字之美，尤其在古老的羊皮书上，西方字母总是极尽修饰之能事，但他们的书法，与中国人相比，实在是简陋得很，至于日本书法，则完全是从中国学的。世界上没有一种文化，像中国这样陷入深深的文字崇拜。这种崇拜，通过对《兰亭序》的反复摹写、复制，表现得无以复加。

这是因为文字在中国文化中占有绝对的中心地位，它的地位，比图像更加重要，也可以说，文字本身就是图像，因为汉字本身就是在象形的基础上创造出来的。李泽厚说："汉字书法的美也确乎建立在从象形基础上演化出来的线条章法和形体结构之上，即在它们的曲直适宜，纵横合度，结构自如，布局完满。"中国人把对世界、对生命的全部认识都容纳到自己的文字中，黑白二色，犹如阴阳二极，穷尽了线条的所有变化，而线条飞动交会时的婉转错让，也容纳了宇宙的云雨变幻、人生的聚散离合。即使在宗教的世界，文字的权威也显露无遗，比如佛教史上重要的北京石经山雷音洞，并不像一般佛教洞窟那样，在洞壁上进行彩绘，而是以文字代替图像，在洞壁上镶嵌了大量的刊刻佛经，秘密恰在于文字是中国文化的核心。密密麻麻的文字，以中文讲述着来自印度的佛教经典，这种"以文字代替图像的做法，也被视为佛教中国化的另一种方式"。

除了摹本,《兰亭序》还以刻本、拓本的形式复制、流传。刻本通常是刻在木板或石材上,而将它们捶拓在纸上,就叫拓本。仅故宫博物院收藏的《兰亭序》刻本,数量超过三百,刻印时间从宋代一直延续到清代,源远流长,仅"定武兰亭"系统,就分成"吴炳本"、"孤独本"(均为日本东京国立博物馆藏)、"落水兰亭"、"春草堂本"、"玉枕兰亭"(均为故宫博物院藏)、"定武兰亭真拓本"(台北故宫博物院藏)等诸多支脉,令人眼花缭乱。

画家也是不甘寂寞的,他们不愿意在这场追怀古风的运动中落伍。于是,一纸画幅,成了他们寄托岁月忧思的场阈。仅《萧翼赚兰亭图》,就有四件流传至今,分别是台北故宫博物院藏唐代阎立本《萧翼赚兰亭图》卷、故宫博物院藏宋人《萧翼赚兰亭图》卷、辽宁省博物馆藏宋人《萧翼赚兰亭图》卷、故宫博物院藏明人《萧翼赚兰亭图》轴。4幅不同朝代的同题作品,在午门的"兰亭大展"上完美合璧。此外,还可看到北京故宫所藏宋代梁楷的《右军书扇图》卷、台北故宫藏南唐巨然《兰亭修禊图》、宋代郭忠恕《摹顾恺之兰亭燕集图》、宋代刘松年《曲水流觞图》、元代王蒙《兰亭雪霁》、明代李宗谟《兰亭修禊图》、明代仇英《修禊图》、明代赵原初《兰亭图》等画作,不断对这一经典瞬间进行回溯和重放,在各自的视觉空间中挽留属于东晋的诗意空间。画家的参与,使中国的书法史与艺术史交相辉映。这至少表明照搬西方的学科分类对中国艺术进行分科,是不科学的,因为中国书法和绘画,是那么紧密地缠绕在一起,像骨肉筋血,再精密的手术刀也难以将它们真正切割。

眼前这些古老的纸张,就这样形成了一条漫长的链条,在岁月的长河中环环相扣,从未脱节。在这样一根链条上,摹本、刻本、拓本(除了书法之外,上述画作也大多有刻本和拓本传世),都被编入一个紧密相连的互动结构中。白纸黑字的纸本,与黑纸白字的拓本的关系,犹如昼与夜、阴与阳,互相推动,互相派生和滋长,轮转不已,永无止境。中国的文字和图像,就这样在不同的材质之间辗转翻飞,摇曳生姿,如老子所说："一生二，二生三，三生万物，周而复始，衍生不息。"中文的动词没有时态的变化，那是因为在中国人的精神结构里，时间的概念是模糊不清的；过去、现代、未来的关系，有如流水，很难被斩断；所有的过去，都可能在现实中翻版，而所有的现实，也将无一例外地成为未来的模板。西方人则不同，他们对于时态的变化非常敏感。对他们来说，过去是过去，现在是现在，将来是将来，它们是性质不同的事物，各自为政，不能混淆、替代。在他们那里，时间是一个科学的概念，它是线性的，一去不回头，而对于中国人来说，时间则更像一个哲学的概念。于是，中国人在循环中找到了对抗死亡的力量，因为所有流逝的生命和记忆都在循环中得以再生。《兰亭序》的流传过程，与中国人的时间观和生命观完全同构——每一次死亡，都只不过是新一轮生命的开始。对中国人来说，时间一方面是单向流动的，如孔子所说："逝者如斯夫，不舍昼夜"；另一方面，又是循环往复的，它像水一样流走，但在流杯渠中，那些流走的水还会流回来。因此，面对生命的流逝，中国人既有文学意义上的深切感受，又能从过去与未来的二元对立中解脱出来，获得哲学意义上的升华超越。

　　"思笔双绝"的王沂孙曾写："把酒花前，剩拼醉了，醒来还醉。"一场醉，实际上就是一次临时死亡，或者说，是一次死亡的预演，而醉酒后的真正快乐，则来源于酒后的苏醒，宛若再生，让人体会到来世的滋味。也就是说，在死亡之后，生命能够重新降临在我们身上。

　　面对着这些接力似的摹本，我们已无法辨识究竟哪一张更接近它原初的形迹，但这已经不重要了，永和九年暮春之初的那个晴日，就这样在历史的长河中被放大了，它容纳了一千多年的风雨岁月，变得浩荡无边，一代又一代的艺术家把个人的生命投入进去，转眼就没了踪影，但那条河仍在，带着酒香，流淌到我的面前。艺术是一种醉，不是麻醉，而是能让死者重新醒来的那种醉，这一点，已经通过《兰亭序》的死亡与重生，得到清晰的印证。在这个世界上，还找不出一个人能够真正地断送《兰亭序》在人间的旅程。王羲之或许不会想到,正是他对良辰美景的流连与哀悼,对生命流逝、死亡降临的愁绪,使一纸《兰亭序》从时间的囚禁中逃亡,获得了自由和永生。而所有浩荡无边的岁月,又被压缩、压缩,变得只有一张纸那么大,那么的轻盈可感。

　　它们的轻,像蝉的透明翅膀,可以被一缕风吹得很远,但中国人的文化与生命,就是在这份轻灵中获得了自由,不像西方,以巨大的石质建筑,宣示与自然的分庭抗礼。中国文化一开始也是重的,依托于巨大的青铜器和纪念碑式的建筑(比如长城),通过外在的宏观控制人们的视线,文字也附着在青铜礼器之上,通过物质的不朽实现自身的不朽,文字因此具有了神一般的地位,最早的语言——铭文,也借助于器物,与权力紧紧地结合在一起。纸的发明改变了这一切,它使文字摆脱了权力的控制,与每个人的生命相吻合。文化变成均等的权力,汉字的优美形体,也在纸页上自由地伸展腾挪。仅从物质性上讲,纸的坚固度远远比不上青铜,但纸上的文字却更长久。这是因为在纸页上,中国的文字成了真正的活物,自由、潇洒和率性。它放开了手脚,可舞蹈,可奔走,也可以生儿育女。它们血脉相承的族谱,像一株枝丫纵横的大树,清晰如画。当一场展览将这十几个世纪里的字画卷轴排列在一起,我们才能感觉到文字穿越时间的强大力量。纸张可以腐烂、焚毁,但那些消失的字,却可以出现在另一张纸上,依此类推,一步步完成跨越千年的长旅。当那些纪念碑式的建筑化作了废墟,它们仍在。它们以自己的轻,战胜了不可一世的重。"繁华短促,自然永存;宫殿废墟,江山长在。"那一缕愁思、一握柔情,都凝聚在上面,在瞬间中化作了永恒。一幅字,以中国人的语法,破解了囿于时间和死亡的哲学之谜。

六

　　王羲之死了,但他的字还活着,层层推动,像一只船桨,让其后的中国艺术有了生生不息的动力，又似一朵浪花，最终奔涌成一条波澜壮阔的大河。那场短暂的酒醉，成就了一纸长达千年、淋漓酣畅的奇迹。《兰亭序》不是一幅静态的作品、一件旧时代的遗物，而是一幅动态的作品，世世代代的艺术家都在上面留下了自己的生命印迹。如果说时间是流水，那么这一连串的《兰亭序》就像曲水流觞，酒杯流到谁的面前，谁就要举起这酒杯，抒发自己对生命的感怀。而那新的抒发者，不过是又一个王羲之而已。死去的王羲之，就这样在以后的朝代里不断地复活。由此我产生了一个奇特的想象——永和九年，有无数个王羲之坐在流杯亭里。王羲之的身前、身后、身左、身右，都是王羲之。酒杯也从一个王羲之的手中，辗转到另一个王羲之的手中。上一个王羲之把酒杯递给了下一个王羲之，也把毛笔，传递给下一个王羲之。这不是醉话，也不是幻觉，既然《兰亭序》可以被复制，王羲之为何不能被复制？王羲之身后那些接踵而来的临摹者，难道不是死而复生的王羲之？大大小小的王羲之、长相不同的王羲之、来路各异的王羲之，就这样在时间深处济济一堂，摩肩接踵。很多年后，我来到会稽山阴之兰亭，迎风坐在那里，一扭身，就看见了王羲之，他笑着，把一支笔递过来。这篇文章，就是用这支笔写成的。

山西，山西

柴静

海子有句诗，深得我心："天空一无所有，为何给我安慰。"

我出生在一九七六年的山西。

小孩上学，最怕迟到，窗纸稍有点儿青，就哭着起了床。奶奶拉着手把我送一程，穿过枣树、石榴和大槐树，绕过大狗，我穿着奶黄色棉猴，像胖胖一粒花生米，站在乌黑的门洞里，等学校开门。

怕黑，死盯着一天碎星星，一直到瓷青的天里透出淡粉，大家才来。我打开书，念"神——笔——马——良"，一头栽在课桌上睡着，日日如此。

山西姑娘没见过小溪青山之类，基本上处处灰头土脸，但凡有一点诗意，全从天上来。中学时喜欢的男生路过我身边，下了自行车推着走，说几句话。分别之后心里蓬勃得静不下来，要去操场上跑几圈，喘着气找个地儿坐下，天蓝得不知所终，头顶肥大松软的白云，过好久笨重地翻一个身。

苦闷时也只有盯着天看，晚霞奇诡变化，觉得未来有无限可能。阵雨来得快，乌黑的云团滚动奔跑，剩了天边一粒金星没来得及遮，一小粒明光闪烁，突然一下就灭了。折身跑时，雨在后边追，卷着痛痛快快的土腥气扑过来。

二〇〇六年我回山西采访，在孝义县城一下车就喉头一紧。老郝说:"哎,像是小时候在教室里生煤炉子被呛的那一下。"

是,都是硫化氢。

天像个烧了很长时间的锅一样扣在城市上空。一眼望去,不是灰,也不是黑,是焦黄色。去了农村,村口一间小学,一群小孩子,正在剪小星星往窗户上贴。有个圆脸大眼的小姑娘,不怕生人,搬个小板凳坐我对面,不说话先笑。

我问她:"你见过星星吗?"

她说:"没有。"

"见过白云吗?"

"没有。"

"蓝天呢?"

她想了好久,说:"见过一点点儿蓝的。"

"空气是什么味道?"

"臭的。"她用手扇扇鼻子。

六岁的王惠琴闻到的是焦油的气味,不过更危险的是她闻不到的无味气体,那是一种叫苯并芘的强致癌物,超标九倍。离她的教室五十米的山坡上,是一个年产六十万吨的焦化厂,对面一百米的地方是两个化工厂,她从教室走回家的路上还要经过一个洗煤厂。不过,即使这么近,也看不清这些巨大的厂房,因为这里的能见度不到十米。

村里各条路上全是煤渣,路边庄稼地都被焦油染硬了,寸草不生。在只有焦黑的世界上,她的红棉袄是唯一的亮色。

我们刚进市区,干部们就知道了。看见我们咳嗽,略有尴尬,也咳了两声,说酒店里坐吧。酒店大堂是褐色玻璃,往外看天色不显得那么扎眼,坐在里头,味儿还是一样大。大家左脚搓右脚,找不出个寒暄的话。

跟我们一块儿去的是省环保局的巡视员,老郝叫人家"老头儿",这是她认为一个人还算可爱时的叫法。她低声问老头儿:"他们不觉得呛啊?"老头儿呵呵一笑:"说个笑话,前两年这城市的市长到深圳出差,一下飞机晕倒了,怎么救都不醒。还是秘书了解情况,招来一辆汽车,冲着市长的脸排了一通尾气,市长悠悠醒了,说:'唉,深圳的空气不够硬啊。'"

市政府的人一边听着,一边干笑。

市长把我们领到会议室,习惯性地说:"向各位汇报。"从历史说到发展,最重要的是谈环保工作的进展。老郝凑着我耳朵说:"他们肺真好,这空气,还一根烟连着一根的。"

我在桌下踢她一脚。

讲了好久,市长说:"经过努力,我们去年的二级天数已经达到了一百天。"

有人呵呵笑,是老头儿:"还当成绩说呢?"

市长咧开嘴无声地笑了一下,继续说……

我家在晋南襄汾,八岁前住在家族老房子里,清代的大四合院,砖墙极高,朱红剥落的梢门口有只青蓝石鼓,是我的专座,磨得溜光水滑。奶奶要是出门了,我就坐在那儿,背靠着凉津津的小石头狮子,等她回来。

一进门是个照壁,原来是《朱子家训》:"黎明即起,洒扫庭除……"土改的时候被石灰胡乱涂掉了,小孩儿拿烧黑的树枝在上头画字,"打倒柴小静"。

这小孩儿是租户的孩子,敢掏小燕子,敢捅马蜂窝,唯一害怕的是老宅子后门的老井,上百年了,附近最好的水,小男孩儿隐隐知道那水有点神圣。井口都是青苔,透明的小水洼里来喝水的蜜蜂,小脚颤抖着轻沾水面。他和我缩着头探一探,适应一小会儿那股黑暗,看到沿井壁挖出的可站脚的小槽,底下深深处,一点又圆又凉的光亮。

北厦有两层,阁楼不让上去,里头锁着檀木大箱子,说有鬼。我们不敢去,手脚并用爬上楼梯往里看一眼,老太阳照透了,都是陈年尘烟。小孩儿总是什么都信,大人说这房子底下有财宝,我们等人中午都睡着了,拽着小铲子,到后院开始挖坑,找装金元宝的罐子。

一下雨就没法玩儿了,大人怕积水的青砖院子里老青苔滑了脚。榆木门槛磨得粗粝又暖和,我骑坐在上头,大梁上燕子一家也出不去,都呆呆看外头,外头槐绿榴红,淋湿了更鲜明。我奶奶最喜欢那株石榴树,有时别人泼一点儿水在树根附近,如果有肥皂沫,她不说什么,但一定拿小铲铲点土把皂水埋上,怕树伤着。

等我长大,研究大红顶梁上的金字写的是什么,我爸歪着头一颗字一颗字地念:"清乾隆四十五年国学生柴思聪携妻……"后面的看不清楚了……

一七八〇年的事儿,这位是个读书人吗? 还是个农民,贩棉花挣点钱所以捐个国学生? ……大人也不知道,说土改的时候家谱早烧了,只留了一幅太爷爷的画像,他有微高的颧骨。我爸这样,我也这样。

王惠琴的村子比我家的还早,赭红色的土城门还在,写着"康熙年间"建造,老房子基本都在,青色砖雕繁复美丽,只不过很多都塌落地上,尽化为土。

村子的土地都卖给了工厂,男人们不是在厂里干活,就是跑焦车。王惠琴妈妈抱着一岁多的小弟弟坐在炕上,小孩子脸上都是污迹。她不好意思地拿布擦炕沿让我们坐:"呀,擦不过来,风一吹,灰都进来,跟下雨一样。"小孩子一点点大,我们说话的时候他常咳嗽。他妈搂紧他,说没办法,只能把窗关紧。

往外看,只能看到焦化厂火苗赤红,风一刮,呼呼流窜,村里人把这个叫"天灯",这个村子被五盏天灯围着。按规定,所有的工厂都得离村子一千米外,但厂子搬不了,离村近就是离路和电近。

只能村民搬。但是搬哪儿去呢? 这个县城焦化项目符合环境标准的,没有。村里有个年轻人说:"不知道,只想能搬得远一点儿,不闻这呛死人的味儿就行。"

有个披黑大衣的人从边上过来,当着镜头对着他说:"说话小心点,工厂可给你钱了。"年轻人说："那点钱能管什么?你病了谁给你治?"吵起来了。

黑大衣是工厂的人,我问他："你不怕住在这儿的后果?"他说："习惯了就行了,人的进化能力很强的。"我以为他开玩笑,看了看脸,他是认真的。

"你的孩子将来怎么办?"

"管不了那么多。"

焦化厂的老总原本也是村民,二十年前开始炼焦。有几十万吨生产能力的厂,没有环保设施。

他对着镜头满腹委屈："光说我环保不行,怎么不说我慈善啊?这个村子里的老人,我每年白给他们六百块钱,过年还要送米送面。"他冷笑："当儿子都没有我这么孝顺。"

"有人跟你提污染吗?"

他一指背后各种跟领导的合影："没有,我这披红挂绿,还游街呢。"

晚上老头儿跟市领导吃饭。

"说实话,都吵环保,谁真敢把经济停下来?"书记推心置腹的口气。

"你的小孩儿送出去了吧,在太原?"老头儿悠悠地说。

书记像没听见一样："哪个国家不是先发展再治理?"

老头儿说："这么下去治理不了。"

"有钱就能治理。"

"要不要打个赌?"老头儿提了一下一直没动的酒杯。

没人举杯。

王惠琴家附近那条河叫文峪河。

"这还是河吗?"我问老头儿。

他说得很直接："你可以把它叫排污沟。"周围被规划为重工业园区,焦化厂的废水都直接排进来。这条河的断面苯并芘平均浓度超标一百六十五倍。

文峪河是汾河的支流，我就在汾河边上长大。我奶奶当年进城赶集的时候，圆髻上插枚碧玉簪，簪上别枚铜钱，是渡船的费用。我爸年轻时河里还能游泳，夏天沼泽里挖来鲜莲藕，他拿根筷子，扎在藕眼里哄我吃，丝拉得老长。

我小学时大扫除，用的大扫帚举起来邦邦硬，相当扎手吃力，是芦苇的花絮做成的，河边还有明黄的水凤仙，丁香繁茂，胡枝子、野豌豆、白羊草……蓝得发紫的小蝴蝶从树上像叶子一样垂直飘下来，临地才陡然一翻。还有蟋蟀、蚂蚱、青蛙、知了、蚯蚓、瓢虫……吃的也多，累累红色珠子的火棘，青玉米秆用牙齿劈开，嚼里面的甜汁。回家前挖点马苋菜拿醋拌了，还有一种灰白的蒿，回去蒸熟与碎馒头拌着蒜末吃，是我妈的最爱。最不济，河滩里都是枣树，开花时把鼻子塞进米黄的小碎蕊里拱着，舔掉那点甜香，蜜蜂围着鼻子直转。秋天我爸他们上树打枣，一竿子抡去，小孩子在底下捡拾，叮叮当当被凿得痛快。

风一过，青绿的大荷叶子密密一卷，把底下的腥气带上来，蛙声满河。表姐把塑料袋、破窗纱绑到树干上下河抓鱼，我胆小不敢，小男孩儿在我家厨房门口探头轻声叫"小静姐，小静姐"，给我一只玻璃瓶，里头几只黑色小蝌蚪，细尾一荡。

河边上从这个时候，开始盖纺织厂、纸厂、糖厂、油厂……柏油路铺起来，姐姐们入了厂工作，回来拿细棉线教我们打结头，那时工厂有热水澡堂，带我们去洗澡，她们揽着搪瓷盆子冲着看门男子一点头，笑意里是见过世面的自持。纺好的泡泡纱做成灯笼袖小裙子，我穿件粉蓝的，我妹是粉红的，好不得意。我妈在工厂的理发店给我烫个卷毛，隔了这么多年，脑袋上包个黄色蛇皮袋的烫热感还有，是文明让人不舒服的启蒙。

人人都喜欢工厂，厂门前有了集市，热闹得很，大喇叭里翻来覆去唱"甜蜜的生活，甜蜜的生活，无限好啰喂……"声震四野。有露天电影，小朋友搬小板凳占座位，工厂焊的蓝色小铁椅，可以把红木板凳挤到一边去。放电影之前常常会播一个短纪录片,叫《黄土高原上的绿色明珠》,说的是临汾。我妈带我们姐妹去动物园时,每次都要提醒"电影里说了,树上柿子不能摘,掉下来也不要捡,这叫花果城"。

纸厂的大水泥管子就在河边上,排着冒白沫子的黄水,我妈说这是碱水,把东西泡软了才能做纸。小朋友一开始还拿着小杯子去管子口接着玩,闻一下龇牙咧嘴跑了,本能地不再碰。

河变难看了,但我还是跟河亲。跟表姐妹吵了架,攥着装零钱的小药盒出走,在河滩上坐着,看着翻不起浪的黄泥水。大人都讲,小孩子是从河里漂过来的,我满腹委屈,到河边坐着等,河总有个上游,往那个方向望就是个念想,怎么还不来接我?

我上中学后,姐姐们陆续失业。之后十年,山西轻工业产值占经济总量的比例从将近百分之四十下滑到百分之六。焦化厂、钢厂、铁厂……托煤而起,洗煤厂就建在汾河岸上。我们上课前原来还拿大蒜擦玻璃黑板,后来也颟了,擦不过来,一堂课下来脸上都是黑粒子。但我只见过托人想进厂的亲戚,没听过有人抱怨环境——就像家家冬天都生蜂窝煤炉子,一屋子烟也呛,但为这点暖和,忍忍也就睡着了。

我父母也说,要没有这些厂,财政发不了工资,他们可能攒不够让我上大学的钱。

河里差不多断流了,只有一点儿水,味儿也挺大。两岸还有些蒿草,鸟只有麻雀了,河边常看到黑糊糊的火烬里一些皮毛脚爪,是人拿气枪打了烤着吃。但我们这些学生还是喜欢去河边——也没别的野地儿可去,河边人迹少,男女生沿河岸走走,有一种曲折的情致,不说话也是一种表达。

回忆高中最后一段,好像得了色盲症,记忆里各种颜色都褪了,雨和雪也少了,连晚霞都稀淡一缕。坐在我爸自行车后面过桥时,每次我都默数二十四根桥柱,底下已经没什么水可言,一块一块稠黑泥浆结成板状,枯水期还黏着一层厚厚的纸浆。河滩的枣树上长满病菌一样的白点子,已经不结枣了。后来树都砍了。但我晃荡着双腿,还是一遍遍数着栏杆,和身边的人一样没什么反应,生活在漠然无所知觉中。

"山西百分之六十的河都是这样,"老头儿说,"想先发展,再治理?太天真了。"

我问:"如果现在把污染全停下来呢?"

"挖煤把地下挖空了,植被也破坏了,雨水涵养不住。"

"你是说无论如何我都看不见汾河的水了?"

他看我一眼:"你这一代不行了。"

"这并不是最要紧的,要紧的是现在已经出现地下水污染了,"他说,"就你们家那儿。"污染物已经从土壤中一点儿一点儿地渗下去,一直到几百米之下。

我觉得,不会吧,这才几年。

但采访完忽然想起一事,我妈常掰开我和我妹的嘴叹气:"我和你爸牙都白,怎么你俩这样?"我俩只好面面相觑,很不好意思。

老头儿这么说,我才想起,搬家到小学家属楼后,我家自来水是咸苦的,难以下咽,熬粥,粥也是咸的。家家都这样。像喝铁钉一样。后来查了一下,可不是,"县城水的矿化度高,含氯化物、硫酸盐、铁"。

到现在,自来水也只能用来洗涮,东山里的村民挑的深井水,或者在三轮车焊一个水箱,拉进城,在窗户底下叫卖"甜水"。我妈买了红塑料桶,两毛钱一桶,买水存在小缸里,用这种水熬米汤,才能把绿豆煮破。

我想我们姐俩是不是枉担了多年虚名,问我爸,他哼哼哈哈不理我这辩解,有天终于恍然大悟:"搞不好真是氟中毒,这几年赵康镇的氟骨病患者多起来了,牙都是黄的,骨头都是软的,腿没法走……"

我上网查水利局资料,发现襄汾是重氟区——有二十四万人喝的水都超标,全县的氟中毒区只分布在"汾河两岸",在术语里,这叫"地带性分布"。也就是说,用受工业污染的河水灌溉,加上农药化肥滥用,造成土壤中的氟向地下水渗透。

河边的洗煤厂是外地人开的,挣几年钱走了,附近村长带着几位农民专门到北京来找过我,问能不能再找些项目,被焦油污染的地没办法复垦了,每炼一吨土焦,几百公斤污染物,连着矸石、岩石、泥土,露天在河边堆着,白天冒烟,晚上蓝火蹿动,都是硫化氢。我们二〇〇六年见过五层楼高的堆积,有人走路累了在边上休息,睡过去,死了。

现在这些焦厂已经被取缔,老头儿说:"但今后几百年里,每次降雨后,土壤中致癌物都会向地下潜水溶入一些。"

我听得眼皮直跳。

我一九九三年考大学离开山西,坐了三十多个小时火车到湖南,清晨靠窗的帘子一拉,我都惊住了,一个小湖,里头都是荷花——这东西在世上居然真有?就是这个感觉。孩子心性,打定主意不再回山西。就在这年,中国放开除电煤以外的煤炭价格,我有位朋友未上大学,与父亲一起做生意,当时一吨煤十七块钱,此后十年,涨到一千多块钱一吨。煤焦自此大发展,在山西占到GDP的百分之七十,成为最重要支柱产业。

二〇〇三年春节我从临汾车站打车回家,冬天大早上,能见度不到五米。满街的人戴着白口罩,鼻孔的地方两个黑点。车上没雾灯,后视镜也撞得只剩一半。瘦精精的司机直着脖子伸到窗外边看边开,开了一会儿打电话叫了个人来,"你来开,我今天没戴眼镜。"

我以为是下雾。

他说,嘻,这几天天天这样。

我查资料,这雾里头是二氧化硫、二氧化氮和悬浮的颗粒物。临汾是盆地,在太行山和吕梁山之间,是个S形,出口在西南方向,十分封闭,冬季盛行西北风,污染物无法扩散,全窝在里头了。

回到家,嗓子里像有个小毛刷轻轻扫,我爸拿两片消炎药给我,说也没啥用,离了这环境才行。他跟我妈都是慢性鼻炎,我妈打起喷嚏惊天动地，原先还让我爸给她配药，后来也随便了："你没看襄汾这几年，新兵都验不上么，全是鼻炎、支气管炎。"

我爸是中医，他退了休，病人全找到家里来，弄了一个中药柜子，我跟我妹的童子功还在，拿个小铜秤给他抓药，我看药方是黄芪、人参、五味子……"都是补药啊？"我看那人病挺重的样子。

我爸跟我说："这些病是治不好了，只能养一养。"补了句："十个，十个死。"

我吃一惊，说什么病啊？

"肺癌、肝癌、胃癌……都是大医院没法治了，来这儿找点希望的。"

他说了几个村子名，病人多集中在那里，离河近，离厂近，他问了一下，都是农民，直接抽河里水浇地吃粮，"这几年，特别多"。

我问我爸："不能去找找工厂？"

"找谁呢？河和空气都是流的，谁也不认。"

无以解忧，我们几人约着去旅行，每到一地，我都对老郝和老范说，我老有强烈的童年感觉。老郝指着那些乱石中上千年的巨榕，或是落英缤纷的荷塘，笑我："你们山西能有这个吗？"我刚开口"我们在旧石器时代……"她们都笑得稀烂。唉，说不下去了。

汾河边的丁村人文化遗址，从我家骑车十几分钟就到。馆里有文字标明："十万年前，古人类在这里生存，汾河两岸是连绵不断的山冈、沙地和禾草草原。当时的河湖沼泽里长满了香蒲、黑三棱、泽泻……水边草甸上有蒿、藜、野菊，东山坡上是落叶阔叶树木，栎树、桦木、椿树、木樨、鹅耳枥……"石炭纪时这些繁茂的植被，千百万年来的枝叶和根茎堆积成极厚的黑色腐殖质，地壳变动埋入地下，才有了煤。

小时候，人家在汾河挖沙盖房，一挖湿河沙就有人来我家送龙骨，是一味中药，我爸说是沙里挖出的恐龙化石，用来止血。拿小铁锤在生铁钵砸开，一小段一小段竖纹的细条骨头，里面全是蜂窝样的小眼，吸湿力很强，干完活我们姐俩常把一根雪白的骨头粘在嘴唇上，晃荡着跑来跑去。

后来我查过，龙骨不是恐龙骨头，是象、犀牛、三趾马的骨头化石，丁村人最早在河滩上制作石器时，狩猎采集为生，猎的就是大象和犀牛。离我家十几里的陶寺遗址掘出的"鼍鼓"，腔内有数根汾河鳄的皮下骨板。四千年前，汾河里还有鳄鱼。

这里是人类先民最早的农业生产地之一，那时已有收禾穗的石刀，脱壳去皮的石磨棒，由部落而入城市，文明兴起。考古学家苏秉琦教授说过："大致在四千五百年前，最先进的历史舞台转移到晋南。在晋南兴起了陶寺文化。它相当于古史上的尧舜时代，亦即先秦史籍中出现得最早的'中国'，奠定了华夏的根基。"

旅行时高明度的阳光、绿荫、浓重的色彩、动物的啼叫，给我的童年之感，也许是我还是个婴儿的时候，躺在那里感觉到的东西——也可能是留在人的基因里一代一代遗传下来的远古记忆。

幼年，我们无甚可玩，土就是玩具，尤其喜欢下雨，沟渠漫溃，雨停后一片泥涂。这些泥涂被大太阳晒得结了干板，变得极为平滑。我们拿着小刀就去撬起几块来，手感滑腻，拿在手里削，没人教，也没图样可参考；我最擅长的也就是削出一支土枪，握在手里比划。我妹更小，连这个都不会，只能拿一个装万金油的圆盒子，找点稀泥巴，等干了磕出来，晾在滩上，圆圆一小粒排起来，就算是艺术创造了。

我们不懂大人的烦愁。

山西百分之八十都是丘陵，黄土是亚细亚内陆吹来的戈壁沙石细末，一逢大雨，雨夹泥冲沟而下，曾经把整个打麦场冲毁，十几万斤麦子全入汾河，连坟头也成耕地，清明只能在麦子地或者桃树垄上，大家跪一排烧纸。人越多越垦，越垦越穷，千百年来大概如此。周秦时还是清澈的"大河"，到东汉"河水重浊，号为一石水而六斗泥"。从此大河被称为"黄河"，是命脉，也是心病。唐宋以后泥沙有增无减，堆积在下游河床上，全靠堤防约束，形成悬河。伏秋大汛，三四千年间，下游决口泛滥一千五百九十三次。

　而当下,大汛甚至成为奢侈。一九四九年之后山西成为全国的能源基地,支援东部,支援首都,占到全国外调量的百分之八十。六十年里,总采煤一百二十亿吨,可以装满火车后一列接着一列在地球上绕三圈。老头儿给我们的报告里写道:"每开采一吨煤平均破坏的地下水量为二点四八立方米……造成全省大面积地下水位下降, 水井干枯,地面下陷,岩溶大泉流量明显减少,缺水使七千一百一十公里河道断流长度达百分之四十七。"

　十年后再见,我做煤炭生意的那个朋友,把矿倒手卖给了别人,名片换成了北京一家手机动画公司。我问为什么,他说"钱也挣够了"。

　我再问,他说:"这行现在名声不好。"

　再问,他说:"那矿只能挖五十年了。"

　再问,他眯眼一笑,伸了两根指头:"其实是二十年。"

　煤炭的开采不会超过千米,挖穿之后就是空洞,如果不花成本回填,空洞上面的岩层、水层都会自然陷落,形成采空区。

　站在我家门口往东看,远远能看到个塔影,唐代所建,山就叫塔儿山。山顶宝塔一直还在,这里是三县交界的地方,北侧的崖被铲成了六十度,高百米的陡崖上紫红色砂岩剥离得厉害,一棵树都没有。到处是采矿塌陷的大坑,深可数丈。

　有一天几个人来我家闲聊,说塔儿山那里的事怪得很,突然一下有个村子塌了。"那个谁,开着一个拖拉机,咔一下就掉下去了。"

　他们吸一口气,歪个头说:"邪门。"磕一下烟,再聊别的事。

　做节目时我到了采空区。

　黑灰满天的公路上,路全被超载的车轧烂,车陷在烂泥里走走停停。夜路上也是拉煤的大货车,无首无尾,大都是红岩牌,装满能有七十吨重。

　我去的村叫老窑头村。上世纪九十年代当地有句话,"富得狗都能娶到媳妇"。现在村里煤矿由村主任承包，一个煤矿一年可以挣上千万，每年上交村里八万。一千三百人的村庄，人均年收入不到六百元。人们过得比十年前还穷。

有一个矮个子老人，几乎快要跪下来让我们一定要去他家看看。他扯着我一路爬到山顶，看他家新盖的房子。整面墙斜拉开大缝子，摇摇欲坠，用几根木头撑起来。他家的正下方就是煤矿，水源已经基本没水了，他在檐底下搁只红色塑料桶，接雨水。

村里人看他跳着脚向我哭叫几乎疯癫的样子，都笑了。他们的房子在半山腰，暂时还没事。原村长和书记都在河津买了房子，不住在这儿。

我们往山上走，走到最高顶。一抱粗的大树都枯死了，乌黑地倒在大裂缝上，树杈子像手一样往外扎着，不知道死多长时间了。我的家乡是黄土高原，但这山顶上已经沙化得很厉害，长满了沙漠中才有的低矮沙棘。风一吹，我能听见沙子打在我牙齿上的声音。

我不再想回山西了。

我妈和我妹都来北京了，山西我家不远处是火车站，为了运煤加建的专门站台就在十米开外，列车昼夜不停，轰隆一过，写字台、床都抖一阵子，时间长也习惯了。但盖了没几年的楼，已经出现沉降，一角都斜了。为了让这个小城市精神一点儿，有一年它和所有临街的楼一起被刷了一层白浆，黑灰一扑，更显残破。我怕楼抖出问题，劝我爸："来吧。"他不肯，家里他还有病人、吃惯的羊汤和油粉饭，有一路上打招呼用不着说普通话的熟人。他说："你们走吧，我叶落归根。"

有一天他给我打电话，说老宅子打算全拆了卖了。院里满庭荒草长到齐腰高，小孩子们在废墟上跳进跳出，我幼年用来认字的黑底金字的屏风早被人变卖，插满卷轴字画的青瓷瓶不知去向，八扇雕花的门扇都被偷走，黑洞洞地张着。拆不动的木头椽子上的刻花被凿走了。我小时候坐的青蓝石鼓也不见了，是被人把柱子撬起来后挖走的，用砖再填上，砖头胡乱地龇在外头。

房子属于整个家族，家族也已经分崩，这是各家商议的决定，我也没有那个钱去买下来修复。二○○五年我在云冈石窟，离大佛不到四百米是晋煤外运干线一○九国道。每天一万六千辆运煤车从这儿路过，大都是超载，篷布也拉不上，随风而下，几个外国游人头顶着塑料袋看石窟。大佛微笑的脸上是乌黑的煤灰，吸附二氧化硫和水，长此以往，砂岩所凿的面目会被腐蚀剥落。

我把眼一闭，心一硬，如果现实是这样，那就这样，这些是没办法的事。只有一次，我奶奶去世几年后，石榴树被砍了，我不知道怎么了，电话里冲我爸又哭又喊，长大成人后从没那样过。我爸后来找了一个新地方，又种了一棵石榴，过两年来北京时提了一个布袋子给我，里面装了几个石榴，小小的红，裂着口。

我看着心里难受。

我可以自管自活着，在旅行的时候回忆童年。但我是从那儿长出来的，包括我爸在内，好多人还得在那里生活下去。每天要呼吸，喝水，在街头走过。人是动物，人有感觉，表姐在短信里说："再也没有燕子在屋檐下搭窝了，下了雨再也看不见彩虹了。"

"再也"，这两个字刺目。

我和老郝动身，二○○七年，再回山西。

我碰上一个官员，他说："你是山西人，我知道。"

"对。"

"临汾的？"

"嗯。"

他知道得很清楚。带着一点儿讥笑看着我："你怎么不给山西办点好事儿？"

"我办的就是。"

王惠琴七岁了，剪了短头发，黑了，瘦了，已经有点认生了，远远地站着,不打招呼只是笑。一笑,露出两只缺了的门牙。

她家还是没有搬,工厂也没搬。在省环保局的要求下,企业花了六千万把环保设施装上了,带着我们左看右看:"来,给我们照一照。"我问:"你这设备运行过吗?"老总的儿子嘿嘿一笑:"还没有,还没有。"

当地炸掉了不少小焦化厂的烟筒,炸的时候,有个在工厂打工的农民爬到了烟筒上,苦劝才下来,跟我说:"你说我干什么去呢?地没了,贷款也难,房子也不能抵押。但凡能干点买卖,我也不愿意干这个,谁不是早晨起来天天咳嗽?"

八月,我采访时任山西省长于幼军。他说:"山西以往总说自己是污染最重的地方之一,我看把'之一'去掉吧,知耻而后勇,以'壮士断臂'的决心来治污。"

在临汾时,我曾去龙祠水源地拍摄。

没有太多选择。临汾下面的尧都区有三个主要的水源地:龙祠、土门和屯里。根据环保局二〇〇五年六月的监测,土门向供水厂联网供水的十五口水井,总硬度和氨氮浓度大多严重超标,屯里的水源地由于污染过重,在二〇〇三年十月被迫停止作为市民集中式饮用水源。

山被劈了三分之一,来往的煤车就在水源地边上。水源地只有十亩左右,"最后这点了,再没有了。"边上人说。

我站在栅栏外面往里看,愣住了。

我从来没见过这样的山西。

附近村庄里的小胖子跟我一起,把脸挤在铁栅栏上,谁都不说话,往里看。水居然是透亮的,荇藻青青,风一过,摇得如痴如醉,黄雀和燕子在水上沾一下脚,在野花上一站就掠走了,花一软,再努一下,细细密密的水纹久久不散。

一抬头,一只白鹭拐了一个漂亮的大弯。

这是远古我的家乡。

(本文有删节)

边疆书

鲍尔吉·原野

布尔津河,你为什么要流走呢?

布尔津河像一只长方形的餐桌,碧绿色的台面等待摆上水果和面包的篮子。河水在岸边有一点小小的波纹,好像桌布的皱纹。

我坐在山坡上看这只餐桌,它陷在青草里,因此看不见桌子腿。这么长的餐桌应该安装几百条腿或更多,结实的橡木和花楸木腿。小鸟从餐桌上直着飞过去,检查餐桌摆没摆酒杯和筷子。其实不用摆筷子,折一段岸边的红柳就是筷子。现在是五月末,红柳开满密密的小红花。它们的花瓣比蚊子的翅膀还要小。这么小的花瓣好像没打算凋落,像不愿出嫁的女儿赖在家里。红柳的花瓣真的可以在枝上待很久,没有古人所说的飘零景象。

来会餐的鸟儿一拨儿一拨儿飞过了许多拨儿,它们什么也没吃到,失望地飞走了。有的鸟干脆一头扎进桌子里面,冒出头时,尖尖的喙已叼着一条银鱼。这就是河流的秘密,吃的东西藏在桌子底下。

青草和红柳合伙把布尔津河藏在自己怀里,从外表看,它不过是一只没摆食物的餐桌。为了防止人或动物偷走这条河,红柳背后还站着白桦树。白桦树的作用是遮挡窥视者的视线。青草、红柳和白桦树每次看到藏在这里的布尔津河干净又丰满,心里就高兴,它们竟可以藏起一条河。但它们没想到布尔津河一直偷偷往西流。表面看,河水一点没减少,仍像青玉台面的长餐桌,但水流早从河床里面跑了。假如有一天青草知道了布尔津河竟然一直在偷偷流,它一定不明白河水要流到什么地方去,还有比喀纳斯更好的地方吗?

青草喜欢这里,它不愿意迁徙的理由是河谷的风湿润,青草在风中就可以洗脸。青草身上的条纹每天都洗得比花格衬衣还好看。这里花多,金莲花开起来像蒺藜一样密集。这一拨花开尽,有另一拨儿花开。到六月,野芍药开花,拳头下的鲜艳的野芍药花开遍大地,青草天天生活在花园里。可是,布尔津河你为什么要流走呢?

现在野芍药打骨朵儿了,像裂开的绿葡萄露出山楂的果肉。我用手捏了捏,花蕾的肉很结实,一颗手指肚大的花蕾能开出碗大的花。我想把山坡的野芍药的花骨朵儿全都捏一遍,好像说我手里捧过百万玫瑰(为了你,我舍得百万玫瑰——这是我昨天听华俄后裔张瓦西里唱的俄罗斯民歌)但我怎么捏得过来呢?把花捏得不开放怎么办?草地、悬崖上都有野芍药花。开在白桦树脚下的野芍药花一定最动人。它像一个人从泥土里为白桦树献花。

白桦树,你怎么看都像女的,就像松树怎么看都像男的。白桦的小碎叶子如一簇簇黄花,仔细看,这些黄花原来是带明黄色调的小绿叶子。能想见,它在阿勒泰的蓝天下有多么美。而它的树身如少女或修士身上的白纱。当晨雾包裹大地又散开后,你觉得白桦树收留了白雾,我甚至愚蠢地摸了摸树干,看了看自己的手指肚,又用舌头舔了舔。没沾雾,白桦树就这么白。既然这样,布尔津河你为什么还要流走呢。

有一天,我爬上了对面的山。草和石头上都是露水,非常滑,但我没摔倒。我的鞋是很好的登山靴,它根本没瞧得起这些草和石头上的露水。登上山顶,看到了我住的地方的真实样子。木头房子离河边不远,像狗窝似的,黑黑的云杉树如披斗篷的剑客,从山上三三两两走下来,更黑的那块草地并不是一片云杉长在了一起,那是云朵落在草地上的影子。

布尔津河在视野里窄了,像一条白毛巾铺在山脚下,也有毛巾上摆着圆圆的小奶球,有一些奶球连在了一起。它们是云朵,这是蒙古山神的早餐。云,原来还可以吃的,这事第一次听说。山神那么大的食量,不吃云就要吃牛羊了,一早晨吃一群羊,还是吃云吧。雾从河上散开,一朵一朵的云摆在河上,山从雾里露出半个身子,准备伸手抓云吃。昨晚下过雨,木制的牛栏和房子像柠檬一样黄。不一会儿,天空有鹰飞过,合拢翅膀落在草地上,想要抓自己的影子。野芍药下个月就开花了,山神早上在吃云朵。偷偷流走的布尔津河把这些事情告诉给了远方的湖泊。

字在纸上长成青草

我一直在稿纸上写作,爱用每页300字或360字的稿纸,面对稿纸上密密麻麻的方格子,感觉很新奇。字写满一张纸后,我感觉这页纸活了,好像她在森林里睡了几十年的觉,这些字在她脸上爬,她由于发痒而醒过来。

我相信字有灵,林、春、水、天、地,这些字与它们包含的内容有关联。"天"这个字比你更了解天,"春"这个字也比你更了解春,而"春"所知道的事情只跟米有关。虽然长得相像,春和春之间并无血缘。

这些字在稿纸上相遇,互致你好,问你从哪里来,你来这里多久了?我已经看到它们彬彬有礼,所以我尽量把字写得好看些,让它们见面时能够互相欣赏。字之貌,不一定长得都像王羲之、赵孟頫,像人不必都像电影明星。我喜欢露水、月亮、鲜花、虫子、鸟和鱼这些汉字,写到它们就想到它们,后来我干脆以它们为创作内容,这样就有机会多写到它们。如果没内容,在稿纸上写一百个春字很像精神病。

我觉得我写的字也愿意被我写出来,它们像外边的人来到有林木阴凉的花园逛一逛。从书法说,我的字好也好不到哪里,但不生硬,不凌厉,不义正词严,比较内敛。这样,字和字相处起来比较舒服一点。那些气势凌人的字搞在一块儿肯定要打起来。有人喜欢以霸气的字体写什么"豪气"啊、"拼搏"啊,听着都吓人,把这些字放一起早晚出人命或字命。

我喜欢写天空、大地、河流、草木。路在青草的山坡转弯,竹林里的小鸟如喉咙里含了露水一样啼鸣,星星趴在银河的堑壕里朝这边看,潭底的游鱼尾巴甩一下才不至于让人误以为它们是黑色的石头。我觉得这些事都是大事,正如有些人认为这不算事。我认真地办这些事,书写大自然,这是多大的事啊!粉色小虫子从树叶上爬过;草原上的星星好像会在后半夜发出蒙古栎树的气味;猫从灌木里蹿出并回头看,它肯定没干什么好事;红瓦因为吸足了雨水而鲜艳;牵牛花像留声机喇叭,感觉它听到莫扎特的音乐脸会发烫。我慢慢写下这些情景,虽然别人觉得这是一些小得不能再小的事,但我一写就感觉自己是一个办大事的人。有时路过商店的玻璃橱窗,稍微看一下身影,有点像办大事的人。

这些字曲曲弯弯地在稿纸上爬行,如同蚂蚁的行军队伍。作家不就是蚂蚁吗?每天奔波,搬面包屑做明天的粮食。即使有的作家自感气势干云,他也不过是文章蚂蚁。一个人如果真的气势干云(干树梢已不错了)就不去写作,而去别国侵略了。字被写好之后,它们会在黑夜里串门,黑墨水写的字在夜里活动不容易被发现。它们像蚂蚁一样爬到别的稿纸或别的文章里看一看、嗅一嗅,挑挑毛病。字变成蚂蚁之后,每个字都像"兆"字,有些像"究"字,这是字里的大干部,头戴珊瑚顶子的冠冕。想到这个事,我心里很高兴,虽无高官厚禄,但有文字蚂蚁,它们代表着星空、青草和牛羊。我的书桌可称蚂蚁窝,简称蚁窝。但不可称蚂窝,免得好像我跟蚂蟥有什么默契。

如果你观察过脚下的青草,会发现一株草长一个样,草叶的长短,俯仰都不一样,如中国画兰草的撇与捺。草——好听点叫青草,世俗点叫杂草——从脚下长到天涯,有山它们能翻山,有河它们过不了河。它们无边无际,没完没了,不怕烧不怕踩更不怕风吹日晒,这是一些卑微的生灵。我之作文虽写天空大地，却没因此得到高度和厚度，我只是写大自然。我写它们是喜欢并尊敬它们，它们不会赏给我钱，因为它们不是企业也不需要广告。大自然是卑微的，它们只用自己那一小份——无论是树、是草，它们安静，比人更有理性。中国古代哲学家把自然界呈现的理性称之为道，人无论如何也得不到道的。而动植物无一不得道，否则一天也活不了。道是本分、节制、无妄想乃至一切杂念，唯其卑下微小，而得广大充盈。我的字或者叫文章的内容，也可归于卑微质朴之类，像地上的杂草。如果真像杂草倒好了，随时随地可生，也没人去挖去卖去熬汤，去要求扮演残疾的盆景。曾有人质问我，你怎么写得没完没了。我不理解他这问话的含义。难道我不应该写散文而卖拉面吗？是不是打麻将更符合中国人的人性？然而我不打。要打也打坐、打太极拳。青草不是每年春天都出来吗？它们不会延迟也不会早到。青草遍地，你看上去多，其实它们不多也不少，只有那么多。就像蚂蚁看上去多，其实也只有那么多。世上不光有青草，还有高大的乔木；不光有蚂蚁，还有大象。让蚂蚁和大象各得其乐吧！

每个人理应赞美一次大地

每个人理应赞美一次大地，那是他们最终要去的地方。

但我们好像要想一想才想起什么是大地。它不是水泥地(水泥是大地的禁锢)，不是楼房(楼房并不是土地长出来的东西而是政府与商人合造的商品)。大地也不是街道(地在街道底下)。大地是长庄稼的地吗？

长庄稼的地叫耕地，它是大地的一小部分，可以养人，古人称为田。大地并没少，耕地却越来越少，人类开始在耕地上盖楼，吃饭的问题以后再说。大地上有村庄吗？有，但这是过去。过去，村庄生长在大地上，长在河边，像大地上结的一个葫芦。现在村庄已经荒芜。如果村庄可以衰老，如今它们正在衰老，农人的门锁了好多年，院墙废圮。村庄的主人去了城里打工，村庄由于缺少人气而老态毕现。没有鸡鸣犬吠的村庄老得最快。而另一些村庄是被活生生消灭的,政府让乡民进城住楼,把他们腾出的村庄下面的土地用作工业用地和商业用地,总称发展。在没有露水、鲜花、青草和小猫小狗的地方总有一样东西旋转,这东西说不出名字,只好管它叫发展。

大地还在——其实人说出"大地还在"这话是可笑的,大地不在谁在?——但有时找不到它。想念大地时会想到遥远的地方,比如新疆和青海,似乎那里才有大地。或者在电脑的搜索引擎上录入"田园"、"庄稼"、"湿地"、"保护区"这些词语,收看大地的图片,在上面看到野花和绿草,顶多算见到了大地。假设我们在城里看不到大地——楼房和水泥地面屏蔽了大地的表面——郊外应该是离大地最近的地方。去了之后,见到了什么?

郊外还在,大地又不在了。我去过的许多城市的郊外堆满了垃圾,可叫垃区或圾区而非郊区。人太能生产垃圾了,城市镶着一条垃圾的项链,城边的垃圾山中间是失地农民住的出租房。所谓大地被压在这些垃圾下面。一些没有垃圾的城市郊区也看不到大地,人们造出一条假的河流,水泥衬底,用水泵抽水吸水,这是像假唱一样的假河,两岸栽种鲜花绿树,但这不是大地的样子。它们不自然因而不属于大自然。

我庆幸我见过大地,比如今的儿童幸运。大地有田但不全是田亩,有荒野、沙砾与河流。野草、树木、动物和昆虫是大地最早的居民,落日好像点燃了一万个柴火垛,月光洒在铺着细沙的河滩。风里有柳树的苦味,河水的腥味,野兔粪便和狐狸的臊味。大地上野花盛开,颜色淡,好像鲜艳会惊扰大自然的庄严。大地无所谓好不好,对草木动物而言,从来没有不好。虽然大地冰冻,动物们缺少食物,但这不是大地不好的理由。大自然不追求公平华美,它的规律是自然而然,此中有和谐。大地从来没想过它会成为最大的商品,成为被排污、被盖楼房的地方。大地原来是人的墓地,如今它是它自己的墓地。

赞美大地,它包容一切又生长一切,不排斥一切好人坏人在此生活并死去，大地有办法降解一切废物并把它们变成万物更生的养料，给每一样东西赋予新意。人与动物的遗体被处理干净变成青草和土壤里的微尘。大地松软。人们虽然看不清大地的脸，但一年四季，它有不同的表情。春天，草木开花分明是大地笑了。月光下，大地静谧如霜，这是大地入睡的表情。

人们爱说："走什么样的路，到哪里去"等等，其实最终都要走向大地，这是所有人无法回避的前程，但常常叫作归宿。那么，为什么不事先关注一下大地、赞美这最后的归宿之地呢？大地辽阔，春去冬来。尽管大地之上有丑陋的建筑，但大地时时都在我们脚下，这件事毫无疑问。能够让花开放的是大地，让人得到最后安宁的也是大地。大地超出人的视野，它的身影如同落日的黄金射线。

望柳庄

王宗仁

那只狐狸,赶在黄昏降临前来到这里,原打算过夜的。它看见树上挂着一盏马灯,就断定不是人去屋空的地方,便转身走了。这灯虽弱弱的光焰,它轻轻一晃,甚至春天都会动起来。马灯是这块土地上的生动表情。

望柳庄。

你别以为它是个村子,庄不等于村。当然更不可能是镇了。

那个年代——我在青藏高原当兵的二十世纪五十年代末到六十年代初,荒野的戈壁滩,风沙呼啸而过,就扫出一大片空地,唯有黄羊逍遥自在地与风沙快乐嬉闹。人难得有个落脚的地方。从阳关来的滚了几个世纪的沉重的黄沙,到了这个叫阿尔顿曲克草原的地方,暂时停止了眩晕地哽咽。也许它并没有死,但是终有新的事物在此诞生——几排低矮的说茅屋不是茅屋、说土屋也不像土屋的半地下半地上的简陋小屋,院落。你当然可以询问这些陋屋是从哪儿来的,包括小屋的马灯,但是这并不重要。在这个风吼沙扬的世界里,荒凉、死寂仿佛永远也不会画上句号。每天来去这儿的人,也许只是零零落落的过客,全部的意义就在于喜出望外地享受这一刻, 在这个原来被沉闷笼罩的地方,有生命的飞翔。我说的生命就是这盏灯。

确实是寂寞的陋屋。太阳每天从它的东檐角升起,又急急慌慌地从陋屋一晃落到西侧的墙根下,潦草地完成一天的任务,掉进昆仑泉里入睡去了。有一丝野沙棘在夜里悄悄长出几个尖尖的针芒,刺痛了薄薄的冰冷月色。

就是这样一个既不是村也称不上镇的望柳庄,在我心目中一直把它当成一座城。不要问我为什么会有这样相当错位的结论,我只要给你讲一个人的故事,你自然就会明白。这个人手中的那盏马灯,朴实得就像我的八百里秦川老家父辈们挂在牲口槽头拌草料的灯,但是我要带一点夸张地说,它是我目前唯一看到的光焰永不疲惫的灯。

院落曾经的主人或者更确切地说倡议修建院落的主人,是一位开国将军慕生忠。他是从陕北吴堡县庄稼院里走出来的传奇式的人物,肩上扛着高粱花的将军。咋个传奇? 一九一〇年他出生于一个破落地主家庭,在中学时就受到陕北革命领导人刘志丹的影响,投身革命。二十三岁那年他就成为一名共产党员,立起山头组织起了一支杀恶锄奸的游击队。反动派视他为眼中钉,残杀了他一家包括父母妻子在内的四口人。仇恨满胸的他变得大胆无敌,他亲手砍过不少反动恶霸的脑壳。刘志丹夸他胆大有谋,多次奖励他。后来他带领游击队东渡黄河,活动于晋西吕梁地区等二十多个县,杀敌除恶,身上留下了二十七块伤疤。就这些,他慕生忠还不传奇? 一九五四年,这位奇士带领人马,在物质条件极其困迫的世界屋脊上跋涉苦战,半年时间就修起了青藏公路。这又是他创造的新传奇。要知道新中国成立初期,国家困难,百废待举,上面还没有修青藏公路的打算,是他主动请战,做成了这件可以说震撼世界的事! 人们称他"青藏公路之父"该是当之无愧了!

就在国人尤其是青藏地区的百姓们理所当然地将爱戴而羡慕的目光投向将军时,他却不知去向地从格尔木消失了。时间是一九五八年。公路修起才四年,他还没有完全腾出手淋漓酣畅地跑一趟拉萨,心满意足地看看路面上那些忙忙碌碌的轮印。据说在中国庐山的那场让彭大将军下野的风暴里,他也,莫名其妙地被牵连进去。望柳庄前熙熙攘攘的人流里找不到他,只能看到找他的人满脸惆怅。这时候我感到了人的渺小,却感到了他的高大!

望柳庄从此更加寂寞,孤独。白日的某个时辰总能看到从遥远的西伯利亚飞到青海湖过冬的斑头雁,咕咕的叫声划过望柳庄,一声高过一声,一声悲过一声。

我要说的是,随后不久,望柳庄也像一匹疲乏了的骆驼一样消失了。说是消失是说院里的人走了,陋屋还在。其实随后不久,陋屋就换成了瓦房,再后来,瓦房又变成了小楼。就在陋屋消失的地方,一座新兴的城市一日比一日繁荣热闹。这个城市就是今天的格尔木。它坐落在昆仑山下,头顶天高,脚下地阔,伸向远方的公路就是它的翅膀。格尔木,天生一副要飞翔要远航的架势。格尔木是在一九五四年修筑青藏公路大军,向世界屋脊进军的雄壮脚步声中逐渐壮大起来的。它地处甘、青、藏三省(区)的中心地带,是内地进入西藏的必经咽喉。二〇〇一年开始修建的青藏铁路起点也是这里。

当年的望柳庄就建在格尔木转盘路口的西北角。日浮在潮中,月沉在汐里。生活就是由日渐堆积的记忆和日月交替的重生组成。我把每天对望柳庄的思念放大,就是一张格尔木的地图。总有事物在死亡,这就是历史。死了的东西常常还活着,这也是历史。消失了的望柳庄被时光磨损并擦亮,它一直十分清晰如初地留在我的眼前。那些柳树,依旧姓柳,柳树的柳。柔情的枝条一律朝着新耸起的楼房倾向。除了柳树,还有杨树,相加足足有上百棵。它的主人已经换了一茬又一茬,有的已经睡到了地下。更多的人是不安于命运总怀有梦想,只是有时候连做梦的力气也没有。格尔木的风沙还是照常不误地刮着,已经减弱了许多,可还是那么大。风沙,是格尔木的语言。没有了风沙,格尔木还能叫格尔木吗?当然,在风沙与风沙间歇之间,太阳很红。人们常站在望柳庄前看昆仑日出!

我调至京城离开格尔木已经四十二年了。突然转身,我发现我的影子还留在昆仑山下。这四十二年对一个人来说是漫长的时间,我确实记不清自己有多少次重返格尔木了。可以说得清的是,望柳庄上空斑头雁不断地叫声,总能把格尔木的春天唤醒。

在随心所欲的写作中,我多次让昆仑山的风吹灭招待所的灯,在淡淡的月色中品味望柳庄的力量以及它给我带来的一段往事的细节。某一天下雨,雨点扑进窗落在我的脸和摊在桌面的稿纸上。我一下子觉得我和望柳庄挨得很近,我相信那雨点就是柳梢上的露珠。我还要回到昆仑山的,因为那里有永远的望柳庄,慕生忠将军的望柳庄,格尔木人的望柳庄,也是我文学的望柳庄。从我到北京的那年起,我就把自己的书房起名望柳庄,一直至今。

老到了一把年纪的时候,回忆往事就成了必不可少的程序。新世纪之初,对往事的绵长思念把我又一次牵回到了格尔木。踏进这个旧地的当天夜里我根本无法入睡,站在望柳庄的遗址上,面对扑入眼中的一幢幢崛起的楼房、鲜亮的平房,以及宽阔公路上穿梭如织的车辆。我怎么梳滤都滤不掉其实是我一直企盼的一个新的格尔木城。还是转身遥望昆仑山吧,它该是旧日模样!目光下锯齿般的峰峦,像大地上一帧帧相互的木刻。望柳庄,已经身不由己地变成一片发黄的树叶,从格尔木转盘路口飘到我心中。可是昨天的语言还在叶脉中微微颤动。我的思绪沉进时间的隧道,从灰烬里追寻往日那盏灯。

我第一次看到望柳庄是在一九五九年的隆冬。那天清晨,我驾驶汽车从格尔木路口经过时,不经意间发现柳树丛中闪出三个刚劲浑圆的大字:望柳庄。字是红漆涂染,凸现在拼接的三块灰砖上。我稍动了一下视线,才看到挂在树杈的一盏马灯使这三个字显出了真身。正是灯光下的这三个字,可以说把我长途跑车带来的疲累抚摸得干干净净乃至于无。那一刻,当空的月牙儿很宁静地悬在夜幕上,挤眉弄眼地好像对我提示着什么。我再仔细地打量了一下,此处原来是一个小院落的门楣。四周并不很高的围墙，紧凑了院中的一栋二层楼房，在柳条的半遮半掩下显得格外宁静。也是在这时候，我才发现院子里的一侧，有一个人正用扫帚一下比一下有劲地清扫着地上的落叶和尘杂。我不得不这样想，新的一天即将开始，这里的主人不允许他的院里有些许杂物。一把扫帚使这个小院变得豁然敞亮。在山野放飞了数天的我，突然有一种回家的温暖感觉。那时候的格尔木，虽然结束了六顶帐篷起家的历史，却依然赤地千里，一片秃野。想象力再丰富的人，也难退想出它后来在不长的一段时间，会成为世界屋脊上一座重要城市，西部化工城，盐都。柴达木盆地的察尔汗盐湖给它镀上了晶亮的光泽。我记忆犹新的是，当时我到格尔木虽然是青藏公路通车的第四年了，但看到的仍然是除了一排又一排坐落得并不很整齐的土坯垒墙、茅苇压顶的平房外，再就是傍依着土坡、塄坎建造的半地下半地上的窑洞房。当然还有一些圆木式的帐篷房——这在军营或医院可常见到。望柳庄这栋二层楼房虽然很简陋，也可算是鹤立鸡群了。风沙昼夜不歇气地扑打着望柳庄四周那些低矮的还没有来得及站稳脚跟的土房草舍。昆仑山肩头原本亮着豆子大的星星，在风吹沙打中也变得像针尖那么一点点了。

说起格尔木的风沙，还有一个与我有关的故事哩，说的是一首顺口溜的诞生。那时候我已经是一个可以写出一些小文章，在报纸上以及像《连队文艺》这样的部队内容刊物上变成铅字了，反正在我们部队是小有名气的。一天，我们的车队在昆仑山下小歇，冷不防就刮起了漫天风沙，人和汽车都被罩在了风沙中，张口一说话满嘴都灌满沙子。我和几个战友就顺势凑了几句形容风沙大的话，大概意思是，天上没有鸟，地上也不长草，满眼是风沙，石头跟风跑。当时我们的排长李黑子在一旁不阴不阳地说了一句：什么石头跑，汽车都快被吹倒了！哦，我心头一亮，最后我和大家修修剪剪就把那几句话变成了："地上不长草，天上无飞鸟，遍地黄羊跑，风吹汽车倒。"在这个顺口溜里，我最欣赏的是最后一句,不仅具有浪漫色彩,而且把风沙与我们汽车兵的生活关联起来了。文学源于生活,又高于生活,这就是见证。这几句顺口溜诞生于汽车部队,就被我们这些走南闯北的汽车兵背得滚瓜烂熟,随着我们的车轮在青藏线上四处疯传。我真的好佩服那些扎根在这片荒原上的哈萨克牧人,他们赶着羊群早出晚归,没有一日缺牧。归牧时,我每每看到牧人赶着羊群的情景,总觉得他们是赶着白毛风来了。荒郊野地,这种感觉没有浪漫,只有凄凉。就在这样一个地面上,突然地冒出一个望柳庄,不叫你想到家的温馨才怪呢!

我探源到望柳庄的历史是在一九六〇年,我到格尔木的第三年。我利用一个没有上线执勤的休息日,到青管局(全称青藏公路管理局)找到了一位同志,他给我讲了望柳庄建立之初的故事。望柳庄始建于一九五六年六月二十五日,日期这么具体当然不是信口开河说出来的,那本《格尔木西藏基地》史志书中有记载。望柳庄的正规名称是青藏公路管理局招待所,一度亦叫青藏公路管理局交际处,承担着各级领导干部和进出藏人员的住宿接待任务。招待所为什么要叫望柳庄呢?这不得不提到慕生忠,是他的杰作。

头一年,他率领人马上高原修路前,路过日月山下的湟源县时,他从彭德怀元帅拨给他的六辆汽车中,抽出两辆大卡车,拉运了满满的两车树苗,柳树,杨树。一位有心人在树栽好后点了点数,共一百二十棵,杨树和柳树差不多各占一半。将军和大家一起刨坑埋苗,他要求杨柳分栽。他说:"有树必有村,或者用老百姓的话说,就是有村必有树。咱们现在有了树,村庄呢,自然也会有的。"他指了指那些杨树:"就叫成荫村吧!"又指指那片柳树:"那是望柳庄。"大家不解,就问:"取这名字有啥讲究?"他答:"望柳成荫嘛!"大家拍手称赞,好个闪亮的绿色梦想。这片青嫩的树苗心照不宣地把栽树人的目光抬到了远处。

人们对这位修路的将军凝望已久,所有人的想法,比不上他的一个点头。虔诚的格尔木人就顺水推舟地把建在柳树一侧的招待所称为

原来姹紫嫣红开遍

望柳庄。又过了不久,格尔木修建起了澡堂,人们也取名望柳池。望柳池虽然离柳树有一段不算近的距离,但它的水脉连着那些柳树的根须。不是吗? 所有的诗情画意都在生活中,你我他都可以入诗。怕就怕诗的浪花已经在你的手心发了嫩芽,你还哼唱着地老天荒。

人们怎么能忘掉挂在柳树杈上的那盏马灯,那是将军让一位骆驼客挂上去的。还有人说,原本就是将军亲手挂上去的。他的创意太精妙了,说:"格尔木有树了,这是千年万年头一回的喜事,要让大家都能看见这些树。夜里也要看见。"马灯就这样上了树,整整挂了七天七夜。那个年代,昆仑山还没有电灯,马灯的光焰就是格尔木人心目中的电灯,小太阳。人们从四面八方拥来看树,好新鲜,格尔木有树了! 无论怎么翻来覆去地看,无论一天看几回,心头的快乐都释放不完。清晨有人拨捻,傍晚有人添油,马灯白天也亮着。那是一缕阳光潜入到灯芯,温暖还在,光明还在!

望柳庄模样的改观是在格尔木有了砖瓦厂以后。一九五七年,只有几间草棚搭起的砖瓦厂在格尔木河畔建起。六月,试验烧出了青砖一百万块。这出厂的第一批青砖完全可以称作是格尔木这个城市的基础砖,如何使用它,有关人员着实费了一番脑汁。最后还是将军发了话:"用它在望柳庄建房吧! 毕竟那是咱格尔木的门面。"就这样望柳庄的帐篷房换成了二十多间窑洞式瓦房。两年后,又修建起了招待楼,成为格尔木"最高档次"的服务接待中心。只是望柳庄那三个红漆字依然亮亮地晒在新换的门楣上。我就是在这时候初识望柳庄。

必须要走过一条堆积着冰凌沙石的不通畅的路,必须要忍耐一段漫长而枯燥的时光,格尔木才能到达要抵达的地方。望柳庄让你爱它或它爱你的人一见倾心。

我真的难以忘掉我和我的一车不相识的战友,在望柳庄吃的那顿饭。那一年,我国边境发生了一场战争,国门蹿起狼烟。人民解放军为了捍卫我国的尊严,奋起迎战。我们称此为边境自卫反击战。当时,青藏地区无铁路也无航线,特别是西藏,凌乱,闭塞,仿佛永远是冬天。现在战争来了,最忙碌的是我们这些高原汽车兵,运兵运粮运弹药。日行千里,夜走八百,飞轮碾得公路都发软冒烟了。我的驾驶技术在全连打个七十分算个中等水平,还要高抬贵手。昼夜连轴转跑车,我很吃力。排长不放心我放单飞,头两趟任务都坐我的车,说是深入实际,实则是暗暗地给我保险。跑了几趟,见我练得顺当了,他才撒手。那段日子,我们这些汽车兵满脑袋就塞着四个字:多装快跑!我们连有个驾驶员从甘肃境内的兰新铁路峡东火车站,装上亟须的战备物资运到拉萨,六天六夜往返。任务完成了他也累倒在昆仑山中。平常这趟任务跑下来要耗去差不多三十个日出日落呀!这位老兄终因劳累过度,抢救无效,身亡。昆仑山下又添了一座新坟。从冀中平原赶来的五十多岁的老父亲,抱着二十岁儿子的尸体,哭天唤地地号叫着,感受死亡的剧痛。战争就是要打乱人们平静的生活常规,军人首当其冲。那个战友是在深冬的雪天离开他的亲人的,我们用冰雪冷冻了他的遗体,为的是让战友们多陪他一些日子。这个冬天昆仑山的暴风雪放肆在我和战友的飞轮前,它原想使我们翻车,没想到却成了我们前行的动力!

没有什么更能像战争那样把人心凝聚在一起,把人的境界提高到新高度。我的话题还是回到望柳庄的那顿饭上吧。我所在的汽车团那时风风火火地投入了那场自卫反击战的战勤运输中。战事繁重且火急,我们恨不能将车轮变成翅膀飞起来。那天我的车上拉着一批进藏的兵,没想到车子在察尔汗盐湖抛了锚,变速箱损坏得太惨,途中根本无法修理,只得让助手咎义成拦便车到格尔木军营去联系修车事宜,我留下来看守汽车。车上的兵们原地待命,依然规规矩矩地待在车上,不得远离。这是军队的纪律。

我们抛锚的地方离格尔木大约一里多路,徐徐降落的夜色使它变得漫长。夜幕中前方那稀稀拉拉闪闪烁烁的灯火却显得很遥远。有时灯火隐去了,朦胧天幕上瞬间就显出昆仑山的影子。有时灯火亮了,山与天反而模糊成了一片暗影。不知什么时候飘起了雪花,整个夜晚都好像软了,绵绵地滑入远处。抛锚的汽车很快就被白雪覆盖得变成一堆雪丘了,仿佛一座孤岛,停在茫茫不知彼岸在何方的海上。那些兵们仍旧纹丝不动地坐在车厢里,他们是这雪堆里的小山包,自然是积雪的小山包了。没有命令他们是不会动的。我着实心疼战友,便让他们把篷布摊开盖在篷杆上。这时大概是他们的排长洪亮地喊了一声"起立",兵们才起身七手八脚地忙起来撑篷布。

也许你会生疑,战士们在风冷发寒的高原上乘车,车厢里的篷布为什么不早早地撑开,而让兵们光头赤脑地坐在露天里挨冻?其实这是迷惑敌人的一种战术。边境的战争打响后,敌人误以为我国在边境布兵少,实力空虚,不断滋扰闹事。我们将计就计,沿青藏公路运送一批兵力进藏,牵引敌军注意力,将兵力隐藏在暴露的事物中。麻痹敌人,前方的军队乘机歼灭来犯之敌。

待雪稍有缓落时,排长自然会掀掉篷布。但是,这雪丝毫没有停歇的意思,且越下越大。那些在夜风中旋转的雪片,完全消失了原本洁净的质地,变成了一个个黑点。只有在不知从何处闪射来一点或一道光亮时,雪片又恢复了白色,白蝴蝶般。黑夜无边,雪片照旧在时白时黑地飞舞。我想,今夜不知有多少星辰死去。

我看守的汽车上积存着越来越厚的雪花。兵们在车篷的保护下静静地等候。那些覆盖着生命的雪花一直开在消失之中。回到军营联系修车的昝义成,也许很快会返回,也许还要等他好久。我心中有些烦躁,坐立不宁,一个人烦闷的时候心里最孤独。我便抱着冲锋枪下了车,心事重重地朝着格尔木方向走去。刚走出没多远,我看到一道光亮闪过来,照亮了眼前好大一块空间。原来是一辆夜行的汽车,在路口转换方向。我不知道这辆车是上拉萨还是下行到西宁或敦煌,那匆忙的闪闪的灯光告诉我那是赶夜路的车。就在车灯迎我射来的瞬间,我看到"望柳庄"三个红漆大字很清晰地显露在夜色中。就像在荒郊野外独行的人意外地看见了亲人，我的心头生出温暖。雪夜，点缀着一片春色。

　　望柳庄的那位同志就是这时候出现在我面前的。他一句客套话也没有就开门见山地问我："解放军同志，你是在盐湖抛锚的那辆军车上的驾驶员吧，辛苦你们了！"我好奇怪，我与他素不相识，他怎么会知道我的身份，而且知道我的车抛锚了？他自然看出了我的疑惑，笑了笑说："傍晚，我到盐湖迎接客人时看到了你们，大冷天，待在露天受罪呀！再说，瞧你这一身装扮，就是走到天上去七仙女也会认出你是高原汽车兵！"我低头看了看自己，很不自在地笑了。还真让他说着了。那个年代，高原汽车兵的形象真的就是这样的千篇一律：一身油渍的棉军衣工作服，就连毛皮帽上也渍满油腻。有什么办法呢，进口的二手柴油汽车常抛锚，哪一天驾驶员都要滚上爬下地修车，脸上蹭的油也顾不上擦。腰里扎一根麻绳当腰带，保暖。脚蹬一双短筒毡毛皮鞋……真的，就这个形象。身不由己呀，当时路况差，车况更差，汽车兵想干干净净地开车只是个梦想。不过，人的质量并不差，个顶个，运输任务完成得干净，漂亮！

　　我听了这位从望柳庄出来的同志很温暖的话，心里自然热乎乎的。但是并不了解他和我搭话的意图，就问："同志，我们在那里停车是不是碍着你们什么了？"他一笑："哪里的话，我是请你还有你车上挨冻受饿的那几十个解放军，到我们招待所暖暖身子，吃顿饭！"我有些发蒙，吃饭？哪跟哪呀，有这等送上门来的好事？我们从早晨在柴达木盆地北沿的花海子兵站进餐到现在，还没见一星半点的汤汤水水呢，肚子早就咕咕地闹腾开了！

　　望柳庄的同志见我惊愕，便道明了缘由。他说，刚才来了一批进藏的北京客人，他们忙乎了一阵子总算安顿妥了，这才腾出手来找我们，碰巧一出门就遇到了我，他误以为我是来望柳庄求援的，便说："对不起，我们的工作晚了一步，让你找上门来了。"我忙说明了情况，他说：

"好了，不管怎么样，我们是要为劳苦功高的你们服务。这样吧，我已经给伙房打过招呼了，饭菜差不多也做停当了。你回去把那些同志都招呼过来，我们这就开饭！有什么事咱们边吃边聊。"

我就是有十双手也推不掉这份发自内心的真情，再解释显然也是多余。我只得返回到车前，跟那位带兵的排长如实地讲了望柳庄的热情邀请。反正我们也该解决肚子的问题了，排长挥手一声"起立"，一车兵排着整整齐齐的队列进了望柳庄。

我一进食堂，就看到炊事员已经摆好了三桌热气腾腾的饭菜，等候我们了。满屋里都是直钻鼻孔的香味。兵们虽然一个个都眉开眼笑，却只是木桩似的端端正正地站着，谁也不下手。引我进屋的那位陌生人——还能算陌生吗？有这样掏心掏肺的陌生人吗？——按着我双肩让我坐下，又按着排长坐下，告诉我，只管敞开肚皮放心吃饭，至于伙食费不要我们操心，吃罢饭签个字留下名字就行了，他们每月都和部队一起结账。他还说如果有忌口的同志，可以到小屋吃清真饭菜。说着他指了指旁边挂着棉帘子的地方。他还特别指着餐桌上一盘菜说：这是野葱爆兔肉，咱望柳庄的看家菜，很受客人欢迎。希望它能给你们带来口福！

野葱爆兔肉！我当然知道了。格尔木地面上有个可可西里草原，可可西里有个叫二道沟的地方，那是一块夹在昆仑山和风火山之间的平坝，楚玛尔河就慢慢悠悠地从坝上淌过。山是围墙，水为营养，乃青藏高原上少见的富饶地方。于是遍地就蹦蹦跳跳地长出了嫩鲜光亮的野葱。每年盛夏，一眼望不尽的野葱绿汪汪，翠生生，撩拨得着实让人喜爱。正是这些散发着清香的野葱招诱来了四方山中的野兔，它们在这里安家繁衍后代。这是大自然的能工巧匠配发的一盘菜。高原人只需一伸手就可端过来。于是他们在二道沟逮兔挖野葱，做出了一道特色菜，美味可口。当时流传起这样一句顺口溜："走遍四千里青藏线，就爱吃二道沟一顿饭。"这顿饭说的就是"野葱爆兔肉"，土生土长的野味，爽口舒心。

　　生活总是这样，一些东西渐行渐远，一些东西渐行渐近。我吃罢那顿饭从望柳庄出来，仿佛洗了一回澡，浑身清爽，似乎走进了另一个世界。虽然雪下得更大了，夜里照例要刮的格尔木的风也守时不误地撕破喉咙似的吼了起来，但是我浑身暖融融地幸福。不就是一顿饭的效应吗？是的，幸福！幸福是什么呢？这个字眼并非听起来那般缥缈。现实生活中，有时别人只给你一个微笑或一句贴心贴肺的话，甚至在你愁眉苦脸时轻轻拍拍你的肩膀，就是幸福。就这么简单。像今夜在望柳庄吃一顿饭就让幸福永驻在我心中。所以我要心悦诚服地说，幸福其实在很大程度上是一种感觉。一个人，当你可以够着幸福的时候，一定要设法抓住它！千万不要让幸福从你身边溜走。今天衣食住行差不多都可以得到满足的人，是难以想象出我当时知足舒畅的美满心情的。望柳庄的暖流已经把我浑身的饥寒和幽怨滤掉了，我获得了重新踏上征途的那种跃跃欲试的激动。难道仅仅是因了一顿饭吗？不是。我又看到了门楣上那三个红漆字：望柳庄。出自慕生忠手的这三个字，那是点燃在风雪青藏线上的三盏红灯，它游弋在高空下的昆仑山中，保存绽放在落日里的秘密。我一直在寻找故乡，望柳庄便是。三个渐渐被风雪冲淡了却越来越清晰的字，最终成了不至于让我迷途的灯塔。它永远不衰不败地贮存了我的心里。

　　有了这次意外的经历以后，望柳庄留给我无法抹去的印象是：它是高原人在风雪中奔走时温馨的归家，每次出车经过转盘路口，我从那三个字上采摘一份攀越雪山的动力，双脚稳稳地踏着油门上路；完成任务收车回营走到这里，我会小憩于转盘路口，把汽车擦拭得油光铮亮，凯旋而归。冬去春到，寒来暑往，望柳庄的精气神，把我人生路上的腐枝败叶点化成精神美食。

　　因为望柳庄，昆仑山上多出来一副柔肠，柳树与白雪才可以结为姐妹。这样就孕育了一首诗，当然是高原诗了。诗人陈毅元帅把自己那次青藏开山之行的心脏之音，深深地埋进了诗的断层里，我多次默诵这首诗，都仿佛听见了他那浓厚的四川腔音：

昆仑雪峰送我行，
唐古雪峰笑相迎。
唐古雪峰再相送，
旭角雪峰又来迎。
七日七夜雪峰伴，
不苦风沙乐晶莹。
同人举杯喜相贺，
转车已过最高层。
明日拉萨会亲友，
藏汉一家叙别情。

这首题为《乘车过雪峰》的诗，写于一九五六年，是陈毅元帅率领中央慰问团赴藏参加庆祝西藏自治区筹委会成立大会途中所作。在这首诗里，"雪峰"是诗魂，"乐晶莹"是诗眼。我怎能不佩服诗人呢？在这个内地早已是莺歌燕舞的春天里，他面对满身披雪的昆仑山、唐古拉山，不恋出发地京城的鸟语花香，却是激肝动肺地喊出了"乐晶莹"！春天储藏在白雪之中！这是具有大善、大美胸怀的人才敢出口的气派！不是说吗，你看不见太阳是因为你正看着太阳。陈毅肯定是正看着风雪之中的春天哩！那么他是站在什么地方看雪峰呢？

望柳庄。

诗人进藏途经格尔木时，住在慕生忠办公兼住宿的那座二层楼上——后来被称为"将军楼"。说是楼其实就是一座砖木结构的可以分两层的房子，今天仍然保存在原址上，与周围任何一座居民的房子相比都显得寒酸。五十年前它是格尔木最豪华的建筑了。陈毅来格尔木之前就听说望柳庄了，他问慕生忠：为什么不让我住望柳庄？慕生忠回答：这里毕竟是我的家，总是要方便些。陈老总说：我看还是望柳庄好，有诗意，诗人总是喜欢诗嘛！也好，不住也罢，但我要去看看！后来，元帅果真到了望柳庄，他站在正要抽芽发青的柳树前，凝神聚目地望着门楣上那三个红漆大字，久久不语。想什么呢？这三个诗意的饱满的字，是不是牵拉着元帅的思绪使他想挣脱自己又无法挣脱，也许他超前地想到了唐古拉山雪峰，想到了站在望柳庄前举目南望就可看见的昆仑山雪峰？……不得而知。但是后来随行人员证实陈老总到了拉萨后在闲聊时还几次提到了望柳庄，甚至颇为遗憾地感叹：这个慕生忠呀，不懂得我陈毅的心，嘛个不让我们住在望柳庄呢！望柳庄啊望柳庄……我是从一份资料上得到陈毅元帅在拉萨感慨没住上望柳庄这个细节的，我如获至宝抓住不放。我为什么这么兴奋呢？陈老总，诗人的特质，诗人的美妙的性格！灵魂的颂歌总不会在安乐的别墅里，茫荒的原野，壮美而凄丽的雪山，才是诗人艰难放逐的天地。不穿靴子，赤足攀走雪山，这就是写诗的姿态。完全可以推知，陈老总从格尔木到拉萨大概一路上都在思索望柳庄。思索即沉默，沉默是一种力量，诗的力量。所以我始终不改变这样的推断：望柳庄是陈毅元帅身体发光的一个因子。一个做诗的人，身子不发光怎么能有横空出世的诗句呢？而现今的一些作家诗人呢，骨子里也许不缺祖先留下来的东西，缺的就是一种完全陌生的东西与传统碰撞后的火花，即缺乏发光，也就是缺"望柳庄"。因此，我每次读《乘车过雪峰》时，总会这样想，这首诗很可能孕育于望柳庄。望柳庄住着这首诗的第一声啼哭。我这样推断还有另外一个情理之中的根据：陈老总到了拉萨后，他提出要在拉萨河畔植一棵树，柳树。栽柳树的首个原因，自然是与文成公主有关了，当年这位公主在大昭寺前栽的那棵唐柳，仍旧枝青叶茂地活着，元帅怎能不感慨有加呢？再有，望柳庄的柳树想来恐怕也不会不走进元帅的脑海，他提出栽柳树，可西藏的同志另有考虑：栽苹果树。当时西藏没有苹果树，藏族同胞像盼仙桃似的向往着美味鲜亮的苹果。陈老总便弃柳栽果，三年后这棵树就挂了果。西藏诗人汪承栋写的叙事诗《红元帅》就记述了这件事。

对《乘车过雪峰》，我尤其喜爱"唐古雪峰笑相迎"和"不苦风沙乐晶莹"两句。一个"笑"、一个"乐"字，透露出壮阔与豪迈及阳光的色泽，将诗人浩茫晶美的胸怀展现得淋漓尽致。只有带着充满深爱和感恩的情绪进入雪山，才可能感受到这块冻土地上的温暖和力量。我每次读这首诗都会被诗人身上那种豪壮中透露出的无与伦比的安闲士气深切打动。汽车在高原山水间疾驰，我耳畔响起了画外音，那是陈老总的诗音。记得很真切，那天到了唐古拉山正逢满天雪花飞飘，我自然而然地想起了陈老总这首诗，便不由自主地朗诵了一遍。专注地高声诵读，巴不得将五脏六腑都吐在风雪里，吃了满嘴的雪竟然觉着很幸福。我是从来不会有这样举动的，同行的青藏兵站部宣传干事王鹏觉得听我朗诵还不过瘾，他又敞开高亮的嗓门儿朗读了一次。说实在的，此时此刻此地，我们对这首诗的悟会已经开始进入它的内核，它撞乱的也许不仅是高原生活，而是记忆。四季风狂雪猛的青藏高原照样会有春天。春天在高原人的心里。说到底每个人的春天只能靠自己去创造，靠别人是不成的。我们要呼唤人们珍惜和爱护自己的春天。一个人仅仅能创造春天是不够的。

我从《格尔木西藏基地》一书中得知，进藏途中经格尔木时在望柳庄落脚的国家和军队的领导人，还有彭德怀、习仲勋等。这些领导人的住地均有战士站岗。格尔木没有警卫部队，遇到这种情况就从驻地的汽车团抽调兵力，汽车兵转身就变成了警卫战士。谁都巴不得这样的美差摊到自己头上，脸上多有光呀！能理解吗？平日总是穿着油腻腻工作服的汽车司机，今日奔昆仑，明日赴藏北。白天累死累活地在开车，夜里还要在车场站岗放哨，荒天野地，守卫的是汽车和承运物资。现在能换一身新军装为国家领导人站岗，自豪感还不写满脸上！在他们的心目中,那就像在天安门站岗一样荣光。虽然这样的执勤只有几天时间有时甚至就一个晚上，可是这是不能也不该用时间长短去掂量的呀！肩头的责任增加了他们对脚下这块高原土地的热爱。

意味深长的是,站岗的多数兵并不清楚自己是为哪一位领导人站岗。这本属机密,当时不会告诉外人。只有在领导人离开格尔木之后,他们才会从报纸或人们的传闻中得知是给什么人站岗。我的同乡战友、军旅作家窦孝鹏,告诉我他一九六○年在望柳庄为班禅额尔德尼·确吉坚赞站过岗。五十年后的今天,他重提此事仍然有抑制不住的激动。可是我最近查了有关资料,班禅在一九六○年前后并没有到过格尔木。可见窦作家至今并不十分清楚自己是为哪位领导人站了岗。

生活中总是不断出现未知的下一刻,这也是人行进的动力之一。

一九八九年六月的某日,我落脚在格尔木写作。那天早晨,我清醒地踏着这个城市早早响起的车笛声在望柳庄前散步。我很喜爱沉睡初醒的格尔木早晨,长一声短一声的车笛只会增加这个边城的幽静。夏风把天空打扫得干干净净，远处的昆仑山纹丝不动地卧在蓝天下,草原和戈壁相间着铺展在山前,早起的几只鹰在蓝天下慢条斯理地画着十字。牧羊女赶着一群羊边走边唱着草原的歌儿,引诱得离我不远处的一块卧着的石头仿佛也要忍不住地站起来去吃草。对这些我此刻似乎并没多大兴趣,而只是在望柳庄前寻找。是的,我要寻找。寻找只要我来到这个城市就不得不找的一棵树，或者说几棵树中的任意一棵树。我要从一棵树走进一个人,再从这个人走进一座城市。这棵树就是慕生忠将军当年栽下的那棵柳树,那棵曾经挂过他的马灯的柳树。我深深知道我在高原已经走的路远远不及未走的路。这棵我找了几十年一直未找到的树就是证据。但是我也清楚,在将军离去的这些年,它一直吮吸着昆仑山的雪水年年月月地成长着！像阳光一样洁净。我怀念这棵树,要找到它,哪怕这棵树只给我一片叶子,那也足以让我跋涉世界！我在寻找那棵树。

我问过路的蹬着自行车的小伙子:"望柳庄有棵将军柳,你知道吗?"他连自行车也没停下就说不知道;我又问背着书包上学的小姑娘,她抬起眼皮望了我好久,好像在望一个外星人,然后摇摇头;还有一个战士,我问他,你知道慕生忠将军吗?他回答:"在格尔木谁能不知道慕生忠呢?可是将军柳,我还真没听说过,你问他吧!"他抬起手臂指着左侧的路边。

那里有一位老人正面朝昆仑山打着太极拳,两只手互相交换出来慢慢悠悠地移动着,似在水中摸鱼。这时他显然听到了我刚才打问路人的问话,他中止了打拳动作,不等我开口就直言问我:

"同志,你在找将军柳吗?"

我走上前,站在了老人面前。他霜染须眉,刀刻前额,好个从岁月深处走来的老而不衰的格尔木人。我很虔诚地对他说:

"是的,我在找望柳庄前的第一棵柳。"

"为什么要找第一棵柳树?"

"老人家,你这一问还真把我问住了,我也说不上来为什么,就是想看看这棵柳树。看见它我就会想起一个人。"

"这个人就是慕生忠!"

"没错!就是慕生忠将军!"

老人很兴奋地伸出手来和我相握,使劲地,竟然让我感到了疼。他说:"你是个好人,有良心的好人!"他这样说着就领着我走了几步回头路,在一棵半侧倒半站着的柳树前站定说:

"我觉得它应该是望柳庄的第一棵柳树了,起码是第一批出现在格尔木的柳树中的一棵。三十多年了,你瞧它已经枝枯叶黄就剩下坚硬的树枝,这是它的骨头。它睡着了也不愿散架!"

我仔细打量这棵柳树,没有合抱粗的树身,也不是那种可以与五六层楼房比高低的敦敦实实的树干。然而经过高原风雪浸染过的铁青色的颜色,呈现着不动声色的坚毅冷静。从地层深处吐出地面的三个根条喷吐着不示弱的力量。我无法看到它的年轮，但我坚信，它的年轮肯定会像老唱片上那些脉络清晰的刻痕，收聚着它数十年在格尔木走过的所有路程和非凡回忆。我怎能不赞佩老人对它的评价呢，"它睡着了也不散架"。只是我再加一句赞语：它只是小憩，一定会再睁开眼睛看看今天已经日新月异变化着的高原新城！

我把目光投向老人，他用暴着青筋的瘦手抚摸着柳树的身段，是那种心疼的、依恋不舍的轻轻抚摸，嘴里喃喃地念叨着："是老树了，也该老了！孩子，你怎么会老呢？"听，他把柳树叫孩子！这完全像当年栽树人或当时在栽树现场人的口吻。我忽然觉得他好像知道许多关于望柳庄的故事，那些故事一直就攥在他手里，他也总想把这些故事撒出来，却苦于没有让故事落地生根发芽的机会——我也弄不清楚为什么会有这样的感觉，完全是瞬间冒出来的一种感觉。感觉这东西实在奇怪，它往往是在你没有任何思想准备的情况下转瞬之间的一种感动。它甚至不依赖现实和现状，往往在"应该"的掩护下驱使我们不由自主地做出一些本不那么应该的事情。但是它可以得到验证。此刻，我突然感觉到站在眼前的这位老人满肚子都是格尔木的故事，他可以给我讲许多关于望柳庄的事情。他像这棵老而不衰的柳树一样，扎根青藏大地，路远，天长，怀抱着幸福的痛苦，天老地荒。容易吗？于是，我试探着却又是充满希望地问了他一句：

"老人家，我如果没猜错的话，你和将军有过交往？"

他立马兴奋起来："感谢你能这样理解我，当年我是跟着将军修路的骆驼工，青藏公路是将军带着我们骑着骆驼修出来的！不瞒你说，在望柳庄栽树时我虽然没有挖坑扶苗，可我却亲眼见证了这里的柳树杨树是怎样栽起来的。"

我在望柳庄就这样意外又是情理之中的遇到了这位格尔木老人。他把我带进了遥远的岁月，那个岁月山高水长，我们都山高水长。那个岁月是由热血和激情组成，我们也跟着豪情激荡。他抖搂出了记忆中全部的雪，才找到了难以融消的那堆篝火。人生就是这样，前路上常常会遇到看起来比一切山峰还要高的星星，比一切冰河还要寒冷的月亮。一切都会成为过去，因为你选择了应该有的位置。

老人叫马正圣，六十八岁。他牵着骆驼把路修到拉萨后，没有回老家甘肃民勤县，留在了高原上，还把新婚不久的媳妇也拽上了格尔木。他掂着那把修路时磨秃了的铁锹，在昆仑道班当了一名养路工，直到退休。你不能不佩服人的丰富阅历是一个宝贝，马老的脑子简直是个故事篓子，提起来轻轻一抖搂就有一嘟噜一嘟噜的故事淌出来。那都是我闻所未闻的格尔木故事，让渴求高原新世界的我大开眼界。其中有这样一个故事我相信让每一个在世界屋脊上跋涉的人，能从三月的寒冷抵达六月的艳阳：将军带领大家栽在望柳庄的树，落地生根，成活了一批。树苗一天一个模样的节节拔高，给它喝一盆水它蹿一节个头，给它喂一把肥它也添一片细叶。望着这一片被绿苗染得青翠蓬勃的土地，谁的心头都溢满了幸福。准确地说，那应该是一种提心吊胆的幸福……格尔木的荒凉土地上何时有这样的生命景象，真的吗？大家担心的事还是无法避免地发生了，不少树苗在呈现了短暂的旺盛生命之后，像走累了的人，卧在了戈壁滩，死了。将军不是第一个发现树苗死亡的人，却是最先站在蔫头耷脑的树苗前沉默着，许久他才发话："这些树苗死了，我们不要随便把它们扔掉，应该挖坑把它们埋在沙滩上，还要举行个葬礼。"稍停，他又说，"它们毕竟为咱们绿了一回，让我们看到了自己的春天。这些树是有功之臣！"大家照办了，一排土丘下安葬着死去的树苗，同志们实在太怜悯这些树苗，像它们活着时三天两头给其浇水，将军也常常把自己洗漱过的水泼在树丘上。奇迹发生了，次年夏天，一棵死去的柳树猝不及防地从墓丘上发出了新芽，死而复生，后来竟然长成了一棵大树……

马老从往事中收回思绪，对我感叹："树也有情，在天之灵回报将军之恩，它不愿离开格尔木呀！"

我追问老人：那棵柳树呢，现在还能找到吗？

他坦言，满脸神秘的喜悦："这，你就不懂了。什么那一棵？十棵八棵也不止呢！"原来，死而复生的树在格尔木后来不断出现，这可把格尔木人高兴坏了。就说将军带领大家在望柳庄栽的那些柳树杨树吧，死了的确实很多，但在第二年甚至第三年重新扬眉吐气地冒出新芽来的也不老少。这种看似反常的现象在此后的许多年内，竟然成了格尔木人植树的一种经验。说经验也许有点欠妥，就算是栽树人的一种期待吧！头年埋坑栽树如果没有逮住苗，你别放弃，等第二个第三个春风吹动望柳庄前的风铃时，说不定福音会来。关键是要有耐心，等待！

没承想还有这等事！我沉思内中奥秘，又请教了别人，才有所知所悟。落日极尽铺设，流水往返流连。寸草不生的戈壁莽原，万物不生，但地气长存。雨水雪水落在上面，成了涓涓流水，这水没有机会滋养植物，只偶有动物舔过，留下了蹄印粪便，储存起营养。之后，又蒸发成云雾，然后再度变成雨雪重新回到地面。周而复始，这雨水雪水就具备了别处的土壤无法比拟的富饶。它滋养落地生根的植物，奇迹发生。

我突发奇想：在格尔木，如果爱上一棵树，和树生个儿女，说不定会几度绽放新芽！不要笑我太痴，乐得开个玩笑罢了。还是说马正圣老人吧。他对我说：你想找到那棵被将军和大家浇水又活过来的柳树吗？难！谁知道它被这一片树木淹没在哪个角落里了！他说着用手臂在望柳庄画了一个圈，给人的感觉，他是要把整个这片树木都揽抱在怀！就是在那天，马老给我传递了一个从天而降的喜讯，他说慕生忠将军近日要回格尔木。一阵春风吹过格尔木，大街小巷都塞满快乐的音符。英雄回到了历史，鹰回到了天空。人们像盼着亲人似的盼将军回来。马老又告诉我，喜讯是传来了，可是却不知道将军回家的具体日期。为此我心甘情愿地推迟了去拉萨的行程，在格尔木快乐地等候了一周，未见将军回来，只好直奔拉萨。半个月后将军才风尘仆仆地到了格尔木，可我已经心灰意冷地返回了北京。我这一生中很可能只有这一次可以见到慕生忠的机会，但擦肩而过了。毕竟有过，就收藏在心中，权当夕阳换成了日出！据那次见到将军的人回忆，他执意要住在当年他的办公室兼宿舍的那栋楼上，当他登上二楼时，整个楼都在颤动，便很感慨地说："老了，它也像我一样老了！"他只在"将军楼"住了一天一夜，大家实在觉得这简陋的地方太委屈他了，便劝他搬到了市里的一家饭店。

第二天早饭后一撂下筷子，将军手一挥就说："走，看看去！"谁也没问他看什么，就把车开到了望柳庄。这里是最让他牵挂最让他心动的地方，当年他们亲手栽下的那片树，姓杨的姓柳的树。今天看来，栽几棵树那是多么小多么卑微的事。没有汹涌澎湃，只需诚挚感人。正唯其有了这种卑微，才获得了那么多高原人的爱戴，才诞生了一个城市。因为这种卑微就是这个时代大部分人的徽记。此刻，将军站在柳树林里，深情万种地看着只能算是遗址的望柳庄。昔日他熟悉的那个院落已经不知去向，唯那座简易楼房还缺窗少门地孤独无助地立在乱草丛中。那仿佛一伸手就会推塌的楼架，像终止的河流，使他懂得了当年苦涩生活的滋味儿。

将军站在望柳庄前望不够久别重逢的格尔木。就在他拔腿正准备要离开时，一转身看见紧靠马路的墙角里，蜷缩着一个蓬头垢面的老人，战战兢兢地正打量着他们。老人怀里抱着一只小黄狗，一手端着一个破碗，不住地从碗里抓一把什么喂小狗一次，又喂自己一次。反复这样的动作。突然老人冲着人群高声喊道："买一个儿子要多少钱？"随行人员告诉将军那是一个疯人，前年他的儿子死于转盘路口一次车祸后，他就疯了。他每天早晚都守候在转盘路口，乞讨为生。将军站在原地沉思了许久，自言自语地说了一句："哪个城市都有一些痛心的伤疤，这是用政绩遮掩不了的！"格尔木已不是原来的格尔木了，远方却依然还是远方。远方的城市也有伤疤！

格尔木河把时光带走，留下一望无际的苍茫。将军的思绪从沉思中走出来后，才发现他的身边已经拥满了人，全是他不认识的男男女女,个个都举手摇臂地要和他握手。熟悉的地方却没有他熟悉的人。时代前进了,年轻人走到了前台。他不认识这些新一代的格尔木人,可是这些人没有不认识他的,虽然其中的绝大多数人也没和他见过面,但是他们从书本上、电视上,特别是从老一辈格尔木人的言传身教中对他了如指掌。这时大家簇拥着他,高声喊着:"慕政委,给我签个字!""慕政委,我想跟你合个影!""慕政委,我家的宝宝想你亲亲他!"……慕政委——这是他当年修青藏公路时的职务,修路总队的政委。一直到今天,四十多年了,大家还是这么称呼自己心爱的将军。他一下子觉得热血涌满周身,变得年轻了!那时候他才三十岁出头,他真想停下脚步回到从前那个火热的日子里。那是多么好的日子呀,那一伙血气方刚的弟兄们在他的带领下,用十分简陋的洋镐洋锹这样原始的工具,硬是义无反顾地在世界屋脊上修出了一条公路。他爱那个时代,爱在那个时代里抡起胳膊跟着他风风火火修路的格尔木人;亲爱的新一代格尔木人,你们离我近一点,再近一点吧,我要好好地看看你们,因为你们身上仍然燃烧着那个年代的火焰。对啦,这么多人的要求我不可能都能满足,但是那个小宝宝我要抱一抱他,我答应他。我相信他会成为咱们格尔木人有出息的后代。强将手下无弱兵嘛!将军说着就从一位妇人手中接过孩子,用他蓬散着胡须的下巴偎孩儿的脸,然后把孩子举起来。他把孩子还给妇人之后,让大家静下来,表达了自己此刻的心境:

"今天看到你们这么生龙活虎地生活在格尔木,我实在太高兴了。五十年代地图上刚出现'格尔木'这三个字时,这里还是寸草不生的一片荒滩,彭德怀元帅和陈毅元帅来这里视察,他们面对荒原鼓励当时的开拓者说,你们要用自己勤劳的双手,在这里建成一座美丽的高原大城市,留给后人。你们总有一天要离开格尔木的,这座城市却永远地留下来了!今天两位老总的愿望已经变成现实了,我怎能不高兴呢?我也是替两位老总在天之灵分享高兴!我已经老了,我知道在这个世界上没有我的几年生命了。我不怕衰老,怕的是衰老以后塌垮站不起来!"

又是一群人喜气洋洋地拥上来要和将军合影,他一一答应。他如鱼得水,对举着照相机的小伙子说:多按几下快门,多拍几张。这些照片洗出来后都要给我一张,我已经好久好久没有像今天这么高兴了,和你们在一起我也年轻了!

其实,慕生忠将军离开格尔木后,三次回到格尔木。七老八十的人了,一而再,再而三地迷恋和醉心同一个边远的地方,图的什么? 肯定地说不仅仅是因为这个地方曾经泼洒过他的心血和汗水,更是因为作为一个开拓者他要让他这一辈人的生命延续下去。他不愿意看到就在他结束呼吸中止生命的时候, 他和他的团队在那样举步维艰的年代,生机勃勃开创的格尔木失去本色。别人说他是一只始祖鸟,格尔木鸟类的鼻祖,繁育了一批生龙活虎似的高原鸟类家族。这,他承认。总有一天自己会变成史前的化石,也心甘。正因为我是这样解读慕生忠的,所以我尤其要提及他一九九三年这一次格尔木之行,因为一年之后,他便与世长辞了。子女们按照他的遗愿,将他的骨灰撒在了昆仑山上。魂归故里。他生前多次讲过,格尔木就是他的家。

将军第三次回到格尔木后,莫名其妙地有一种陌生感,说是伤感也可。格尔木变得崭新,他无论如何认不出来了。他力不从心地到处看着这个原本熟悉的城市变得陌生了。他已经明显地感到自己的生命快走到尽头,来不及看更多的地方了。但是步履艰难的老人却不甘心,他一再对陪他的同志说,正因为看不到更多的地方了,我才要抓紧看更多的地方。他心急腿慢地走着,实在走得吃力了,就坐在汽车上看。能去的地方哪怕是边边角角,他也要去看看,问话也多。"'二十七亩园'呢? 我要去看看!"他忽然给陪同的同志提出了这个要求。

"二十七亩园"是将军当年修路时和后勤的几个同志开荒出来的一块菜地,种些蔬菜给前方修路第一线上的同志饭碗里添一点绿色,用今天时髦的话说"增加点维生素"。上顿下顿都是白水煮饭或者辣子蘸馒头,喉咙眼儿涩得确实咽不下去了。可是他们把菜子埋进土里,根本逮不住几棵苗,好不容易见到几棵苗,长着长着又死了不少,挣死挣活地保住了一些苗,主要是萝卜,可是那能叫萝卜吗? 小拇指头那么粗,硬邦邦的像木质,嚼半天才能嚼出点菜味来。就这,大家吃得满嘴流油似的香。每个人一星期也难得见上一根萝卜,更多的都让给了病号。

现在将军要去看"二十七亩园",那是他要重温当年的苦涩生活哩。同志们告诉他:"政委,'二十七亩园'只留下了一个空名字了,早就被压在一栋楼房的下面了!"将军说,那我也要看看它是怎样托起这一栋楼的。来到"二十七亩园"旧址前,将军左看右瞧地打量那栋楼房,看了又看,说:"这是一家饭店吧?"大家说,是。他又说:"要告诉这个饭店的经理,是格尔木土生土长的萝卜支撑着他们饭店的精气神,他们应该做一道特别的菜就叫'格尔木人参',让大家不要忘记过去!"同志们听了,深思半天,久久不语。

陪同的同志这时告诉将军,现在的格尔木已经是一派西部化工城的卓越风姿了。国家新的建设项目先后建成投产,发挥效益。主要有格尔木炼油厂、天然气开发公司、小甘沟水电站等十多项重点工程。将军插话:小甘沟?就是当年那个撒泡尿都能涨水的小甘沟?大家笑着告诉他,就是它。现在引来了昆仑山的雪水,水汪汪的,修了个大水库!他感叹:格尔木人真能,小甘沟也能变成水电站,能! 他在心里反复这么念叨着。格尔木的这些变化,让将军很激动,他总会情不自禁地催促领他参观的人:抓紧时间,咱们多看几个地方! 但毕竟他是八十三岁的高龄了,身体吃不大消,总会在他看完一个地方后要歇口气,咽口口水,养养精神。

空寂无边的夏日高原,几朵白云在太阳下滑行,好像要跟太阳说话。天空下是六月雪击打过的格尔木土地和挂在望柳庄柳树上的艳阳。那艳阳好像一盏灯,马灯。

将军在格尔木共待了三天。最后一天,将军说,明天我就要离开格尔木了，什么时候还能回来，那只有上天去安排了。我还想再到城里去转转，看看老地方，要不心里总是疙疙瘩瘩的不舒畅。离不开嘛。他说着声音竟有些哽咽了。谁都明白，将军再要去看的地方是望柳庄，那是他当年在格尔木落脚的第一个地方，那里有他栽下的第一棵树，树上有他挂上去的马灯……

　　大家再次陪着将军来到望柳庄。他在那些柳树中间来来回回地走着，阳光从云上洒下来，普照树林，地上落下星星点点的光斑，闪闪发光，包括将军的身上。有时他停下脚步，摸摸树干，望望树梢。有时他还把额头贴在树身上和树比比高低。"噢，它有三人高！"就在他自言自语的时候，一片阳光透过叶缝洒在他的脸上，他暖暖地说了一句："格尔木的阳光欢迎我呢！"最后，他止步在一棵老柳树前，就是马正圣老人指给我看的那棵柳树，他凝神静观了好久，才说："就算这棵树是格尔木最早的柳树吧，我也像它一样老了，我们是老战友。老战友，我要问你一件事，那盏马灯哪里去了？就是那一年我们挂在你身上的那盏马灯。那个时候格尔木人每天夜里都可以看到你照亮了的望柳庄。可是，我今天回来了，灯为什么没回来，你作为见证人，转告马灯，我在望柳庄等着它回来……"将军说着眼里泛起了泪花。他转过身对一个同志说，你去问问柳树，那盏马灯到底去了哪里？这个同志笑笑，无所适从。老小孩老小孩，将军真的老了，他要向柳树讨回马灯！

　　要理解老将军这种童真的感情。此次回到格尔木他已经好几次提到马灯了。他怀念那盏马灯的激情，以及拥挤在柳树周围观灯人啧啧的赞叹声。戈壁风无情无义地送来了寒冷，马灯风风火火地带来了温暖。也是在这次回格尔木，他给大家讲了那盏马灯的故事。那一年，将军上高原修路时，在西宁东大街清真寺前一位老人的小店里买来了一盏马灯，样子古旧，好像是使用过的。因为在高原修路太需要有个可以掂在手上的马灯照明，他就出高价买下了。马灯是由一位骆驼工保管，也可说是将军的兼职通讯员吧。将军夜里外出开会或上工地检查工程进度,都由骆驼工提着灯引路。马灯好像一颗流动的星星,格尔木人一看它就知道灯焰后面走的肯定是将军。后来,路修通了,格尔木人在望柳庄前的柳树上看到过马灯。再后来呢,格尔木有了发电机,马灯就用得越来越少了。再再后来呢,对马灯的下落就很少有人知道了。有人说,那位为将军保管马灯的骆驼工到藏北草原当了养路工人,把马灯带到了那里;还有人说,在格尔木汽车团的团史展览馆里看见过它;另外一种说法是,从内地来高原采访的一位记者收藏了那马灯……

今天,在格尔木望柳庄前,这位将军老人望眼欲穿扳着指头数着天上的星星,盼着地上的马灯重新回到他身边。那盏马灯从他的身后照耀经年,它熄灭了,只能燃亮在他的心头。这时,将军把他在"将军楼"里说过的话,又波澜不惊地给大家重复了一遍:

"我们第一代格尔木人,修青藏公路,初建城市,算是打了个基础。我们把灯点着了,是你们举着灯,添油壮捻子,照亮了格尔木!"

他又提到了灯。那盏马灯。

我就这样记住了那盏灯,掂在骆驼工手里、后来挂在望柳庄前柳树上的那盏马灯。它的光焰难道是将军划定的一个准确高度,所以这么多年来才始终保持着岩石一样的姿势?一九九三年八月将军讲这番关于灯的话时,虽然我不在现场,但我相信从望柳庄发出的这个声音,会让格尔木人保持清醒。也会让远在北京的我永生铭记。

大家最担心的他总要离开我们的那一天,还是无法避免地来到了。那是他逝去的第七天,一九九四年十月二十五日,他的子女把老人的骨灰撒在昆仑山上。当时我正好在高原深入生活,特地赶到现场。老人真的走了,他一甩手去了那个他可以看到昆仑山、昆仑山下的我们却看不到他的地方。留下了他抚摸过的望柳庄前的柳树。意外的是,他还留下了他的灵魂,他灵魂中最安静的部分。骨灰撒放绝对没有刻意地安放,完全是民间的自发行为。那一刻,进藏和出藏的车队都相约聚在昆仑山两侧的公路上,骨灰扬起的一瞬间,百余辆车一起按响车笛,长鸣不歇。笛声填满青藏苍穹。像黎明突如其来,天空爆出灿亮的光。车笛呼唤逝去的平凡伟人,把他手中那盏灯放大,光照格尔木全城。

那盏不灭的灯,从望柳庄升起后,终于又回到了望柳庄。

昨天的马灯。谁说不是昨天? 新中国成立之初的一九五四年,它的光焰依旧如新。那是将军置入灯芯的一块未启封的永久牌电池,才一直燃亮到今天!

那一天,太阳很红。我总觉得太阳不知何时悄不言声地卧进了那盏马灯里。于是在我又一次回到望柳庄后有了一个坚定的信念:一个人只要有自己坚守的东西,终生不改,别的,什么都不重要了。太阳在灯就会亮。这样,岁月就好!

我为什么写安重根

阿成

从哈尔滨出发去韩国的清州市之前,乍暖还寒,漫烂的小桃红和紫色的丁香花还含苞未放。浩荡的春风越过万里长城,频频地吹拂着这座充满着异国建筑情调的东北城市。临行之前,哈尔滨开始下雨,在透明的雨水的冲洗之下,城市的面貌焕然一新。虽说进入了5月,但是提着旅行箱穿过漫天的雨帘和料峭的春风时, 仍然感到丝丝的寒意。这使我想到韩国义士安重根饱蘸浓墨写下的那句诗:"岁寒然后知松柏之不凋"。是啊,在同样的春风、春雨、春寒之下,只有胸怀报国大志的壮士才能抒发出这样的感慨。

…………

透明的春雨一直陪伴着我登上了去韩国的那架被雨水浇得水淋淋的飞机。在登机的那一刻,我兀然感到了一丝孤独——那陌生的韩国, 我谁也不认识——只有大韩国人——安重根的在天之灵与我同行。

安重根义士在赴绞刑之前的最后遗言中说:"我死了之后,希望把我的遗骨埋在哈尔滨公园旁, 等我们恢复国家主权后, 返葬到祖国……"但是,由于当时的日本政府害怕一旦义士的遗骸返葬韩国,那里就会成为独立运动的圣地。因此,拒绝了安重根两个弟弟的苦苦哀求,将安重根义士的遗骸胡乱地埋在监狱的犯人墓地里,让后人至今也无法辨认。

那么,就由我带着安重根义士回到自己的祖国去吧。

安重根义士的魂灵就站在我的身旁。他仍然穿着那件击毙伊藤博文时的黑色西装,戴着那顶运动帽。他的姿态是那样的优雅,气度不凡,他的神态是那样的镇静自若,无比自信。这让我心里充满了敬佩之情。

…………

我和安义士神交久矣——

在我还是个无知的少年时,就知道安重根义士。

那时候,由于家里贫穷,我经常去哈尔滨火车站的货运处,帮着人家拉手推车挣点小费,以补家用。我还清楚地记得那是10月份,城里所有树上的叶子都被来自西伯利亚的冷霜染上了绚烂的色彩,使哈尔滨这座城市像油画一样的美丽。一个拉手推车的朝鲜族老工人在货场休息的时候告诉我:"当年,也是这个时候,有一个叫安重根的韩国人,在这个火车站的站台上,击毙了日本枢密院的议长伊藤博文。"

说着,他站了起来,站直了身子,伸出手臂,做了一个优美的射击动作,说:"叭、叭、叭,冲着伊藤博文连开了三枪,将他打死。"

我说:"为什么?"

他问我:"你知道日韩的《乙己保护条约》吗?"

我说:"不知道。"

他说:"中日甲午海战知道吗?"

我说:"知道。"

他又说:"《马关条约》呢?"

我说:"当然知道。"

他说:"这些被日本政府强迫签订的丧权辱国的条约的内容都是一样的。这些条约用一句话说,就是韩国和中国的事情必须由日本人说了算,中国人和朝鲜人是日本的奴隶。而这个叫伊藤博文的家伙,就是这些浑蛋条约和战争的主要策划者和元凶。他是中国人和韩国人共同的敌人。所以,安重根义士在这里开枪击毙了他。安重根是个大英雄。"

然后,他拉着我去了那个站台,当场示范给我看,安重根怎样穿过俄国士兵的队伍,冲过去,在距那个面黄白须的老翁伊藤博文不足十米的地方,面对面地,从容不迫地从右边上衣口袋里掏出勃朗宁手枪,叭、叭、叭,连击三枪,将伊藤博文打倒在地。当这个朝鲜族老工人给我示范这历史的一幕时,上下火车的旅客都在奇怪地看着我们。

那个朝鲜族老工人说:"安重根并不认识伊藤博文,他为了慎重起见,又分别用枪射击了当时的日本驻哈尔滨总领事川上俊彦、伊藤博文的秘书官森泰二郎、中满铁道株式会社理事田中清次郎和南满铁道株式会社的总裁中付。伊藤博文并没有彻底咽气,问旁边的随从,是谁开枪杀我。随从说,一个韩国人。伊藤博文非常吃惊。他认为弱小的韩国人根本没有这样的勇气敢杀死他。"

"后来呢?"

"安重根确认打死了伊藤博文之后,丢下手枪,高呼三声,大韩万岁! 大韩万岁! 大韩万岁!"

说着,这个朝鲜族老工人学着安重根义士的样子,举起双手用朝鲜话再一次高呼"大韩万岁! 大韩万岁! 大韩万岁!"

…………

从那以后,特别是到了绚丽多姿的10月,我每次经过哈尔滨火车站时,都会想起那位朝鲜族老工人向我描述安重根击毙伊藤博文的壮烈场面。多少个绚烂的10月之后,我成为了一名小说家,出差的机会多了起来,经常要从这个火车站上车或者下车,也经常在这个火车站迎送外地的客人。时间有时候就像一个魔术师,它会抹去你心中一些无聊的琐碎的小事,而将那些重要的大事深深地刻在你的心上,成为你灵魂的组成部分。就是这样,安重根义士击毙伊藤博文的事情不但没有淡忘,反而在我的脑海变得愈发的清晰,仿佛这一幕就发生在昨天似的。

这期间，我阅读了一些相关的历史资料，了解到有关安重根义士的更多内容，特别是当我读到安重根的母亲对判了死刑的安重根说的那一段话时，不禁感动得热泪盈眶。他的母亲说："我的儿子，你是为了韩国人民做了正确之事之后被判刑的，所以，此时此刻，你绝不能卑贱地去求生，应当遵从民族大义，凛然地面对死亡，要表现出大韩国人大丈夫的气节来。这才是你对母亲的孝啊。"安重根义士就是穿上母亲特地为他缝制的白色的民族服装英勇就义的……

我决计把安重根的事迹用小说的形式写出来——作为一个偏重写哈尔滨这座城市历史的作家，我有责任将安重根的事迹写出来，让中国、韩国、日本，以及世界上更多的读者了解他。中国有句古话说：前事不忘，后事之师。

小说《安重根击毙伊藤博文》发表之后，在读者当中引起了很好的反响。有好几家文学选刊选载了它，并且还获得了由中国小说学会评出的优秀作品奖，给了我很大的荣誉。是啊，我完成了自己多年的心愿，我做了一名哈尔滨作家应该做的事。

——我认为，我有资格成为安重根的朋友。

我和安重根，以及一切爱好和平的人们，都为我们各自祖国的自主与独立、繁荣与昌盛，为中、韩、日三国的友谊与发展，为全亚洲的和平与稳定、为世界和平，尽自己的责任。我为此感到自豪。安重根义士在他就义之前就曾说过，"我到天国后仍会为国家的独立努力……当大韩独立的欢呼声传到天国时，我同样地欢呼，高唱大韩万岁！"

我想，小说就是对他伟大胸怀的理解。

…………

在我进入机舱，系好安全带的时候，我还在想，这次能够与安重根义士的灵魂同行，一道去韩国，这真是我的荣幸。

经过两个多小时的空中飞行，飞机降落在韩国的仁川国际机场——仁川机场也在下雨,气候同中国的哈尔滨差不多,真的给人一种回家的感觉。

我同安重根义士的灵魂一同走出机舱,我看到安义士的眼里噙满了泪水……

是啊,回家了,回到自己阔别多年的、独立、繁荣的祖国了。大韩国人——安重根回来了——

穿过海关通道,在我去办理相关的入境手续的时候,一位温文尔雅的韩国海关官员得知我是写《安重根击毙伊藤博文》的中国作家时,破例站起来,亲自把我送到海关的出口处。我知道这是为什么,因为在我的身边站着一位韩国的英雄——安重根。

在韩国,就像每一个人都知道太极旗一样,知道安重根。

大抵如此

王晓莉

笨拙的土豆

六十瓦的白炽灯悬在餐桌上方两尺左右——那是我们通过试用不同瓦数的灯泡后,所选定的亮度——它明亮但并不晃眼地照耀着饭厅,仿佛队长一样检阅着下方餐桌上的各样盘、碗、筷、碟。又像忠诚的卫士,保护就餐的我们。

桌子正中央是一大盘土豆。土豆上面散落着一片片熏肉。熏肉是乡下朋友特意在去年冬天就开始做,春节前夕送来给我们的。它有着柴火持久的草木香。

土豆与熏肉,在我们看来,是绝配。这道菜我们总是百吃不厌。

我凑到饭桌边。仿佛还没有吃就已经感到满足。这样的在窗外刮着呼啸寒风的冬夜,这样亮度的灯光,这样洁净的可以把菜和书同时放在一起的饭桌,这样一个什么都可以聊的食伴,甚至还有极为少见的这样一小碟从山西带回的五十年窖藏陈醋。

尤其是,这样自己极中意的、怎么吃都好吃、怎么吃都吃不厌的食物,这样圆滚滚、笨嘟嘟,甚至可说丑兮兮,但又热乎乎的土豆。

——这一瞬间,生活仿佛再也没有什么可求的了。

举箸之前,忍不住要跟那一个个土豆打个招呼:

你好啊,土豆!

土豆,是我家的主打菜。没有哪个季节我们不吃它的。

厨房放日常菜的那块区域,常年看得见的,除了姜蒜辣椒等常用做菜的作料外,就是土豆了。我们总是还没有吃完,又从菜市场买一堆回来,继续堆到上面。有时发现土豆都要长芽了,购买才停止几天。

偶然有次我用从乡下淘来的那只古旧笨重的木篮子来盛土豆,发现它们在一起就像个扛锄头的农夫和种菜的农妇那样和谐:都是褐色的、笨重的、踏实的——简直可以去民政局登记了。

从此它们就常年待在一块了。

有时走遍菜场,也不知道吃什么时,我们就会说,吃土豆!

有时很高兴,要犒赏自己,也会说,吃土豆!

有时吃着包子,也会想,有没有土豆馅的包子呢? 要有的话我第一个去买。

很难想象,有三十年,我是个绝对不吃土豆的人。

有三类东西我不喜吃。一是海鲜,许是生长内陆的原因,我爱吃木耳、菌菇之类的山珍,"海味"于我却只是个不能产生诱惑的词语罢了;二是蛇、黄鳝、乌龟、脚鱼这类,这些天生滑溜溜的东西,我连摸也不敢摸,哪里敢去吃它们呢?

最后就是土豆、红薯这类外形圆头圆脑、看上去憨厚笨拙的食物。那时我有个不知从何而来的误区:以为吃了这样外形的食物,自己也会变得这样肥圆不堪。我总觉得土豆、红薯,都是那些膀阔腰圆的人才吃的。或者反过来说,是吃了土豆、红薯,他们变成了膀阔腰圆的人。

于是我总是偏爱甜食与水果。要是饭桌上只有土豆之类,没有其他什么可口的菜,我干脆就不吃饭,只是吃些话梅、橄榄之类的零食也可熬过一餐。

我妈那时总是无奈地问我,你跟土豆有仇啊?

周围有很多爱吃土豆的人。但是我丝毫没有感觉。嗜吃的甜食,以甜遮蔽其他所有的味道,很轻易地就麻痹了我单纯的味蕾。而水果,总是以大量的、饱满的汁液吸引我,其实却是最经不起存放。总是要不了几天,它就干了、瘪了,甚至烂了,就像读多了爱情小说的人既容易发生也容易遗忘的爱情。

想起来,这些曾偏爱的食物,都是同样的:它们散发出的甜美、浓香,像一层又一层面膜,覆盖在我的感觉之上;它们以一种味道遮蔽了其他真实之味。

——我并不了解,越是甜美的东西,越是容易腐烂,最后变得越不可接受。

那时的我,就是这样一个无论是口味还是心灵都有些褊狭的人。一个明明很笨拙却又极度害怕笨拙的人。

也许所有人的青春,都有过这样与甜食、水果为伴的时期吧。

2003年秋天,我在火车上偶然遇到一位男子。他当时在翻的一本《凡·高画册》吸引了我,我们渐渐攀谈了起来。我说我喜欢的是凡·高那一系列自画像,那个包扎着伤耳但并不自怜的人,那个叼着烟斗但眼神已近疯狂的人,还有他那令人感觉突兀的红色胡须与他身上那亲切的工装蓝衣,这一切加在一起,是多么丰富啊。

对面的他说,那么,凡·高有张早期的画作有没有引起过你的注意呢?

不,你不会注意到它的。还没有等到他说出是哪一张,他就又遗憾又充满肯定地说。

临下车前,这个男子把这本边页已经翻得有点微微卷起的《凡·高画册》送给了我。正是在这画册里的中间某页,有他着重提到的那幅画——

《吃土豆的人》。

——某样司空见惯的事物，如何在某一天突然引起我们的注意，实在是有各种契机的。就比如那些我忽视惯了的、生活中无以计数的、我眼中无比笨拙的土豆，就这样经由一幅百年多前的画作引领，重新进入我始终睁开却始终有盲点的视线。

现在，这幅《吃土豆的人》，我闭上眼睛即可回忆起画中任意一细节，我若有任何绘画天赋定当临摹一千次。

它那么悲伤刻骨，而又坚忍不拔。

深得我心。

画面正中是一盏悬挂的昏黄油灯，使整个画都带着深褐色的凝重。灯光下，一家五口正围桌而坐，木纹餐桌上摆放的，正是还冒着腾腾热气的一大盘土豆。热气袅袅地上升到他们的头顶，有了温暖的氛围。

一个老太太正把一个特大个的土豆递给那一家之主妇模样的人，仿佛在赞赏地说：瞧这一个，多大个啊。主妇则低眉筛着茶（许是咖啡），她的粗眉有些皱起，仿佛有点不耐烦眼前这样的生活了，却又依然惯性地深思着这样的生活该怎样才可过得更如意更体面些。

主妇的对面是一家之主，他也许是个矿工，手指叫煤炭染得发黑他也懒得去洗洗。他凝望着他老婆，仿佛要跟她商量什么事情。而另一个戴头巾的女人又凝望着他。

一个穿裙子的姑娘，身形要娇小些，背对着我们。

他们的关系，有些复杂。但是这都无所谓。总之他们是一家是肯定的。

他们的手关节都出奇的大，骨突着，你知道，那样的手是可以把食物或茶壶抓得很牢的，也可以把生活抓得很牢的。

他们的鼻翼也很宽，鼻孔粗大，他们的呼吸，一定是粗重的。劳动，改造一切。包括他们的呼吸。

五个人非常均匀地分布在这幅画中，毫无疑问，人人都会说，他们是画家所关注的主题。

可是，在我眼里，桌上仅有的那一大盘土豆，外加佐餐的茶，也是凡·高眼里的主角。就像今日我们常常看见的或提供日本牛肉，或提供海参之类的稀罕品的主题餐厅一样。

这个五口之家，土豆是他们的餐桌主题。

日复一日的主题。

在我看来，这一幅画里，有笨拙的男女、笨拙的土豆。或许可以说，还有笨拙的一壶茶。

有着一个农民之家全部的笨拙不堪的生活。

凡·高给弟弟提奥的信证明了我的看法。

据说提奥一见到这画，就鼓动哥哥拿去沙龙参加展览。但是凡·高回信说："我想清楚地说明那些人如何在灯光下吃土豆，用放进盘子中的手耕种土地……老老实实地挣得他们的食物。我要告诉人们一个与文明人截然不同的生活方式，所以我一点也不期望任何人一下子就会喜欢它或称赞它。"

他并没有把画及时拿到那些由阔太太的飘飘衣袂、小姐们的香气熏染与高贵军人的满肩膀勋章组成的沙龙里去。

他描画着吃土豆的农民生活。其实是，他想通过土豆这样的食物，以及这些种土豆也吃土豆的人，见到与他所鄙夷的"文明人的生活"不同的真正正确的生活。

见到上帝。

我开始爱上吃土豆，煎、炒、炖、煮；或单独吃，或搭配其他食物吃；当饭吃，当菜吃，当零食吃；没有一样不尝试，没有一样不好吃。

土豆那满满的淀粉里，还有着只可意会而难以言传的清香。

我也开始关心跟土豆有关的一切。报章杂志、电视以及人们口里的片言只语，都逃不开我的注意力。

我最喜欢探究的是土豆的成长。所有的蔬果，都是裸露在空气与光线中，它们一生都与风和光线打情骂俏着，最后用碧绿的、红彤彤的颜色告诉人们：我熟了。来吃我吧。

只有土豆、红薯，那不多的几样，从春到秋，它们完全地埋伏在泥土之下。命中注定它的工作就是在漫长的黑暗里沉默与积蓄。它们的一生，真可以写成一本"黑暗小说"啊。

有时想，土豆做梦吗？它的梦是黑色的吗？

有时还想，土豆在出土以前，它的个大个小，即使连种植它的农民也猜测不出。会有人怀着强烈的好奇心掘开泥土看一眼土豆再给它覆盖上吗？

都不得而知。只知道，它们从土地里出来的那天，就是它完全成熟的日子。

有一回，我看到介绍前苏联的一个电视片。在地广人稀，粮食永远不够的前苏联，产量极大的土豆，成了人们唯一的救命粮。因此，赫鲁晓夫先生的名言便是，土豆加牛肉，就是"共产主义"。

我曾听说，在上世纪六十年代最初那著名的三年，饭蔬最为匮乏的冬春之际，土豆挺身而出，养活了整个北方。

土豆可以露天存放几乎整整一个季节。它的构成分子，该是有多牢固啊。

还有土豆的种子,越往北种子越好。所以,人们常常走得更北,去换种,换回优良的来年收获。

每一次,听了这些,我总是外表平静,内心却热血沸腾地想,如果有机会,我应该去种植至少一季土豆,去观察、了解、亲近那些披着大地色外衣的土豆,那些外表粗糙、内心扎实的土豆,那些在市场的菜堆上与人们的菜篮中笨拙地滚动的土豆,那些养育生活的土豆。

有时在灯下吃着土豆,会想起火车上偶遇的那人。他当时那么坚定地指出我会忽略凡·高那幅《吃土豆的人》,也许并不是他的武断。而是他看出了当时的我,是个过度追求纤细内心、纤细生活的人。

这样的人,无法在泥沙俱下的生活里立住脚,无法看得更清晰,无法像个伟大的旅行家一样在生活的沙漠里走得更深更远。

这样的人,因此需要吃更多粗糙的、笨拙的食物,与更多性情粗粝、笨拙的人往来,过更多有丛林有荆棘的、笨拙的生活。

茶味

我曾问起身边最熟悉我的那个人:"哎,你说我像我爸还是像我妈?"

身边人便依着他平素认真的习性,仔细思想一下,然后郑重其事地说:"像你爸爸多一点。"

"你再好好想想……"我不死心。

"四分像你爸爸,二分似你妈。另外几分,是你自己。"

还是像父亲多一点。

"为什么?"

"……"他一时语塞。想好久,慢悠悠地说:"你看看你喝茶的样子。"

我便不作声了。瞪着他，仿佛才领悟到我酷肖父亲——这个其实再平常不过的真相。

我认了命，同时啜一大口又热又苦的茶。

也许我私心里是想要更像母亲吧。虽然像父亲也没有什么不可以的。

母亲有着一个标准女人应该有的种种品质：容貌端美、性情温和。虽然有点儿软弱，但是对于担任妻子和母亲这样的角色，对于性格暴烈刚强的父亲而言，"软弱"也许正可以弥补与中和，因而并不算是个不能容忍的缺点。

母亲还有一项特别处，就是在即使最恶劣的环境里也可以为家人创造出一个相对舒适的小空间——这样的空间久而久之还能转化为一种心灵的依靠：一张硬纸板被她蒙上花纸，就变成了美丽的菜垫；小阳台上种满了花草，装不下了，还可以分送邻居，邻居得之后无不欢天喜地；毛巾缝缀起来铺在沙发上，比饰物店里昂贵的沙发巾不知要好看多少倍，还总有人追着问在哪家店买的。

母亲完全是心灵手巧的那一类人。

我等待了很多年，希望自己成为母亲那样的女人。但是随着岁月的增长，我对此已经越来越不抱指望了。母亲的这些优点我竟一样也没有遗传到：几乎不会女红，缝补的针脚连自己也看不过眼。烧的肉菜自己也不愿意吃。养的花草总是难得有花——有次从母亲那里带回一盆正开着六朵花的栀子，没想到第二天，花就谢了一半，到第三天就再没见到花的踪影了。

世间若真有花神，我真是不知为什么她那样垂顾母亲而冷落我。

悲哀地看着自己的手，想想母亲，我就会感到：女人的手只用来写字，应该是有缺陷的。

没有想到的是，倒是在这样的过程中，就像身边人所言的——竟越来越像父亲了。就像喝茶这件事，我以为自己是完全地无师自通，完全地心安理得。但最后还是发现，与父亲竟一模一样。

父亲是个嗜茶如命的人，也可以称得上我心中的"喝茶冠军"。从我记事起，他的茶汤就一直浓得匪夷所思，不知道的人会以为他是在喝酱油。但他根本不以为苦，反而觉得喝这样的茶才过瘾。即使现在已经七十五岁高龄，他还是要在临睡前喝一碗浓茶——完全不影响他酣畅淋漓、一觉到天亮的睡眠。

除了晚上这个时间不喝茶，其他方面我与父亲是一样的。

每天早上，一定要泡一杯很浓很酽的茶喝，就算早晨五点要出门，也会忍耐着浓厚的睡意，提前起床，留出可以喝茶的时间。别人是以天光表示一天开始，我却以喝一大杯茶为标志。如果是出差，更要精心筹划。收拾行李时，第一件事就要用信封包好足够的茶叶——旅馆或接待方提供的茶叶再好，我也是喝得非常无味的。

别人看我底气十足，却不知道我的底气不过是一包最普通的"南昌"茉莉花茶叶。

而且其他时候，比如疲乏的时候，难过到要死的时候，写字"梗阻"的时候，甚至偷懒在网络上打电子游戏打到最酣畅的时候，都一定要喝上一大口茶。

连我装茶的杯子也像极了父亲。

杯子大得我要用双手才能捧住杯身。好在有茶杯柄手，否则单手是握不住的——这还是在杂货店里淘了几年，才碰到一次这么大的。当时立即买了一对回来——防备着摔坏一只，还有一只。家里人看我喝茶时总觉滑稽：小小的人，却爱用这么大的茶杯，真不知怎么回事。

这也得自父亲遗传。父亲最喜欢用巨大的杯子喝茶。有一阵子他甚至就端着搪瓷缸子喝。那是个家里从前用来熬汤的缸。后来父亲嫌茶杯小不过瘾，就清洗干净缸用来煮茶，煮开之后凉一凉，他就直接拿着这"升级版"的茶杯喝了。

有时我自己觉得这样对于茶的依赖，是过于呆板、刻意了，仿佛提前进入老年似的。但是一想到这一切都像父亲——就觉得完全没有克服它的必要了。

成长的岁月里，其实与父亲一直沟通很少。印象里，父亲就是一个早晨出去工作，月末带回工薪交给母亲的人。晚上么，我们做作业，母亲做女红，而父亲往往是去邻居家打牌，或倒头大睡。

很少有语言上的倾心交谈。对于我这样的人来说，话语其实是需要的。也许女性都需要话语的慰藉——无论是妻子，还是女儿。

因此总觉得与父亲隔了一层。

但也没有什么，习惯了就好了。就这样成长到了独立生活。

起初喜欢写字的时候，也并不怎么喝茶。有时渴了，特别是夜深瞌睡来袭的时候，想着要提神，就去父亲那浓似酱油的茶缸子里倒一点茶，微微地呷一口，太苦了，便兑好多白水下去。父亲的茶，便成了我的茶引子。

父亲的茶，说来也话长，与他有着伤感的旧式文人气不无关系。他一生历尽坎坷，也找不到谁人可以兴师问罪。于是常常就一个人坐在那里愁苦，喝茶。人越来越沉默，茶越喝越浓。

我从没有看过一个像我父亲那样爱喝茶的人。

一杯浓茶，把我父亲与他人的父亲区别了开来。

有时我想，那杯茶里，必定渗透了父亲无尽的命运感，以及父亲所属的那个时代的时代感。

唯一一次见到父亲没有泡茶，是弟弟过世。

那是我们全家最愁云惨雾的日子。那时母亲说的一句话我至今还记得,她说,天都塌了。

出殡的那天清晨,下着雨,全家几乎彻夜未眠。父亲一直就坐在弟弟的遗像前——那张相片上的弟弟年轻英俊,看了越发叫人哭泣。三月天非常寒冷,父亲紧紧裹在弟弟留下的军绿色大棉袄制服里,像把泡完了的干茶叶,一下子彻底失神、散乱了。

我们这里,白发人送黑发人是不吉利的。于是我们姐妹代替父母去火葬场。等下午回到家,看见父亲依然坐在弟弟的相片前,紧紧抱握着自己的双臂,和他坐的硬木椅子一样坚硬寒冷。我们给他泡的茶一口也没有动。

再热的茶,也泡不开他的心。

只有我知道,不喝茶的父亲,等于是完全不想要这个人生了。

那段时间,我们姐妹发现任何抚慰、劝导对于晚年丧子、彻底浸溺在庞大无边的悲伤里的父母都是没有用的。我们快要绝望的时候,突然想到了一个好办法,就是:骂。

骂从来没有停止过哭泣的母亲:哭,哭什么哭,你们有本事跟着弟弟一起去。

其实也是说给坐在一边,已经沉默许久的父亲听的。

父母听到这样的话,非常震动。这些悲伤的日子,他们所听到的都是深切的同情与温和的抚慰,却从没有听过一句这么坚硬无情的话——尤其是从自己女儿嘴里。

我们看见话语起了效果,接着又说,你能跟着去吗? 你不能去。你不能去你就要继续生活下去。

道破事实,是这样残忍却又无奈。也是绝望所逼吧。那回却把父母点醒了一点点。

后来父母渐渐想回来了。标志之一就是看见父亲又端着他的大茶缸子喝茶了。生活重又继续下去,悲伤的浓度貌似被时光之水渐渐稀释。我们心底却十分明白,那只是伤痛完全沉淀到了心底里的一种表现。很长一段时间,我们都不提弟弟,仿佛从来没有这个人。让伤口结痂吧,不去扯开它。

我突然又想起,弟弟也是喜欢喝茶的,也是喜欢浓酽的茉莉花茶,也是喜欢用巨大的杯子——我们三个人,都是用这样一种猛烈的方式喝茶。

弟弟也是有着易伤感、易受折的气质,也总是试图将自己的生活和他人的生活区分开来——和父亲、我是一样的。

——有时我想,喝茶与喝茶者气质的养成,也许这两者是有点关联的吧。

血脉,在一杯茶里,在一个人喝茶的样子里,从来没有断流过。

第六天的新城

工作了整整五天。一到第六天,我们必然惦记着要到新城去。并没有什么具体的事,也就是随处转一转,随处看一看,然后又步行回来。既然周末放假把悠闲的权利像分发面包一样赏给了我们,我们就好好享受。

假若这天被什么临时的事耽搁了,那么,下一个第六天,我们必定要在新城多盘桓上几个小时,把上次缺的课补上。

新城有什么可看的呢? 空空落落,安静得像没有人住一样——许多到过新城却有些排斥那里的人们这样说。是否他们的心灵太空荡,所以总是需要满满的人、物和声音来填充、免得他们无所适从呢? 我们也不明白。

但我们愿意上新城去,却是肯定的。

大约从十年前开始，几乎每个城市，都像害传染一样抢着增添这样一片叫作"新城"的地方。城市人太多了，不光人住不下，连商店、医院和学校都住不下了。也不知是人带着这些机构，还是这些机构带着人，开始一趟一趟地，往新城里迁。

天狗吞噬月亮。所谓新城，就是老城市吞噬下与它比邻而居的那一大块乡村。每个老城市，现在都长着一颗帝国般扩张的心。它们把还种着庄稼或还没种上庄稼，只生着野树野草的田地，齐整整铲平，铺上水泥、沥青或是砖石。它们也仿照老城的模式，这里建一座几乎所有物品都能买到的超市，那里搭一大排高耸的楼。有的楼顶还仿着西方小城竖着十字架。总之，一切都试图变得和老城一样。

但在我看来，新城，虽是穿了城市的外衣，灵魂却还不是城市的灵魂。

一条江河、一座桥，多半是老城与新城的分割线又是连接线。

我们住在桥边的老城不远。我们先要穿过桥头盘踞着一对黑白大猫的拉索桥。桥很长，秋天开始枯水时，走到桥中心往下看，就有一群牛在桥下渐渐露出的沙洲上啃草、踱步、撒尿以及互相蹭痒。这一大群辛苦一生的牛，穿着棕褐色的衣，现在得到短暂的休憩。

过了桥，不瞒你，我们有时要上旁边一个公厕。那里的味道，奇臭至极，熏得我们每次都是最快速解决问题。可是，每次，公厕门口都围着一群由看守公厕的人召集而来的打牌人和看牌人。在赌牌的刺激下，这些人完全丧失了嗅觉。可以想象，他们一整天、一整年都是在那样的异味里生活着。

我有时为他们感官的失灵与麻木感到惊诧。也为他们在麻木中还能享受另一种快乐，感到更深的惊诧。

不过，再往前走不多一会儿，我对这一群打牌人的不悦还来不及升起就会消失了。

前面有一大片延绵几公里的树林。

这片树林的设计者，一定是按照四季的轮回来安排栽种树木的。最前面，是一大片蔷薇花与迎春。桃花也有几株。再往后，是夏季常见的夹竹桃等。后面两片，是我们最喜欢的，一片秋天的桂花林，一片冬天的腊梅林。

走过这一长条路，等于是检阅了四季。我们每次都要在这里徜徉很久。

可以说，与树木相伴一个下午，观察芽叶的萌生与枯朽，以掌心抚触树干上的疤结与纹理；为某只偶然捡到的不幸死去的小鸟尸体寻找一个小小的树洞，长久猜测树木们移植来这里之前的老家何处，以及在心里和树木说一会儿话。这一切细琐的、不值对外人道的事情，正是我们喜欢来新城厮磨的理由之一。

是了，住在老城的我们，正是奔着这样一些事物而来的。老城里，有一大片散发着清香的梅花吗？有安静得只听见鸟叫的地方吗？有因为知道没有人来打扰或驱逐它们因而惬意地低头吃草的牛群吗？有连一个人也没有，因而显得异常完整的街道吗？——在老城，所有的街道都已经被人、车，以及店铺瓜分与切割完毕了。

在我们看来，第六天的新城，是生活对像驴马一样劳累的我们的奖赏。

但是，有一个第六天，在新城，我们遇上了一件事、一个人。它改变了我们的看法。

那时我们已走完了新城，身上还带着梅花的香，原路返回老城的家。已经下午五时了，夕阳将凝重的余晖抹在建筑物和江水之上，也抹在我们路过的桥下一个老人身上。

要不是他在一个火灶上烤着一条鱼的悠闲样子吸引了我，我们的脚步就不会慢下来。

火灶是用一些长条砖搭的，一点烟也不跑，显示他手艺很好。砖石已发黑，可见不是新搭的。他反复烤着鱼的两面，身边还有两条小的生鱼。还有一个未盖盖子的小锅，里面是米。大约两把米的样子。

"老人家，你在这里做饭吃？"我们问。

"吃一顿算一顿咧。"他说。并不拒绝或反感路人参观他的生活。

"鱼是江里钓的吧？"我问。

"鱼现在越来越难吃了。你闻闻，烤了这么久，一点香气也没有哇。填肚子罢了。"他说。

"我刚刚过桥去老城想给孙女买件衣服过生日。那边真去不得。好吵闹。我一过去就吵得忘记了要买什么。等我折转回来，才又想起来了。唉，不买了。"他又说。

我也同意他的说法。

"那么你为什么在这里做饭呢？"

他指了指不远处，说："我原来住在那里。"

我抬头看过去，他指的那一片地方，现在是一大群长得一模一样的复合式楼房，一模一样的无数的窗格子。

那里原来应该是他的村子，原来应该是村人晨起下田耕作、傍黑收工喝酒，一年四季开门见山的生活。

"他们把村子拆了，要我们到好远的地方去住。我村里的人、我子女孙女都快快活活地去了。"

对的，现在乡村的年轻人，谁不愿意得到这样一个机会去做城里人呢？这是无可指责的。

当然他并没有说"他们"是谁。

"但是我不去。"

"为什么？"

"我祖辈都在这里住。我祖坟就在不远的山上。我今年七十八岁了，要是死在很远的地方，回这里来的路都认不得。"

是了,哪棵已经扎根的老树不怕搬移呢? 哪个已沿袭中国乡村习俗生活了一辈子的老农不怕离开他的村庄呢? 哪个七十八岁的人不怕做孤魂野鬼呢?

"我就在这里附近转。他们把我的灶拆了,我换个地方又搭起来。我总要吃饭吧。"他说。

也不知道"他们"是指谁。

鱼已烤熟了,一条干瘪的、无处求生的鱼,做了这个曾经的土地好手、这个绝不愿意成为一个城市人、这个靠水吃水的老人(从前他应该是靠田吃田的)的简陋的盘中餐。

灶中的火也渐渐熄去了,只有烟还在犹豫且忧郁地在新城这一块巴掌大的地方飘。

夜正在铺天盖地地黑下来。新城的北风,比老城不知要凛冽多少倍。这七十八岁的老人、这在新城无家可归的老人,将何以扛过这寒意彻骨的冷呢?

第六天的新城,原来不光是奖赏,竟也有不知何人遗留下的、对一个极其平凡的孤老头的惩处。

第六天的新城,我看见一个半城半村、似城似村、非城非村的灵魂在流浪。

散文 海外版

Essay
Overseas
Edition

2013—2014 精品集

原来姹紫嫣红开遍

迟子建

我对年货的记忆,是从腊月宰猪开始的。

三四十年前,大兴安岭山林小镇的人家,没有不养猪的。一般的人家是春天抓猪崽儿,喂上一年,不管它长多大,进了腊月门,屠夫就提着刀,上门要它们的命了。猪挨宰时嗷嗷叫着,乌鸦闻着血腥味,呀呀叫着飞来。不过好的屠夫,会让它连一滴血都尝不着。血被接到盆里,灌了血肠吃了!猪被大卸八块后,家家会敞开肚子吃顿肉,然后把余下的作为年货,存在仓房的大木箱里。怕它风干了味道不好,人们在储肉箱里撒上雪。大兴安岭不趁别的,就趁雪花,你想撒多少就撒多少。有的人家图省心,干脆把肉埋在院子的雪堆里。可是吃的时候去拿,发现肉少了!在黑夜里做强盗的不是人,而是那些会倒洞的黄鼠狼!它们有拖走东西的本事。

有了猪肉,除夕夜的肉馅饺子就有了主心骨。可光有肉还不行,那夜的餐桌上,还必须有鸡,有鱼,有豆腐,有苹果,有芹菜和葱。鸡是"吉利";鱼是"富余",豆腐是"福气",苹果是"平安",芹菜是"勤劳",葱则是"聪明",这些一样都不能少!过年不能吃酸菜,说是"辛酸",白菜也不能碰,说是"白干"。

腊月宰过猪,就得宰鸡了。宰猪要请屠夫,宰鸡一般人家的女主人就能做。鸡架在霜降时,就从院子抬进了灶房,跟人一起生活了。这些过冬的鸡，基本都是母鸡，养它们是为了来年继续生蛋，而鸡架的大公鸡，不过一两只，主人留它们，是为了年夜饭，所以只能活半冬。公鸡死后，我们会把它身上漂亮的羽毛拔下来，以铜钱为垫，做鸡毛毽子，算是女孩子献给自己的年礼吧。

年三十餐桌上的鱼，通常是冻鱼，胖头鱼、鲅鱼、刀鱼之类。这是供给制时代能够买到的鱼。做鱼不能剁掉头尾，说是"有头有尾"，年景才好。女主人的菜刀要是不慎伤及头尾，就会很慌张，担心未来的日子起波折，所以过年时的菜刀不敢磨得太快。在鱼身上，除了防菜刀，还得防猫。闻着腥的猫，两眼放光，你一不留神，大半条鱼就被它消灭了！所以很多人家的猫，这时会被关在小黑屋。人在过年，猫在受苦，它的忧伤可想而知了。

有没有吃到鲜鱼的可能呢？那得看家中男主人捕鱼的本领和运气了。在冰河凿口冰眼，下片渔网，有时能捕到葫芦籽和柳根鱼。这类鱼都不大，上不了席面。谁要是捉到鲶鱼和花翅子，那就是中了彩了！这种能镇得住除夕宴的鱼，会让从冰河回家的男主人腰杆挺直，进屋后有老婆的热脸迎着，有热酒迎着，当然，晚上吹灯后还有热炕头的缠绵迎着。只是这样走运的男人很少，绝大多数都是如我父亲一样的人，空手而回。

比起鲜鱼，豆腐就很容易获得了。我们小镇有两爿豆腐房，得到豆腐除了用钱，还可用黄豆换。一般来说，换干豆腐，比水豆腐用的黄豆多。男人们扛着豆子去豆腐房时，你从他们肩上袋子的大小上，就能看出这家过年需要多少豆腐。莹白如玉的水豆腐进了家门，无非两种命运：一种切成小方块进了油锅，炸成金黄的豆腐泡，另一种则直接摆在户外的木板上，等它们冻实心了，装进布袋，随吃随取。

除夕宴上的葱，是深秋储下的。葱在我眼里是冬眠的菜蔬，它在零下三四十摄氏度的严寒中，看似冻僵了，可是进了温暖的室内，你把它扔在墙角，一夜之间，它就缓过气来，腰身变得柔软了！又过几天，它居然生出翠绿的嫩芽了,冻葱变成水泠泠的鲜葱了! 至于芹菜,它也来自园田,不过它与葱不同,要是挨冻,就是真的冻死了! 芹菜秋天时割下来打捆,下到户外的菜窖里。两三米深的菜窖,储藏着土豆、萝卜、大白菜等越冬蔬菜,芹菜就和它们同呼吸共命运了。不过芹菜没有它们耐性好,叶片很快萎黄,幸而它的茎,到年关时没有完全失去水分,仍然能做馅料。我小时一听大人们骂架,诅咒对方下地狱时,我就想,地下有什么可怕的,冬天时漫天飞雪,地窖却是春天呀!

年夜饭中唯一的冷盘,就是苹果了。苹果可用鲜的,也可用罐头的。我们那时更喜欢罐头的,因为它甜! 这两种苹果的获得,都是在供销社,拿钱来买。除了买苹果,我们还要买烟酒糖茶,花生瓜子,油盐酱醋,冻柿子冻梨。最重要的是,买上一摞新碗新盘子,再加一把筷子,意谓添丁进口,家族兴旺。

在置办年货上,家中的每个人都会行动起来,各司其职。主妇们要去供销社扯来一块块布,求裁缝裁剪了,踏着缝纫机给一家人做新衣。腊月里猪的号叫,总是和着缝纫机的嗒嗒声。缝纫机上的活儿忙完了,她们还得蒸各色年干粮,馒头,豆包,糖三角,菜包等等。馒头这时成了爱美的小姑娘,女人们会用筷子蘸着印泥,在正中央给它点上一枚圆圆的红点,那是馒头的眉心吧。除了这些,她们还要做油炸江米条和蕉叶子,作为春节的小点心。

那些平素淘气惯了的男孩子,这时候也得规规矩矩地忙年。他们负责买鞭炮,买回后放到热炕上,让它干燥着,这样燃放起来更响亮。他们得拿起斧头,劈一堆细细的松木桦子,让除夕夜的灶火旺旺的! 他们还要帮着大人竖灯笼杆,买来彩纸糊灯笼。不过在我们家,糊灯笼是我的事情。因为我是元宵节天将黑时出生的,父亲送了我一乳名"迎灯",家人认定我的名字中有光明,糊灯笼非我莫属。不过我糊灯笼是讲条件的,那就是提前享用油炸小点心,虽然母亲不情愿,但为灯笼着想,只得依从。我给圆圆的宫灯糊上一圈红纸后,会用金黄的皱纹纸,为它铰上飘逸的穗子,粘在灯座上,让灯长出金胡子!

那时还没有印刷的春联,作为校长的父亲,因毛笔字写得好,腊月里就有很多人家求他写春联和福字。人们送来红纸,我帮着裁纸,父亲挥毫。写好一副,待墨迹干了,就把它卷起放到一边,写另外一家的。有时父亲让我编写春联,他也采纳过一副,是贴在仓房上的,记忆中我把他的小名"满仓"嵌了进去。父亲写完春联,会给我们做一盏用木座和罐头瓶子做成的灯。为了获得完美的灯罩,他得从户外捡回挂着霜雪的罐头瓶,然后飞快地将一瓢热水浇下去,这样它的底儿就会砰然脱落。当然取灯罩并不容易,有时一瓢热水下去,它整个碎了,只能弃了;有时那罐头瓶子如烈女一般,热水泼来,依然故我。父亲只得再跑回雪地中,去翻找罐头瓶子。

小年前后,我会和邻居的女孩子搭伴,进城买年画。好像女孩子天生就是为年画生的,该由我们置办。小镇离城里十几里路,腊月天通常都在零下三四十摄氏度,我们穿得厚厚的,可走到中途,手脚还是被冻麻了。我们知道生冻疮的滋味不好受,于是就奔跑。跑得快,血脉流通得就快,身上就不那么冷了。我们跑在雪地的时候,麻雀在灰白的天上也跑,也不知它们是否也去购置年画。天上的年画,该是西边天绚丽的晚霞吧!进了城里的新华书店,我们要仔细打量那一幅幅悬挂的年画,记住它们的标号,按大人的意愿来买。母亲嘱咐我,画面中带老虎的不能买,尤其是下山虎;表现英雄人物的不能买,这样的年画不喜气。她喜欢画面中有鲤鱼元宝的,有麒麟凤凰的,有鸳鸯蝴蝶的,有寿桃花卉的。而父亲喜欢古典人物图画的,像《红楼梦》、《水浒传》故事的年画。母亲在家说了算,所以我买的年画,以她的审美为主,父亲的为辅。这样的年画铺展开来,就是一个理想国。

买完年画,我们会去百货商店,给自己选择头绫子,发卡,袜子,假领子,再买上几包红蜡烛和两副扑克牌。那时我们小镇还没通电,蜡烛是家里的灯神。任务完成,我们奔向百货商店对面的人民饭店,一人买一根麻花,站着吃完,趁着天亮,赶紧回返。冬天天黑得早,下午三点多,太阳就落山了。想在天黑前到家,就要紧着走。我们嘴里呼出的热气,与冷空气交融,睫毛、眉毛和刘海染上了霜雪,生生被寒风吹打成老太婆了!不过不要紧,等进了家门,烤过火,身上挂着的霜雪化了,我们的朝气又回来了!

人们为自己办年货,也为离世的亲人办年货。逝去的人,未必坟茔就在近前。所以小年一过,小镇的十字路口,会腾起团团火光。人们烧纸钱时,不忘了淋上酒,撒上香烟。年三十的饺子出锅后,盛出的头三个饺子,要供在亲人的灵位前,请他们品尝。

我小的时候,父亲和爷爷都在时,我们只在十字路口为葬在远方的奶奶烧纸。爷爷去世后,除了给奶奶买下烧纸,爷爷那里也得备一份了。等我长大成人,父亲过世了,母亲预备下的烧纸,就比往年厚了。待到十年前我爱人因车祸离世,我回故乡过年,在给爷爷和父亲上过坟后,总不忘了单独买份烧纸,在除夕前夜,在我和爱人无数次携手走过的山脚下的十字路口,为回归故土的他,遥遥送上牵挂。火光卷走了纸钱,把我留在长夜里。

我快五十岁了,岁月让我有了丝丝缕缕的白发,但我依然会千里迢迢,每年赶回大兴安岭过年。我们早已从山镇迁到小城,灯笼、春联都是买现成的,再不用动手制作了。我们早就享用上了电,也不用备下蜡烛了。至于贴在墙上的年画,它已成为昨日风景,难再寻觅其灿烂的容颜了。我们吃上了新鲜蔬菜,可这些来自暖棚的施用了化肥的蔬菜,总没有当年自家园田产出的储藏在地窖的蔬菜好吃。我们的生活变得越来越便利,越来越实际,可也越来越没有滋味,越来越缺乏品质!

我怀念三四十年前的年,怀念我拿着父亲写就的"肥猪满圈"的条幅,张贴到猪圈的围栏上时,想着猪已毙命,圈里空空荡荡,而发出的快意笑声;怀念一家人坐在热炕头打扑克时,为了解腻,从地窖捧出水冷冷的青萝卜,切开当水果吃,而那个时刻,蟋蟀在灶房的水缸旁声声叫着；怀念我亲手糊的灯笼，在除夕夜里，将我们家的小院映照得一片通红，连看门狗也被映得一身喜气；怀念腊月里母亲踏着缝纫机迷人的声响；怀念自家养的公鸡炖熟后散发的撩人的浓香；怀念那一杆杆红蜡烛，在新旧交替的时刻，像一个个红娘子，喜盈盈地站在我家的餐桌上，窗台上，水缸上，灶台上，把每一个黑暗的角落都照亮的情景！

可是这样的年，一去不复返了！在我对年货的回忆中，《牡丹亭》中那句最著名的唱词："原来姹紫嫣红开遍，似这般都付与断井残垣！"不止一次在我心中鸣响。好在繁华落尽，我心存有余香，光影消逝，仍有一脉烛火在记忆中跳荡，让我依然能在每年的这个时刻，在极寒之地，幻想春天！

朝闻道，夕死可矣

周有光

85岁那一年，我离开办公室，不再参加社会活动，回到家里，以看书、写杂文为消遣。

我生于清朝光绪三十二年(1906)，后经北洋政府时期、国民党政府时期、1949年后的新中国时期，友人喜称我四朝元老。这100年间，遇到许多大风大浪，最长的风浪是"八年抗日战争"和十年"文化大革命"，颠沛流离二十年。

抗日战争时期，我在重庆，一个日本炸弹在我身边爆炸，旁边的人死了，我竟没有受伤。"文化大革命"时期，我被下放到宁夏平罗"五七干校"劳动改造，跟着大家宣誓"永不回家"，可是林彪死后大家都回家了。

我一生中最大的幸运是无意中逃过了"反右"运动。1955年10月，我到北京参加全国文字改革会议，会后被留在文字改革委员会工作，放弃上海的经济学教学职业。过了几年之后，我才知道，"反右"运动在上海以经济学界为重点。上海经济学研究所所长，一位著名的马克思主义经济学家，自杀了。我的最优秀的一位研究生自杀了。经济学教授不进监牢的是例外。二十年后平反，一半死去了，一半衰老了。我由于改了行，不再算我过去的经济学旧账，逃过了一大劫难。"在劫不在数"！

常听老年人说："我老了，活一天少一天了。"我的想法不同。我说："老不老我不管，我是活一天多一天。"我从81岁开始，作为1岁，从头算起。我92岁时候,一个小朋友送我贺年片,写着"祝贺12岁的老爷爷新春快乐"!

年轻时候,我健康不佳。生过肺结核,患过忧郁症。结婚时候,算命先生说我只能活到35岁。现在早已超过两个35岁了。算命先生算错了吗? 算命先生没有算错。是医学进步改变了我的寿命。

2003年冬天到2004年春天,我重病住院。我的99岁生日是在医院里过的。医院送我一个蛋糕,还有很大一盆花。人们听说这里有一个百岁老人,就到窗子外面来偷偷地看我这个老龄品种,我变成医院里的观赏动物。佛家说,和尚活到99岁死去,叫做"圆寂",功德圆满了。我可功德圆满不了。病愈回家,再过斗室读书生活,消磨未尽的尘世余年。

老年读书,我主要读专业以外的有关文化和历史的书籍,想知道一点文化和历史的发展背景。首先想了解三个国家:中国、前苏联和美国。了解自己的祖国最难,因为历代帝王歪曲历史,掩盖真相。考古不易,考今更难。前苏联是新中国的原型,中国改革开放,略作修正,未脱窠臼。苏联瓦解以后,公开档案,俄罗斯人初步认识了过去,中国还所知极少。美国是当今唯一的超级大国,由于各种主义反美,美国的面貌变得模糊不清。了解真实的历史背景困难重重。可是旧纸堆里有时发现遗篇真本,字里行间往往使人恍然大悟。我把部分读书笔记改写成为短篇文章,自己备忘,并与同好们切磋。

先知是自封的,预言是骗人的。如果事后不知道反思,那就是真正的愚蠢了。聪明是从反思中得来的。近来有些老年人说,他们年轻时候天真盲从,年老时候开始探索真理,这叫做两头真。两头真是过去一代知识分子的宝贵经历。

我家发生过一个笑话。著名的漫画家丁聪,抗日战争时期常来我家。我们一家都很喜欢他,叫他小丁。我6岁的儿子十分崇拜他。一天,我在家中闲谈,说小丁有点"'左'倾幼稚病"。我的儿子向他告密:"爸爸说你'左'倾幼稚病!"弄得小丁和我都很不好意思。多年以后,我的儿子到了70岁时候,对我说:"其实那时爸爸的'左'倾幼稚病不亚于小丁。"

老来回想过去,才明白什么叫做"今是而昨非"。老来读书,才体会到什么叫做"温故而知新"。学然后知不足,老然后觉无知。这就是老来读书的快乐。

学而不思则盲,思而不学则聋。我白内障换了晶体,重放光明。我耳聋装上助听器,恢复了部分听觉。转暗为明,发聋振聩,只有科技能为老年人造福。

"朝闻道,夕死可矣",这是最好的长生不老滋补品。

火炉·机械手表

冯唐

火炉

有时候，人会因为一两个微不足道的美好暗暗渴望一个巨大的负面，比如因为想有机会用一下图案撩骚的Zippo打火机而渴望抽烟，比如因为一把好乳或者一头长发而舍不得一个"三观"凌乱的悍妇，比如因为一个火炉而期待北京一个漫长而寒冷的冬天。

我怕冷，我把我怕冷的原因归结于我从父亲那边遗传的基因。我老爸生在印尼，长到十八岁才回国，十八岁前没穿过长裤，更别说秋裤了。北京夏天最热的时候，我老爸带我去龙潭湖游野泳，我下水没几分钟，上来，面朝下最大面积地平摊在水泥湖岸，后背最大面积地接受阳光，两瓣小屁股还是冷得筛糠一样颤抖，仿佛一条刚从湖里打上来的大鱼。

记忆里北京的冬天漫长而寒冷，每个人穿着同一个颜色和式样的衣服，像是一个个丑陋的柜子在街上被搬来搬去，树枝里面包着的春花和女人衣服里包着的奶光似乎永远不绽放。北京漫长的冬天里唯一的喜庆颜色是"两白一黑"，"一白"是白菜，北京冬天的主菜，通常的习惯是买半屋子，吃整整一个冬天，醋熘、清炒、乱炖、包饺子、包包子、包馅饼,百千万种变化,不变的是白菜还是白菜。另"一白"是白薯,北京冬天唯一的甜点,买两麻袋,吃整整一个冬天。"一黑"是蜂窝煤,堆在门前院后,那时候北京大面积的没有市政供暖,整整一个冬天的温暖得意就靠它了。

我常常因为烧蜂窝煤的火炉而想念那时候北京的冬天。

伺候火炉是个有一定技术含量的活儿,这个技艺由老爸掌握。炉子安放到屋子一个角落,烟囱先向房顶再向一面墙蜿蜒而过,最终探出屋外。烟囱在屋外的一端要安个罩子,防雪防尘。烟囱在屋里的一段要逐节密封好,否则一觉醒来,一家已经在天堂。为了伺候炉火,老爸自制了很多钢铁工具,夹煤的、捅煤的、掏灰的、钩火炉盖儿的,其中捅煤的钎子常常被我们拿去滑冰车用,总丢,老爸总是多做几个放着备用。蜂窝煤似乎有两种:一种是主流,数量多,含煤少;一种数量少,含煤多,贵,用来引火,先放在煤气炉子上烧着,然后放进火炉最低层,最后再放上普通蜂窝煤。蜂窝煤烧尽,要从下面捅碎,煤灰随重力落到炉底,用煤铲掏走,再从炉子上面加一块新煤。最考技术的时候是临睡前封炉子,留多大进气口是个手艺,留大了,封的煤前半夜就被烧没了,下半夜全家被冻醒,留小了,不热,一夜全家受冻,加上蜂窝煤的煤质不稳定,留多少更难控制。老爸的解决办法是半夜起来一次,我睡觉轻,常常听见他摸黑穿拖鞋声,因为长期吸烟的几声暗咳声,吐一口痰声,喝一口水声,铁钩子拉开炉盖儿声,铁钩子合上炉盖儿声,撒尿声,脱鞋再上床声。

我对于侍候火炉的兴趣不大,但是对于炉火的兴趣很大。炉火当然能烤火,而且炉火比空调好很多,不硬吹热风,而是慢慢做热交换和热辐射,暖得非常柔和。从脆冷的屋外进来,把千斤厚的棉衣一脱,一屁股坐在炉火旁边的马扎上,面对炉火,像拥抱一个终于有机会可以拥抱的女神一样,伸出双臂、敞开胸怀,但是又不能又不敢抱紧,哪怕不抱紧,很快身心也感到非常温暖。然后,倒转身,挺直腰板,让炉火女神再温暖自己的后背、后腿和屁股。炉火还能烤食物,白薯、汤、粥、馒头片。晚上看书累了、饿了,贴炉壁一面的烤白薯和烤好的抹上酱豆腐的馒头片都是人间美味,胜过天上无数。遇到周末,改善生活,放上一口薄铝锅,炉火还能当火锅。火锅神奇的地方是,已经吃得不能再烦的白菜、酸菜、豆腐、土豆放到里面,几个沉浮,忽然变得好吃得认不出来了,围坐在周围的家人也开始和平时不一样了,老妈转身去橱柜拿酒,老姐望着炉火,眼神飘忽,老哥热得撩起裤子、撩起秋裤,腿毛飘忽,老爸开始小声哼唱十八岁前学会的歌曲,窗外天全黑了,借着路灯光看到小雪,在窗子的范围里,一会儿左飘,一会儿右飘。

后来,住处有了市政集中供暖,老爸还是习惯性半夜起来一次,我睡觉轻,还是听见他摸黑穿拖鞋声,因为长期吸烟的几声暗咳声,吐一口痰声,喝一口水声,撒尿声,脱鞋再上床声。我背诵最早和最熟的唐诗之一是白居易的《问刘十九》:"绿蚁新醅酒,红泥小火炉。晚来天欲雪,能饮一杯无?"老爸天生酒精过敏,滴酒不沾,但是每到冷天,每到夜晚,每到想喝口小酒,我每每闭着眼听到老爸像老猫一样爬起来,去照看那早已经不存在了的炉火。

机械手表

科技的快速进步让很多人变得过时,也让很多器物变得多余。

七〇后是"桥一代"。我上小学的时候,谁家里有个九英寸黑白电视就是整个楼羡慕的对象,计算器绝对是新鲜玩意儿,带着考试,老师不认识,如果有人四位数加减乘除算得太快,老师就认为他是天才,直接保送科大少年班,毕业之后直接保送沙漠做导弹,献了青春献终身,献了终身献儿孙。铁臂阿童木带着"卡西欧"三个字在早期的电视里游荡,我处心积虑有了第一个卡西欧计算器之后,和我爸玩儿游戏,在计算器上先按出50,从50开始,可以减1、2、3,看谁能先减到0。谁输了,谁洗碗。上初中的时候，中学有了个人电脑，那时的机房类似手术室，层流通风控制细菌浓度，进门脱鞋，脚臭漫延。后来我教我爸学486电脑，我爸说什么玩意儿啊，干啥都像猜谜，而且每做啥都要等好久。而我外甥一代，眼睛看大小屏幕的时间绝对超过看另外一双眼睛的时间，绝对超过看窗户的时间。他们有了屏幕就不闹，两三岁的时候抓过手机就不哭，十一二岁的时候捧了ipad就不用吃饭了。我问我外甥，长大做啥，他说，做游戏测试师。我爸说，你给我的三个电脑都特别慢。我说，耐心些，就算给你买现在最高档配置的电脑，也没用，它反应一慢您就砸键盘，您上任何网站有恶意软件就安装运行。再说，您省下时间，还是没啥可干啊。我爸说，生命不是用来等待电脑的，而且，我要求很低，看视频和打游戏而已。我说，这些已经是最高要求了，您还得耐心些，在您学习能力严重减退之后，只剩耐心这一条路了。我没时间，外甥在的时候，让我外甥教我爸如何面对电脑保持耐心。我外甥后来和我说，姥爷不是数码时代的原住民，姥爷小时候的教育缺了很多基本的东西。

二〇〇〇年前后，我第一次有了手机，不得不天天带着，攥在手里，生怕别人找不到自己，和社会失去纽带。手机上时间、日历、通讯录都齐全，腕子上的手表变得多余。

二〇〇五年前后，我给自己买了第一块机械表。那段时间，我开始频繁做PPT演示，讲得口吐白沫。因为要控制好几十页PPT是在三十分钟、六十分钟还是九十分钟内讲完，所以我总是在PPT演示中看手机显示的时间。一个女领导终于忍不住对我说，这样不好，每次我看手机，她都觉得我品位和格调很低，因为她和我一个公司，我看手机连带着她和公司的品位和格调都很低。她说男人要戴块好表，最好是机械表，做PPT演示时不戴表，严重点儿说和裤子不拉拉锁一样。品位和格调且不论，我也感到了一些不戴手表的实际困难，比如要按一下手机才能显示时间，不能拿起就看到，比如手机在话筒旁边会有静电干扰等等。

买的第一块表是块入门级的最简单的百达翡丽。白金正圆表盘，三针，三点位有个扁方的日历窗口，黑色鳄鱼皮带，后背透明，看到很多细巧的螺丝和轴承还有金色的PP十字标志。表是二手的，店主说是九八成新，出生纸和盒子都在，店主说是刚从澳门进的货，听说原主人先是第一晚赌博挣了钱，买了表，第二晚又赌，很快输了钱，又把表送进当铺。那时候我不知道百达翡丽是啥，带我去这家二手手表首饰店的姐们儿说，买这个PP吧，别买劳力士，金光闪闪的，你看上去像个读书人，和你的品位和格调不匹配。我刷卡付款的时候有些肉痛，一个第一次听说的牌子，又没上千年的历史，又是一个赌鬼过手的，又不能放东瀛AV，又不能耍美国电玩。后来，多少次在会议前，在酒后，在PPT演示中，我向这个机械的美丽的金属组织探问时间，渐渐意识到它的美丽。它不谦虚，也不夸张，不像法国表那么装，也不像德国表那么僵。以后，我再翻时尚杂志，常常能一眼认出它的同类，仿佛读到某些文字风格突出的伟大作家的文章。以后，我又常常看到这个牌子的广告，提醒你，你从来没有真正拥有它，你只是为了你下一代暂时保管它。这是我见过的最凶残的广告之一。我买古玉扳指的时候，常常用余生可能存活的天数去除古董商索要的价格，算下来，每天的花费还能承受。如果按照PP表广告的说法，如果我再加上我后代可能存活的天数，PP表的价格实在是太便宜了。

我想，早晚有一天我会停止用手机，手边有个智能终端能高速上网就好，我希望这一天早点到来。如果需要交谈，那就面对面，中间摆些花生米、拍黄瓜和酒或者花、香和茶。但是，我不会停止使用最新的数码产品。我渐渐认定，总是第一批使用新上市的数码产品，是延缓衰老的最好方式之一。我想，再晚一点儿，我会停止用手表，我会老到有一天，不需要手表告诉我，时间是如何自己消失，也不需要靠名牌手表告诉周围人类我的品位、格调、富裕程度和牛×等级。我会根据四季里光线的变化大致推断现在是几点了，根据肠胃的叫声决定是否该去街口的小馆儿了。

两份手抄乐谱

沈宁

我二十岁撞了个大运,二十二岁懂得了人生的悲壮,所有一切都因为我的父亲崇拜维尼亚夫斯基。

那天下午,系里忽然召开全体师生大会,通知大家抓紧,在两星期时间里,拿出一台音乐会,接待波兰小提琴大师库拉克先生。库拉克先生当时应邀在日本帝国音乐学院讲学两个月,上海音乐学院请他趁便就近到中国访问,安排了一个四天长周末。

既然是波兰音乐家,当然钢琴系最疯狂,排了一堆肖邦奏鸣曲,声乐系也排了几首合唱。可怜弦乐系,整天练的都是门德尔松、帕格尼尼,没想过波兰人的事,这一急就抓瞎。20世纪80年代初,"文革"刚过,除了肖邦,中国人不知道波兰还有其他音乐家,于是才给我这个二年级学生上台机会。我从小练维尼亚夫斯基练了十年,进音院之后,虽然功课表上没安排,我自己还时常拉,从来没丢开。

我拉得最熟的,是维尼亚夫斯基作品第二十号《华丽幻想曲》的第一段,虽然只有七八分钟,可难度很大。系里同意了,临时找来谱子,请钢琴系一个老师给我弹伴奏。我们合练了几天,库拉克大师就到了。

平生头一次穿上燕尾服,到处都不舒服,而且想着台下坐个世界级的小提琴大师,真是又兴奋,又紧张,又恐惧,在后台角落里坐着,浑身发抖,险些误场。这样的音乐会,听众都是专家,无须报幕,曲子接曲子往下走，不知不觉就到我的节目，幸亏伴奏老师叫我，才匆忙赶上台。也因为这么一匆忙，倒让我忘记了紧张和害怕。

那是我第一次公开登台演奏，也是我第一次公开演奏维尼亚夫斯基。钢琴前奏的一分钟里，我抽空看了看台下，正中一个粗大汉子，光头，黑须，西装口袋的手绢白得发亮，别的什么也没看清。钢琴缓慢下来，我收回精神，开始演奏。头一个乐句，结束在七把位上的升G音，父亲强调一定要拉得响亮，拍子也要拉足，我觉得自己拉得不错，想看看台下大师的反应。这一走神，接下来的一段双弦就拉得不够好。我再不敢分心，集中精力到演奏上，使出全部本事，最后总算还过得去。演奏完毕，鞠躬的时候，我又朝台下看看，还是没有看见库拉克大师的脸，他一手遮在前额上，蒙住了两眼。

糟了，我非常沮丧，默默走回后台，有同学过来拍肩膀，我都没理，坐到角落里伤心。同宿舍的小柳告诉我，库拉克大师对我拉这个曲子，反应挺强烈。小柳受我委托，很仔细地观察大师。钢琴伴奏刚一起，库拉克大师的脸就突然僵了，身子坐直起来。小提琴开始之后，库拉克大师眼睛一直闭着，后来用手蒙住脸。

听了这个报告，我更加心惊肉跳，再不敢动，整个音乐会完了，我也没力气走开。说不定我是自讨苦吃，想露脸，结果砸了摊子，拉得太糟，大师一句话，学校就可能把我开除了。我正思来想去，系秘书急匆匆找到我，叫我立刻去系主任办公室，库拉克大师有话要问我。

躲得过初一，躲不过十五，我硬着头皮，走进系主任办公室。副院长、系主任、系副主任、我的导师，另外几个教授都在，还有一个陪同的翻译小姐。而正中坐着的，就是库拉克大师。我才看清，他体格健壮，秃头光亮，四方脸庞，眼睛不大，两撇浓须顶端上翘，典型的欧洲人模样。

我抖着嗓子，向老师们问过好，站在屋子当中，低着头，好像受审。

"别紧张，谢崇维同学，库拉克大师很关心你，想问你几个问题，你如实回答就好了。"系主任微笑着说。

翻译在库拉克大师耳边,轻轻地把系主任的话翻译给大师听。

我点点头,抬头看看对面的大师。他脸色仍旧很严肃,没有一丝笑意。

"请问,你几岁开始学琴的?"库拉克大师通过翻译问我。

"四岁。"我回答。

库拉克大师静默了片刻,他在计算我的学琴年头,然后又问:"谁是你的老师?"

"我的父亲。"我回答。

库拉克大师点点头,很理解这个全世界到处相同的音乐家庭故事,说:"你的父亲是小提琴家。"

"不,他只业余拉琴,可是他拉得很好,"我回答,又补充,"我觉得他拉得很好。"

库拉克大师又点点头,说:"我能想象,因为他教会你这首《华丽幻想曲》,维尼亚夫斯基的曲子都不容易。"

"对,他很崇拜维尼亚夫斯基,所以给我起名叫崇维。"我说着,觉得一股泪水涌进眼睛。这么多年了,库拉克大师是第一个理解父亲的人。我极力控制住自己,继续说,"他去世之前,教给我这首幻想曲。"

"你的父亲去世了?"库拉克先生连忙问。

我点点头,眼泪忍不住,冒出眼眶,抬手用袖口擦拭。

库拉克大师从自己的上装口袋里拿出插着的那方白手绢,欠身递给我,说:"很对不起,提起你的伤心事,我也很难过。"

我拿他的手绢擦干眼泪,不好意思地说:"很抱歉,把您的手绢弄脏了,我会洗干净了再还给您。"

"你留着吧,我有很多。"他摇摇手,说,"如果你的父亲还活着,我一定要拜访他。"

我喘了口气,说:"父亲是外省小地方的中学校长,您也许不知道,'文革'开始的时候,到处的学生都要打校长。父亲的左臂被打断,从此不能再拉琴，那让他格外痛苦。他的肾也被打坏，又没能很好治疗。他挣扎了十年，到底没有撑到七六年。"

库拉克大师说："我们在欧洲，听说一些中国的'文革'，知道那时很混乱。不过你很幸运，父亲还能教授你拉琴，而且竟然保存着维尼亚夫斯基的乐谱。"

"没有，父亲所有的乐谱都被'红卫兵'烧毁了。"我说，"这首《华丽幻想曲》，是父亲凭着记忆，用手抄写下来给我练的。"

库拉克大师听了这话，身体猛然坐直，眼睛睁大，脸色变得通红，嘴唇抖动着，好半天，才说："你的父亲非常伟大，非常伟大。"

我的眼泪又一次流下，赶紧拿库拉克大师的手绢再次擦拭。

"我要看看你父亲手抄的乐谱，"库拉克大师说，"我必须亲眼看看。"

我点点头，说："下次见到您，我一定带上父亲手抄的乐谱。"

副院长抓住这个机会，插话进来说："对，我们会再次邀请库拉克大师来我院观摩。"

库拉克大师没有理会副院长的话，问我："为什么没有拉第二段呢？"

"父亲只写了第一段，"我说，"进了音院之后，我找到正式乐谱对照，发现父亲手抄的谱子里有几处不准确，正在慢慢改。还没有来得及学第二段，学校功课也多，没时间。"

库拉克大师点点头。

系主任对我的导师说："我们可以考虑给谢崇维同学安排这个课程，把第二段完成。"

我的导师点点头。

我听了很高兴，忙说："库拉克大师，下次给您演奏，我一定把两段都拉完。"

库拉克大师终于微笑一下，说："我很乐意听。"

系主任见大师有结束对话的意思,忙说:"我想请库拉克大师具体指导一下今天谢崇维同学的演奏。"

我也忙说:"如果库拉克大师能够点拨一下,我将万分荣幸。"

库拉克大师耸耸肩,说:"当然,你才二年级,已经算拉得不坏了。不过,拉琴最重要的,并不是技巧,而是感觉。音乐是表达感情的语言,没有感情,就没有音乐。我想,如果你对维尼亚夫斯基有更多了解,对波兰文化有更多了解,这个曲子会演奏得更加深刻。另外你知道,有时候,拉得太快,不一定是好事,比如你的跳弓和断奏,有些模糊,分辨不清楚。看得出来,你学的是俄罗斯握弓法,哦,其实是维尼亚夫斯基握弓法,不过不去说它。你知道,这种握弓法的好处之一,就是能够把断奏拉得更完美,你需要好好体会。"

我的导师连连点头,说:"对,对,我也这样感觉。"

我说:"谢谢库拉克大师指点,下次有机会再为大师演奏,我一定会有提高。"

库拉克大师没搭我们的话,只顾自己继续说:"另外,你的跳弓不稳定,你的肘有些向后扯的感觉,所以你的肩膀会紧张,那不好,不可能演奏大段的跳弓。小臂要有向前甩的意思,这也是俄罗斯握弓法的长处,这样你的肩膀可以放松,演奏再长的跳弓都没有问题。"

我真的服气了,大师到底是大师。拉跳弓肩膀紧张,我自己知道很久了,导师教授也好像说过,但都找不出原因,现在库拉克大师帮我解决了。我很兴奋,忘记了面前的人,按照大师指点,摆动起手臂。

库拉克大师笑笑,说:"那可不是一天两天就可以改正的。"

系主任也笑起来,站起身,说:"好了,今天就到这儿。库拉克大师行程很紧张,明天要去苏州和杭州旅游,然后回日本。"

屋子里的领导和教授们都站起来,只有库拉克大师仍旧坐着。我上前两步,握住大师的手,连声说:"谢谢您,库拉克大师,谢谢您。我一定听您的指导,加倍练习,期待着再为您演奏。"

跟库拉克大师的第一次会面，就这样结束了。我保存了库拉克大师的手绢，上边绣着他姓名的字母缩写。每天练习维尼亚夫斯基，我就把这方手绢放在谱架上，好像面对着大师演奏，点滴不敢偷懒。

过了两个星期，我又被叫到系主任办公室。系主任高兴地递给我一个大信封，说："你看看，这是库拉克大师从日本寄来的。"

我小心翼翼打开封套，抽出里面一沓五线谱，可是看不懂标题上的外文。

"那是维尼亚夫斯基《华丽幻想曲》第二段乐谱，很美的行板。"系主任说，"记得吗？上次见面，你说你没有拉过。库拉克大师专门寄来给你，上面还做了很多记号。"

我翻动乐谱，果然看见很多铅笔标号。我太激动了，气都喘不匀，说不出话。

系主任更笑了，说："这里还有一封信，库拉克大师写给学校的。"

我接过信，望着系主任，不明白为什么要把写给学校的信给我看，而且我根本也看不懂外文。

"库拉克大师决定要收你做他的学生了。"系主任大声说。

我惊得几乎听不见他的话，怎么可能！库拉克大师要收我做他的学生？库拉克大师要收我做他的学生！我清醒过来，两脚跳起来，大喊一声。

系主任伸出臂膀，握住我的手，说："恭喜你。"

"谢谢系主任，我，我是不是该给库拉克大师写封回信，表示感谢？"

"当然，你写好了，送到我这里，"系主任说，"我们翻译成英文，再寄给库拉克大师。学校也要给他写回信，并且告诉他，过两年，等毕业之后，我们就送你到波兰去留学深造，然后回音院来教书。"

我一个劲点头，什么话都说不出来。做梦都想不到，我这辈子会撞上如此大运。仿佛腾云驾雾一般，走出系主任办公室，手里捏着库拉克大师寄给我的乐谱，还有他写给学校的信。我忽然意识到，都是因为父亲,是父亲在天之灵,带给我幸运。我站住脚,仰起头,朝向天空,默默地说:爸爸,放假回家,我会把库拉克大师的信埋进你的墓地,永远陪伴你。爸爸,祝福我,儿子要去波兰,在维尼亚夫斯基的故乡学习。

之后的两年,我非常努力地学习。我按照库拉克大师的指点,纠正了手臂动作,跳弓技巧有了很大提高。我学会了《华丽幻想曲》的第二段,而且严格照着库拉克大师在乐谱上亲手作的每个指示练习,在几场学校音乐会上演奏,得到很高的评价。我也把每个演奏都录了音,寄给库拉克大师,请他指点。

库拉克大师很忙,要带学生,又要巡回演出,全世界到处跑。他每次收到我的信,都会回复,但是很简短,经常是印有异国风光的明信片,感谢我寄录音带给他,抱歉他不能详细指示。他说会把意见保留下来,我到波兰之后仔细教导我。

只要我能不断地确认,库拉克大师始终没有改变主意,还计划收我做学生,我就放心了,一直精心准备到波兰去,接受库拉克大师指导。

艰难的两年终于过去,我从上海音乐学院毕业,回家乡安顿好母亲和妹妹,修整了父亲的墓地,然后出发到波兰去。因为迫不及待,我比开学日期早两个礼拜到达华沙,库拉克大师还在法国演出。一方面我想先了解了解环境,这辈子头一次到外国生活,什么都不懂,需要熟悉。努力学了两年英文,还跟不会差不多,读写凑合,听说困难。另一方面我想跟波兰音乐大学商量,合练维尼亚夫斯基的小提琴协奏曲,希望库拉克大师回来时,给他一个惊喜。

学校同意了,组织了学生管弦乐队,与我合练。学校告诉我:因为我是库拉克教授的学生,学校愿意尽力满足我的要求。另外,几十年来,波兰音乐大学演奏过维尼亚夫斯基的几乎所有乐曲,可从来没有演奏过他的《第一小提琴协奏曲》。不知因为什么原因,每次提出这个要求,库拉克教授总是找各种理由推脱。而且很奇怪,库拉克教授在欧洲巡回演出,也从来没有演奏过这首协奏曲。这次趁库拉克教授不在,又是我主动提出，正好演出这个协奏曲。我是他钦点的第一个中国学生，他就是不高兴，也不能把我怎么样。为此，我和学校商定，保守秘密，不向库拉克教授透露任何消息。

开学前三天，库拉克教授回到华沙，很仔细地检查了我的住宿安排、吃穿日用等等，都很满意。他带我看了几处华沙的名胜古迹，又到两间餐厅吃了两顿晚饭。他还带我去参加了一个沙龙晚会，没有让我演奏任何曲子，只介绍我认识一些波兰音乐界人士。我有点纳闷，他从来没有带我去他的办公室，也从来没有跟我研究课程，大概是让我放松，开学之后再讨论学业。而导师不提，我心里再急，也不敢说。

终于，波兰音乐大学开学了，典礼的晚会上，库拉克教授坐在观众席当中，我走上台，朝他深深地鞠了一躬。

乐队开始响起前奏，惊喜开始了，我微笑着，注视台下的导师。

一个小节过去，库拉克教授便听出这是哪首乐曲。他的脸色立刻沉下来，然后渐渐发白，好像血液在一层层地消退。我忽然想起，两年前库拉克大师到上海来，我拉维尼亚夫斯基《华丽幻想曲》，小柳告诉过我，也是前奏刚开始，库拉克大师就产生出强烈的反应。

但是我没有时间细想，前奏只有三十秒钟，就是我进入的时刻。我把小提琴放到肩上，然后轻轻把琴弓放到弦上，开始了第一个乐句。

维尼亚夫斯基的作品里，虽然《第二小提琴协奏曲》最为著名，被列为世界十大小提琴协奏曲之一，大多世界顶级小提琴家都要演奏。可父亲最喜爱的乐曲却是维尼亚夫斯基的《第一小提琴协奏曲》，所以那也是我小时候听到的第一首乐曲，铭刻在我心目中，融化在我血液里。上海音乐学院的毕业演出上，我跟学院乐队合作，就是演奏这首乐曲。现在跟波兰音乐大学的乐队合作，风格自然更接近维尼亚夫斯基，感受也跟在国内完全不同。我投入了自己的全部生命和激情，使出了自己全部技能和力量，紧闭双眼，忘掉了身边的一切，整个沉浸到美妙的音乐乐园之中。

第一乐章终止，我睁开眼，却惊奇地发现，库拉克教授不在观众席里，他竟然提前悄悄地离开了。但是乐曲尚未结束，乐队稍加调整之后，开始第二乐章，这个时候我不能下台。我强制着自己，继续演奏，可是有点三心二意，魂不守舍，直到全曲最后一个音符。走进后台，我赶忙问旁边的老师，为什么库拉克教授会半途退席，没有听完整个协奏曲。

那位老师告诉我：协奏曲刚开始不久，库拉克教授就闭住眼睛，然后用手支着额头，旁边的人先还以为，教授是累了，或者有些不舒服。但后来大家看到，他脸上流下泪水来，而且随着我的演奏，泪流越来越猛烈，最后禁不住开始抽泣。他拿手绢捂住面孔，显然是用了很大的力气，才一直坐到第一乐章终结。

我不知发生了什么，赶紧跑到库拉克教授的办公室。他没有关门，也没有开灯，房间里暗暗的，他坐在一把椅子里，弓着两肩，显得十分苍老和孤独，可他还不到六十岁呢。

我轻轻走进门，说："非常对不起，库拉克教授。如果我擅自决定演奏此曲，冒犯了您，那不是有意的。这个协奏曲我练了两年，只想给您一个惊喜。"

已经过去半个多钟头，库拉克教授显然平静了许多。他没有讲话，伸手指指。

我坐在另外一把椅子里，把手提的琴盒放到脚边，静静地等候他的教导。

过了几秒钟，库拉克教授忽然说："我还没有看到，你父亲为你手写的乐谱。"

"是的，是的，我一直带在身边，等着给您看。"我匆忙地说着，拿起琴盒，放到膝盖上，拉开琴盒套上的口袋，抽出一个皮夹，双手递到库拉克教授的面前。

库拉克教授小心地拉开拉锁，打开皮夹，里面展示出一沓陈旧的五线谱纸，上面是父亲手抄的乐谱，维尼亚夫斯基《华丽幻想曲》的第一段。

我的泪水模糊了两眼，透过那层泪雾，我看见库拉克教授垂着头，注视着手里的乐谱，很久很久，然后用几个手指，轻轻抚摸谱纸上的笔画。一滴泪落下，掉在他的手指上，又一滴泪，落在他手下的谱纸上。库拉克教授的泪，落在我父亲手写的乐谱上，洇湿了两个音符。

"对不起。"他说。

"没关系，教授。"我说。

他慢慢地把皮夹合起来，可是没有还给我，继续放在他的膝盖上。

"你知道，我的老师是谁？"他忽然问。

我不知道，也没有回答。

"我的老师，是维尼亚夫斯基的孙儿约瑟夫，"他说，"亲孙儿。"

我大吃一惊，随即马上明白了，为什么我以前在上海演奏维尼亚夫斯基《华丽幻想曲》，刚才在这里演奏维尼亚夫斯基《第一小提琴协奏曲》，会引起库拉克教授巨大的反应。

"你知道的，维尼亚夫斯基出生在波兰，可他一直在俄国生活，曾经担任过沙皇的琴师。"库拉克教授慢慢叙述，"他的儿子出生在俄国，也是一名优秀的小提琴家。可是不幸，列宁建立苏维埃政权之后，他被杀害了。幸亏他的儿子约瑟夫出生在波兰，当时没有在俄国，所以留下一条性命。可是'二次大战'的时候，因为他是犹太人，又被纳粹关进了集中营。"

我倒吸一口凉气，知道将要听到一个多么悲惨的故事。

"维尼亚夫斯基的名气太大了，约瑟夫要想掩藏他的犹太血统是不可能的，而且他家还保存着一把斯特拉迪瓦里小提琴，也被纳粹抢走了。后来戈培尔为了加强德日的轴心国关系，将这把琴赠送给了日本小提琴家诹访根自子，因为那位小姐曾经慰问过纳粹伤兵，为他们拉琴。"

这个故事我知道，自从库拉克教授告诫我要多了解维尼亚夫斯基，多了解波兰，之后两年我读了许多有关书籍，包括"二战"中的犹太人故事。其中讲到戈培尔向日本小提琴家赠琴的事件，而且讲到"二战"结束，诹访根子是第一个访问美国的日本音乐家，用戈培尔赠送的这把琴，演奏门德尔松的小提琴协奏曲。那支乐曲曾经被纳粹禁止演奏，因为门德尔松是犹太人。世界历史，经常充满各种戏剧性。

库拉克教授不了解我头脑里的想法，自顾自讲述："约瑟夫关的囚棚里，有个年轻犹太人，酷爱小提琴，经常一个人两手比划，在空气中练习。后来他们成了朋友，于是那年轻人知道了约瑟夫的身份。他们没有琴，也没有乐谱。约瑟夫便凭着记忆，在纸上画五线谱，写出维尼亚夫斯基《第一小提琴协奏曲》的乐谱。"

我一听，心头一紧，眼泪憋不住，涌出眼眶。我看见父亲怎样手写乐谱，能够想象约瑟夫在纳粹集中营里怎样工作。

"约瑟夫给年轻人写乐谱，也为他讲解，教授他如何演奏。"库拉克教授继续讲述，眼泪断线一般地坠落。

我从口袋里取出库拉克教授在上海给我的那块手绢，递给他。教授接过来，蒙在眼睛上。过了许久，他才稍微平静些，继续讲："忽然有一天，纳粹走进他们的囚棚来点名。犹太人都知道，被叫到号码的，就要给送进毒气炉去。最后纳粹叫到约瑟夫的号码，他叹口气，准备赴死。这时候，那个热爱小提琴的年轻人跳下地，大声答应了一声。他经过约瑟夫的身边，悄悄把那份手写的乐谱丢在他的床上，轻声说：维尼亚夫斯基必须活着。然后他吹起口哨，向纳粹们走过去。约瑟夫告诉我，那年轻人当时吹的口哨，就是维尼亚夫斯基《第一小提琴协奏曲》的旋律，第一乐章开始后大约四分钟左右那段优美的行板。约瑟夫说，从那之后，他几乎一生，耳朵里永远响着那段旋律，甚至半夜醒来也继续着。"

库拉克教授讲不下去，急急地喘息，不断地拿那块手绢擦眼睛。我则早已泪如雨下，无法擦拭，任由它滴落在我的胸前。

过了好一阵,库拉克教授止住抽泣,又讲起来:"一年之后,苏联红军解放了波兰,约瑟夫走出纳粹集中营。又过一年,他重新开始上台演出。那年我二十岁,做了约瑟夫的学生。之后,约瑟夫在欧洲到处巡回演出,演奏过几乎所有的小提琴曲,特别是他祖父的所有乐曲。可是我发现,他每年只演奏两场维尼亚夫斯基《第一小提琴协奏曲》,而且每次演奏,他总是泪流满面。这样十五年后,举行告别音乐会,他也是演奏这首乐曲。我实在忍不住,直接问了他这个问题。约瑟夫回答说:他每年演奏维尼亚夫斯基《第一小提琴协奏曲》两次,一次是集中营里那个年轻人生日那天,一次是那个年轻人代替他走进毒气炉那天。那个年轻人死的时候三十岁,所以约瑟夫演奏维尼亚夫斯基《第一小提琴协奏曲》三十次,然后就永远地停止了。"

我们两人都沉默了,沉默了很久。

然后我说:"教授,我想问问,您是否保存着约瑟夫手写的那份乐谱?"

"是,在这里,我拿给你看。"

锯羊角的额吉

艾平

　　额吉在呼伦贝尔大草原深处向远方遥望。风是天的舌头,吻着额吉银灰色的发丝,牧草是地的手指,抚摸额吉长长的影子。额吉的身体挺立,脸和手与泥土同色,而神情好似结实的籽壳,包裹着一粒成熟的生命。

　　在这十几年里,额吉的五个孩子像小燕子那样飞出了蒙古包。大儿子和大女儿,在旗里生活,其他的三个走得更远,一个在呼和浩特,一个在北京,还有一个在日本。他们的名字,像一首诗,在巴尔虎人的嘴里一遍遍传颂。每当草原上有婚礼的时候,额吉不论多忙,也要赶去祝贺。回家以后,便把在宴席上听来的赞扬自己儿女的话,说给留在家里放羊的阿爸听,说了一遍又一遍。

　　额吉和阿爸没到城市里去享受儿女的成功,他们怎么能离开草原呢? 羊怎么办,草场怎么办? 每当酸奶子成型,手扒肉出锅,额吉便想起从前,包里那五个小脑袋瓜,围着桌子扎成一个堆儿,等着她一一分食的情景。每当大雪把草原变成银盆,额吉就后悔把马群卖出去的事情,要是那匹沙毛马还拴在蒙古包前,额吉这会儿一搂鞍鞯上了马,由着马蹄咯噔咯噔地敲打着雪壳子,眨眼工夫就能看到自己的大儿子和大女儿了,只要和孩子一起喝上一碗茶,她心间的草地便会像获得了春天的雨水那般滋润。

早晨，阿爸骑着摩托车赶着羊群远去了，只有那几头不能出牧的病羊陪伴额吉。远方的地平线上没有出现儿子的红汽车；拴马桩上没有远来的马，蒙古包里也没有客人边喝茶边给额吉讲古老的新鲜事儿——山那边的云彩在孕育着蘑菇一般大的雨点；湖边的羊群里发现了几头黄羊子，竟然吃得比绵羊还肥；贝尔湖的潮水把一条条大狗鱼，推到马的鼻子底下，吓得马不敢喝水……邮递员也不再来了，他把小女儿的大学录取通知书像一只喜鹊那样放在额吉手里，已经是很久以前的事情了。

有什么声音能来搅动一下额吉的草原呢？

额吉似乎听见包里的桦树皮摇篮发出婴儿咿咿呀呀的笑声，听见了沙毛马还是个驹子时那细弱的鼻响儿，听见有人在牛粪垛下叽叽喳喳地说话……其实额吉也知道这些声音都自己胡乱想出来的。可是，这些胡乱想出来的声音却让额吉萌生出想说说话的渴望——有一只羊的犄角好长时间就该锯了，你说把孩子叫回来吧，还有点不值得，不叫吧，家里的锯条不好使了，那羊不能吃草了。

额吉想，大儿子忙，就给大女儿打个电话吧，让她回来的时候捎上一根小锯条，可是大女儿的电话老是无法接通。额吉刚把电话放回草窠里，电话却响了。大女儿在学校里当班主任，只有下了课才能接电话。额吉喜上眉梢，一拿起电话，却是一个推销电话，这一次推销的是香港直飞游。额吉对着电话说："我飞了，你来给我们家他阿爸熬茶呀？"

额吉把头上的白缎子头巾摘下来，在阳光里抖了抖。头巾上没有一丝灰尘，今年草好，厚厚的，像在地上绣了一层丝绒，风只能刮起满地的香味儿，刮不起一丝沙尘。额吉心一宽，就听出来草原上其实只有一种声音，是身后那只羊的肚子在咕噜咕噜响。那羊两只角长到脑后，打了一个弯，又向前长，直杵到它的嘴丫子里，无法张嘴吃草。额吉昨天给大儿子打了电话，让他回来时捎把新锯条。儿子说，额吉你等我放假回来锯。大儿子在旗里当干部，总是说回来，到时候就回不来了。于是,额吉自己进了羊圈,抓住羊耙子,捆紧了它的三条腿,动手锯羊角。这羊耙子是额吉一手养大的,高大壮实,家里的羊群里有十几个它的儿子。除了初冬的时候放进羊群配种,额吉平日把它放在蒙古包前的小圈里,像个佛爷似的供养着。

额吉觉着自己近来好像有一点儿怕,怕这头大角的羊耙子老,老得冲不到小母羊的身上去,老得嘴里的八个牙不能把青草咀嚼成浓浓的绿汁儿;怕它有一天突然往草地上一歪,就把魂交给长生天了。额吉知道人也和羊一样,迟早有那么一天。还好,自己的身子挺硬朗。当年额吉手舞草叉子,站在草车上接草捆,一捆草比一头羊个儿还大。额吉一叉子一捆,半天工夫就把一座草山码在云端里,被人们称作"大寨铁姑娘"。当民兵突击队队长的阿爸,就是在打草的秋天里看上了能干的额吉。

阳光顺着额吉手上的小锯条爬来爬去,羊侧着脸,眼睛随着锯条眨动。额吉锯着锯着,心里渐渐地生出一些惆怅。她想放开嗓子唱一首歌,唱一首很久不唱的长调《牧歌》,又由《牧歌》想起长调歌唱家宝音德力格尔老师,这首歌谁也没有宝老师唱得好听。年轻时,额吉也当过粉丝,就是给宝老师当的粉丝。那时候宝老师一回到故乡,额吉在百里之外就听到她的歌声了。她唱起歌的时候,吃草的牛羊会停止咀嚼,游泳的骏马会扬起脖子,女人们会把小羊羔和小狼崽儿一起搂在怀里,博克手们会像鹰一样高高扬起双臂。宝老师的歌声是翡翠一般的美酒,是绸缎一样的奶汁,日日夜夜滋润在巴尔虎人的心上。宝音德力格尔老师怎么会去世呢?她一定是变成了一朵最洁白的云,在天上看着小草一天天长高,看着五畜一天天肥壮……额吉想把宝老师的歌儿唱出来,让自己的心,在一个人的草原上,无拘无束地回到年轻的时光里。可是额吉哈着腰,锯着羊角,气喘吁吁地唱不出来。额吉需要一个嘹亮的声音,来推助一下自己这不由分说的想头,连忙打开手机。她想起来,小女儿说手机里可以找到很多草原歌曲。

手机里的歌声来了,高亢而悠扬——阳光……阳光流淌……就在……就在……这片草原……额吉不明白,手机为什么总是唱这一首歌。额吉的手机是最新型的,是小女儿给设置的。小女儿经常给她发来照片,额吉和阿爸虽然不会翻看,却还是盼着小女儿不断给他们发,因为每次一发完,那调皮的小女儿,就会打电话来,上了大学的小女儿说话还是那么奶声奶气的,额吉和阿爸一听就好像看见了十年前苏木学校取消,把她送到旗里上小学时,她那小羊羔似的样子。因为这些小女儿跳舞的图片,额吉和阿爸便有了叫大儿子和大女儿回来的理由,他们一到家,家里的蒙古包,就会像萨日朗的蓓蕾突然绽放,变得活色生香。

额吉鼓捣了老半天,手机还是唱不出别的歌曲来。额吉觉得,哪怕是小母羊娇嫩的奶头,也要使劲才能挤出奶来。可是,还没等额吉的手指使劲,屏幕上的符号就展开一扇又红又绿的翅膀,刷一下不知飞到什么地方去了。

"阳光……阳光流淌……就在……就在这片草原……"岁月果然就在额吉蒙古袍的边上流淌走了。额吉想,人要是草原就好了,年年都重新发芽,永远都不会离开自己最心疼的小草和小花。

额吉用手摸摸羊角上自己锯出的口子,还是那么浅。她伸伸腰,喝了一碗奶茶,开始喂羊。额吉用两只手向外掰着羊耙子的两只角,蹲在羊头前面让羊自己吃草。冷蒿和碱草还有野葱,幽绿发亮,羊耙子性子急,老想摆脱额吉的手往前够草,额吉哈着腰,慢慢随着羊往草厚的地方退。

额吉心想,要是老头子看见自己这样伺弄羊,一准儿会说,你这个女人真是个傻狍子,你不要你的老骨头了。额吉嘴边不由浮现一抹笑,在心里和阿爸说,你不是一直说你老婆像一头四岁子小母马那么扛造吗,你这爱抱蹶子的儿马子啊,也懂得心疼人了……俄顷,额吉觉得腿有点支撑不住身子,她想站起来,换个姿势,到底是身子骨不那么灵活了,没等姿势拿好,就一个屁股蹲儿,跌坐在了草地上。

随着额吉这一跌,扑啦啦从草丛里飞起一只百灵鸟,它旋转在额吉的头顶上,一声比一声叫得凄厉,就是不肯离开。额吉知道春天深了,果然看见身后有一个用乱羊毛和软草做成的窝,窝里面是四个浅褐色的鸟蛋,油汪汪的挺好看。额吉赶紧牵着羊,远远地躲到了蒙古包的影子里。百灵鸟轻轻落下来,继续自己的天职。

在寂静的阳光里,一个巴尔虎母亲慢慢地锯着羊角,一个百灵鸟妈妈静静地孵卵。

注:额吉(蒙语),母亲。

一条必然的路

陈启文

从眉山三苏祠走向中原的三苏坟,是一条必然的路。苏洵和他两个天才的儿子苏轼、苏辙就是从这条路上走过来的。从一个人诞生的故乡出发,去一个人最终的归焉之地,才觉得把一个生命完整的一生走完了。多少年来,这一直是我的夙愿。

人这一生,一生一死,生命如同两极之间的舞蹈,在生与死之间显现的就是一个人、一个生命的全部意义和价值。而生死之外的价值,或腐朽,或永恒,一切都是他者的言说,逝者早已置之度外。在时隔千年之后,多少念头早已风化为碎片,血肉生命早已化为尘埃,剩下的也就只有那同样把一切置之度外的坟茔了。

要去那片坟地,先必须穿越一座广大的园林。这是一处远离他们故乡眉山的三苏园,也是一座远比他们故乡那座三苏园更大的山水园林。我从不相信转世,但却虔信轮回,在大片的翠竹、松柏与无影无形的风之间,你将邂逅广庆寺、三苏祠、东坡碑林、东坡湖。它们的存在,只有一个永恒的主题,轮回。这其实并非宿命,而是人类对抗遗忘的方式之一,在某种意义上说,这是一代又一代以轮回的方式在大地上续写的史记。尽管我早已预料到它们的出现,兴许还会在别处的天底下反复出现,但我还是感到一次次惊心动魄。这样的感觉来自没有奇山异水的中原,兴许只有中原,才有如此的渊博与厚重,才能以如此的大气魄、大手笔和阔大的襟怀来进行这样的书写。

又一次站在东坡湖畔。我不知天底下有多少个以东坡的名字来命名的湖泊，这个人一生从岷江走向黄河，又从黄河走向淮河、大运河、长江、珠江、南海，他几乎把中国的大江大湖大海都走遍了，这让他的生命、他的骨血、他的文字几乎被各种滋味的水浸透了。而眼前的这个东坡湖，与他诞生之地的那个东坡湖遥相呼应，一个恍若前世，一个如同今生。我知道，眼前这个东坡湖，只是人间的又一次复制，一个没有任何诗意的人工湖。它的存在并非为风景而虚设。我来这里时，小暑刚过，中原已是大热天了。这也是中原最干涸的季节，每一寸土地都处在焦渴无比的状态。一个触目的事实就在焦渴中出现了，这东坡湖水，正在一点一滴地浇灌着被烈日晒得四处开裂冒烟的农田，剩下的便只有这样一个趴在泥淖里、被太阳晒得四处开裂冒烟的东坡湖了。当淤泥上泛起阳光的照射，哪怕干涸也浪影重重。尽管没有看到我想看到的那波光潋滟的风景，但东坡湖四周那长势喜人、一片葱茏的庄稼，多少缓解了一下我内心里不可名状的焦虑。设若苏东坡活着，我想他一定会这样做，这也是他在家乡眉山干过的傻事，哪怕自家的池塘里干得只剩下了一口水，他也会先给农人来缓解焦渴……

一条石头铺出来的路笼罩在深沉的阴影之中，穿过缄默的土地，通向一条神道。四株古柏，不知长了多少年了，已长得极古、极拙，昏昏沉沉如同坠入梦中。树荫下，是一声不吭的石马、石羊、石虎、石人，它们侍列在神道两侧，摆出一个严整的仪仗。一切皆有前定的宿命，在静穆中，我深深地感知了一种接近神圣的美。迎面是一座高大的红石牌坊，一抬头就看见四个苍劲的大字镌刻于坊楣正中：青山玉瘗。两边枋柱上，是一副阴刻的楹联，其实是苏轼的两句诗："是处青山可埋骨，他年夜雨独伤神"。这是他卷入乌台诗案被打入牢狱时写给其弟苏辙的《狱中寄子由二首》中的诗句，接下来的两句是"与君世世为兄弟，更结人间未了因"。我突然感到鼻子一阵酸楚，接下去又万籁无声，这两个最终长眠于此的兄弟，还真是"世世为兄弟"了。

　　穿过粗粝而简陋的石坊、飨堂、祭坛，走进了墓园。感觉已置身于一座原始森林，只有中原大地才能长出这种参天古树，那古老而浓密的树木已长得像中原的泥土一样发黑，浮动着阵阵暗香。这些古树的寿命，有的据说比这片坟地的历史还长，却如灵魂附体，它们不像别处的古柏高耸昂挺地朝着天空生长，而是纷纷倒向另一个方向，看上去，连阳光也是倾斜的。我下意识地辨别着它们生长的方向——西南，大西南。只要你沿着这个方向，一直不停地走，就可以走到遥远川西盆地的那座眉山。人非草木，而这充满了灵性的大自然却仿佛有一种超自然的力量，为你揭示了一个故乡的存在。这也让我对那片坟地投出了疑惑的一瞥。这不只是我的疑惑，而是一个千年悬念。一直以来，后世围绕这片坟地的争议不断。每一个漂泊的生命，走到了生命的尽头，都会有着强烈的落叶归根的本能。在苏辙的《次韵子瞻寄贺生日》一诗中，也流露了他对最后归宿的想法，"归心天若许，定卜老泉室"，可见他想的还是要落叶归根，葬入故乡老翁井畔埋葬着父母亲的祖坟，而他们又为什么会选择这远离故乡的异乡作为自己最后的归宿？

　　对此，后世还真有不少的猜想。一说是北宋士人非常推崇嵩山周围的土厚水深之地，希望自己死后能葬于此地。而郏县，正处于伏牛山北部余脉向豫东平原过渡地带，这也正是士大夫们崇尚的土厚水深之地。在苏氏父子中，最早流露此愿的应该是苏洵。苏洵晚年居京师(汴京)时，早有夙愿要迁居洛阳，并留下了这样的诗句："经行天下爱嵩岳，遂欲买地居妻孥。"但苏洵最终没有归葬此地，他埋葬于此的只是一座迟到了数百年的衣冠冢。而父亲的遗愿则成了苏轼的遗言。关于他对自己后事的安排，有这样一段文字记载："公(苏轼)始病，以书属辙曰：'即死，葬我嵩山下，子为我铭。'"于是，苏辙便按照亡兄苏轼的遗命，最终把他葬于嵩山下这片土地上。他自己死后，也陪伴亡兄长眠于此。——这不是死亡的故事，而是生命的承诺。

这其间还有一个比较可信的原因，苏东坡在经历了漫长的流放后，临死前，全家的生活已相当窘迫，其子在苏轼过世之后，只得去投靠隐居颍州的叔父苏辙。而苏辙也是一生清廉，实在拿不出太多的钱来帮助亡兄一家人，又有如是记载可以佐证："东坡以病殁于晋陵，(苏轼之子)伯达、叔仲归许昌，生事萧然。公(苏辙)笃爱天伦，曩岁别业在浚都，鬻之九千数百缗，悉以助焉，嘱勿轻用。"透过这寒碜的文字可知，当时苏辙首先想要襄助的是亡兄抛下的一家人怎么生活下去，然后才能考虑亡兄的丧事。而故乡眉山路途遥远，要扶柩归蜀必须付出很大一笔费用，无论是几度官拜尚书的苏东坡，还是一度高居宰辅、位极人臣的苏辙，都拿不出这笔可以让他们魂归故里的资费。

还有一种说法，宋朝时，凡在朝廷担任过官员的人，去世后一般都安葬于京师(汴京)方圆五百里之内的地方。对朝廷的这种意图，又有几种猜测，或是一种礼遇，或是一种牵挂，或是一种莫名的防范。而人都死了，还要防范他们什么呢？比较可信的，还是所谓礼遇吧，苏氏兄弟，都是历经仁、英、神、哲、徽的五朝元老，他们的归焉之地，也就只能依朝制，在朝廷划出的半径内来选择了。在这个半径之内选择的余地还是很大的，苏辙之所以选择于此，一则这里正是父兄所愿之嵩山下；二则这里也有一座嵩阳峨眉山，也就是如今三苏坟所在地的小峨眉山，葬在异乡，恰似故乡；三则这里虽地处中原，却恍若水网密布的江南，境内有北汝河、干河、二十里铺河、青龙河、蓝河、吕梁河等十多条河流。从风水学上看，"其地背也，雄峙庌阳，其地面也清流汝水。观形胜，适可为宅兆之佳地"，自然也是士大夫归焉之风水宝地。

猜测这兄弟俩的身后事，其实是对那个王朝以及生命真相的一种猜测，又无论哪一种说法，都无法绕开苏氏兄弟和汝州的缘分。北宋年间，郏县(古郏城县)隶属汝州，苏轼一生"历典八州"，在被贬黄州数年后，又接诏书，从黄州转任汝州团练副使。他从黄州赴汝州途中，由于遭遇了丧子之痛等一连串的厄运，在他的反复求告和朝廷的恩准之下，半道上去了常州，汝州也就成了他失之交臂之地。但他失之交臂的地方，却被他老弟苏辙弥补了。苏辙于宋哲宗绍圣元年（1094年）出知汝州，其间，恰逢苏轼由定州南迁英州，途经汝州。天各一方、暌违多年的兄弟在汝州重逢。苏辙领着兄长游览汝州名胜，而汝州郏城县自古就有龙凤宝地之美称，尤以黄帝钧天台闻名。兄弟二人登临钧天台，北望莲花山，见莲花山余脉下延，"状若列眉"，酷似家乡峨眉山，就商量百年之后，以此作为归焉之地。而在苏轼病逝于常州后的第二年，其子苏过便遵父亲的遗嘱将苏轼的灵柩运至郏城县安葬。十年后，政和二年（1112年），苏辙卒于颍昌，其子亦将他与苏轼葬于一处，时称二苏坟。又过了数百年，元至正十年（1350年）冬，郏城县尹杨允远赴眉山苏坟山拜谒，想到一个父亲和两个儿子在生前就聚少离多，死后仍天各一方，心中不忍，又谓："两公之学实出其父老泉先生教也，虽眉汝之墓相望数千里，而其精灵之往来，必陟降左右。"遂置苏洵衣冠冢于两公冢右。从此，原来的二苏坟就成了三苏坟。——我觉得，这是最接近历史真相的一说。

　　猜测历史的真相，其实也是猜测生命的真相。一个生命降临在这个世界上，是偶然的，无缘无故的，没有任何选择的可能。而一个生命走到了终极，他的终极关怀，多少是可以选择的，既是选择，就没有无缘无故的选择，这又得看缘分了。所谓缘分，其实也是宿命。苏轼原本已与汝州错失交臂，并把常州作为自己的终老之地，在常州病逝后，却又葬于汝州郏城，岁月中有太多的阴差阳错，到头来，原本与汝州无缘的苏东坡，却从此与汝州结下了千古不渝的缘分。这也让我下意识地觉得，每一座坟茔，与其说是人为的安排，不如说它们都选好了最适合自己的位置。这其实也是因缘。

　　一条必然的路，最终把三个经世不灭的灵魂引向了这里。

　　天长地久，静静地安放着三座坟茔，自东北向西南依次排列，排列如他们在祠堂里的座位。中间那一座"宋老泉苏先生墓"，是苏洵的衣冠冕;左首是"宋颍滨子由苏先生墓",苏辙墓;右首则是"宋东坡子瞻苏先生墓",苏轼墓。谁都知道他们是一家人,哪怕在泥土里埋了一千年,他们也仍然是一家人,你甚至无法为他们中的哪一个单独去做一篇文章,他们的生命从生到死都是纠结在一起的,他们有一个共同的历史性命名,三苏。对这个特有的命名,你甚至连引号也不必打。在中国历史上,世代簪缨之家比比皆是,父子三人都是皇帝的也不稀罕,但父子三人同为天下文豪者,则极为罕见。在中国古代文学史上,也曾有一些名垂青史的文学世家,如三国时期的三曹(曹操、曹丕、曹植)、明公安派的三袁(袁宗道、袁宏道、袁中道),但像三苏这样父子三人名列唐宋八大家,以其文学成就之高、影响之大,无论三曹还是三袁都是无法媲美的。具体来看,在三苏中,又以大苏——苏轼的文学成就最高、小苏——苏辙的官做得最大,而他们的父亲老苏无论文名还是官位都稍逊一筹,但他在中国文学史上,也同样是大师级的人物。像这种特有的家庭,真是无与伦比,堪称当之无愧的"中国第一文人家庭"。

　　从一座墓走向另一座墓,我走得小心翼翼。中原大地,一不小心就会踩着古人的脊梁。多少年来,他们在一个远离故乡的山脚下躺着,躺在一堆中原肥沃的黑土垒成的坟墓里。这没有什么,所有的生命最终都会为土地埋葬,你本是尘土,仍归于尘土。这墓看上去也是苍绿色的,像笼罩着它们的古柏一样的颜色。三座墓都不大,非常简陋,连墓碑都非常粗糙。如果不是墓碑上铭刻着苏东坡的名字,你绝对不会相信这是一座三度高居尚书的大夫墓;如果不是这墓碑上铭刻着苏辙的名字,你更不会相信这是一座位极人臣的宰相墓。

　　在苏氏兄弟被埋葬后不久,一个令后世文人无比景仰的帝国也被埋葬了。随着北宋的覆灭,中原大地沦陷为金、元等北方少数民族的耀武扬威之地,但苏氏兄弟的坟茔却没有沦陷,无论是谁入主中原,又无论他们怎样耀武扬威,他们对这两座北宋文人的墓冢都十分敬重,在戎马倥偬间,这片坟地还不断得以扩建。先是朝绅们请建广庆寺,并获得了朝廷的恩准。这个广庆寺，人道是寺小名气大，它与苏东坡有不解之缘，只因苏东坡一生与僧佛也有不解之缘。尤其到了晚年，厄运连连的苏东坡更渴望从佛教中得以解脱，在他步履艰难的放逐生涯中，曾给自己起了两个佛号，一曰行脚僧，一曰苦行僧。这广庆寺可以说就是为他而建。而广庆寺之名，据说为宋高宗所赐。那时的宋高宗正在兵荒马乱中仓皇南渡，还能牵挂着这逝去的文人，也算难得了。一片坟地，有了一座寺院，也就有僧人四时守护坟院，每逢春秋大祭和苏轼兄弟的忌日，众僧则要为长眠于这里的苏氏兄弟超度亡灵。到了元代，随着政权的巩固，对这片墓园的规模又有较大的拓展，从封树筑垣、竖碑神道，到为苏洵置衣冠冢，都是元朝时代的故事。正因为有了千百年来的守望，三苏坟才能一直保存到现在，又因为历朝历代的扩建，才造就了一座中原的山水人文园林。这不是对一片坟地的守望，而是对文化的千年守望，这也不是对一片墓园的扩建，而是对中国文学史的另一种书写。

坟墓不只是死亡的符号，更是大地与时间坐标上的古老标志。不是每一座坟墓都能保留下来，时间会在一个漫长的过程中做出选择，然后保留最突出的那一部分，并以突出的方式诉说着生命的价值。而每一座坟茔都有自己的命运，就像这坟墓的主人，各有各的命运。由于岁月悠久，也难免有一些荒芜的岁月，这片荒芜的坟地也曾成了小孩捉迷藏的地方，没有谁能找到那个钻进墓穴里的顽童，除非他自己从里边钻出来；也曾有盗墓贼光顾这寒碜而简陋的坟墓，在苏轼墓上还有盗洞。他们不知道埋在这里的这个人有多穷，又多么富有。他一生最富有的是难以历数的磨难和忧患，还有满腹的才华和一种向死而生的欢乐，那是谁也无法盗走的。

千年之后，我伫立于此。更多的人和我一样，来到这里，只是发呆。莫名地发一阵呆，又怅然若失地走了。在我离去时，忽然起风了，但此处的静穆，并未为风声所打破。蓦然回首，他们依然静静地躺在这里，整个世界似乎都为他们安静下来。

新疆词典

沈苇

故城

故城——死去的城，它的破败、颓圮和坍塌遮蔽了往昔的繁荣昌盛：混血的居民、麝香的美人、香料贩子、武士与强盗、醉者的歌、寺院钟声、旅店灯火、车水马龙、烤肉飘香、无花果挂满枝头、沙枣树闪着银光……死去的城是时间的杰作。风、干旱、战乱、瘟疫纷纷信笔涂鸦，写下灾变和惊讶。人埋黄沙，文字死去，细节吹散，死去的城空空荡荡。一座幽灵之城，一个遗弃的大墓地。活着的人视死去的城是一种财富，一个记忆的宝藏，千方百计地试图进入它，为发现一具干尸、一个佛头、一块陶片、一片木牍、一份文书而欣喜若狂，自以为找到了"芝麻开门"的钥匙，可以去破译璀璨而沉默的往昔了。然而几乎所有的考古报告和探险发现都是枯燥乏味的，缺乏细节的鲜活与生动。说明人的智慧其实包含了多么巨大的无知。人被"生"局限着，他的想象力扶不起一根枯朽的木柱，也修补不了残墙上最小的缺口。尽管死去的城浑身缺口，四面漏风，但它们是紧闭的。也许人可以学会欣赏废墟之美，但他永远进入不了死去的城。——不是人遗弃了城，人才是死去的城真正的弃儿。正如死亡到达之前，人就是死亡的弃儿一样。

白杨村庄

从一粒尘埃到一声鸟鸣,白杨村庄一点点缩小自己,成为大地上遗忘的一枚纽扣,深秋枯草尖上的一点微颤。不,不是村庄太小,而是风太大,旷野过于辽阔,荒凉无边无际。它被种植在遗忘中,如同时间灰色外壳包裹的一粒巴旦杏,在某个隐秘的角落得不到发芽的机会。

现在,以白杨树为标识,绿洲风景打开了村庄、耕地和远方:晨光俯身低矮的黄泥小屋。生锈的坎土曼靠在墙角。大白菜在地窖里静静腐烂。一头老驴露出背上、臀部的鞭痕。烈酒毁坏的喉咙突然唱起沙哑的歌……白杨村庄呈现的是深沉的宁静和卑微的自足,更多的细节在风中散佚,在消失中继续消失。

在广袤的大地将村庄连同它的呼吸、心跳、造型全部收归尘土之前,白杨树下参差错落的生土建筑适宜于烧制成一只陶罐,出现在汲水少女柔弱的肩头。少女全身心爱护这只陶罐,好像它就是她未来的婴儿——她是不会让它破碎的。为此,她娇嫩的脸上提前出现了一层淡淡的母爱的光晕,和一丝不易觉察的人世的沧桑。为此,白杨村庄在肩头的晃动和少女羞怯的步履成为一个整体,并通过我们的眼睛和心灵,得以挽留遗忘:一种美的离世与凋零。

羊

它是长不大的婴儿,永远的婴儿。它的眼睛是两口清泉,从那里流出的纯净、天真、温驯、无辜,一遍遍清洗尘世的污浊。尘世配不上它的居住,它的居住是暂时的,需要一把刀子来成全、造就。在刀子的寒光下,它纯洁如玉,楚楚动人。它咀嚼死亡如咀嚼嫩绿多汁的牧草,接受死亡如接受自己的另一半。它看了一眼刀子,俯首于这圆满的逼近,没有一点惊慌。它是安静的,顺从的,因为对于残暴和血腥,它是无知的。它的头朝向了麦加,它的眼睛关闭了尘世,它的童谣传向了远方。它将躯体的重还给了大地,血流进泥土,肉煮在锅中,美味留在了人的口腹。它已不是它,它是轻盈的,变成一朵白云,离开大地,在天使的引领下,一路飞翔,去坐到亲爱的上帝身旁。在人间的短暂迷途,仅仅是它的一次梦游。现在,它的美,它的牺牲,已超凡脱俗,化为永恒,将天堂照耀得从未有过的明亮、华丽。——没有一种狂风能将它吹灭,它是真正的"上帝之灯"。"他们不用灯光日光……因为他们以羔羊为灯。"(《圣经·启示录》)

石头·戈壁

三个人走在戈壁上。一地乱石铺向远方。第一个人说:"瞧啊,多么丑陋的石头!"

第二个人蹲下来,捡了几颗小石子装进口袋:"对我来说,每一块石头都是珍贵的。戈壁滩上,到处都是家乡。"

第三个人看着另外两位,用感叹的口吻说:"还是哈萨克谚语说得好,石头你咬不动它,就去吻它。"

三个人继续赶路。第一个是偏见,第二个是情感,第三个是智慧。

萨巴依

在坟园、荒地和尘土飞扬的路旁,手执萨巴依歌唱的通常是乞丐、流浪汉、残疾人、苦修者、穷苦农民。他们披头散发,捶胸顿足,呼天喊地,尽情宣泄内心的孤苦、悲怆和绝望。内心的痛苦使他们的脸孔变了形,化为一阵阵的战栗,通过身体、手臂传向萨巴依的木柄和铁环,不停地抖动。萨巴依变成了歌者的第三只手,带着乞求伸向天空。它的音乐暗哑而单调,仿佛能将各种痛苦收集和综合起来,简化为一种单纯的表达。一种有节奏的"沙沙"声,听上去是在乞求神灵的救助,却像沙子一样撒落下来,能在歌者身旁堆起一座坟。

萨巴依是心碎者的乐器:爱使人形容枯槁,悲伤是一场疾病,心碎成了沙粒,而死亡,像风一样吹了过来……请听听这样的歌唱——

明月般的美人啊,
你无情的眼睛已将世界掠夺一空。
忧愁的马蹄将我践踏成尘土,
转瞬,悲伤又把我砌进冰凉的石头。
大麦呀,小麦呀,由风来分开,
远亲呀,近邻呀,由死来分开。

萨巴依被死亡的黑色之唇衔住,如同一根悲鸣的骨头,一根磨损的拐杖,支撑住歌者废墟般的身体,不让它轰然倒地。当高亢转为低沉和沙哑,喉咙里的大火毁了歌者的嗓子。当歌者离去,世界只剩下一种声音,永不消失的萨巴依的声音:沙沙、沙沙、沙沙沙……

正午

正午是一个拱顶,我离太阳近了些——

懒洋洋的时刻,沉思冥想的时刻,我的身体似乎随思绪铺展开去,并被汹涌的阳光淹没。在这个漩涡中我得以眺望时代——天空粘满飞鸟的羽毛和细骨,尘土混合着影子,沙漠在我身上"隆隆"推进……我的骄傲有六分之一国土大,我的孤独和无知也有这么大。万吨的阳光啊,我所要的并不多,只需一小杯你的甜橙汁。

这个恍惚的时刻,甚至死亡也是美味的,值得细细品味。

正午的伟大在于取消了生与死的界限，将它们重新纳入一个整体——一个高高隆起的拱顶结合了生与死、阴与阳两座山坡。山坡上，阳光的金屑碎银耀眼得如同一个幻觉，一个前世的记忆。在可以揣度的隐秘空间，在建筑群和天际线，在户外的草坪、树梢，以及屋顶飞过的鸽群响亮的哨音中，生与死结合得天衣无缝，如同一次完美的婚礼，一个庄重的仪式。

此刻，在西域，在消失的特提斯海边(古地中海)，西与东、近与远、过去与未来，都融会成一个整体，一种正午的所在。我想起加缪对虚无的反抗，想起他赞美的"正午的思想"(地中海精神)。"如果说，古希腊人制造了绝望与悲剧的概念，那总是通过美制造的……这是最崇高的悲剧，而不是像现代精神那样，从丑恶与平庸出发制造绝望。"(《置身于苦难与阳光之间》)哦，我的特提斯，人类之西域和希腊。

此刻，我深陷于一张正午的沙发，感到自己的思绪被生与死两位新娘分割，正展开两座山坡、两张巨翅……这个发现使我微微有些吃惊——手中的《歌德谈话录》滑落了，似乎掉进了四周寂静的特提斯海水中，发出"扑通"的响声。大师一生爱过的女人挣脱了书页，在水中自由游弋；而爱克曼划动秘书的双桨，将每一句有价值的谈话打捞上来……

——是啊，我的确听到了一本书掉进水里的"扑通"声，它清晰可辨，传向可能的远方，呼应着孩子们的歌谣，一位异族妇女的低泣，以及街巷深处秘密的生死，使正午呈现一种虚幻的真实，一种整体性的宁静的动荡。

楼兰

1

远行的商队，请在楼兰停一停。卸下你们的疲惫，让骆驼享用苜蓿吧,吃馕、火埋烤肉,喝一口楼兰的泉水吧,当然,你们还得上一点税。

中国的毛皮、瓷器、桂皮、铜镜,西方的地毯、黄金、象牙、琥珀、乳香,又一次在罗布淖尔相遇了。相互打一声招呼吧。将你们的魅力,你们的琳琅满目,展示给对方看,将楼兰变成一个万国商品博览中心。

车马店拥堵不堪,旅馆也爆满了。人们在小酒店喝穆赛莱斯,欣赏楼兰歌舞,汉语、吐火罗语、粟特语、婆罗米语,混杂在火一样热烈的鼓声中。尽情喝一杯吧,将你们的故事讲给对方听,用手势,用眼神,用酒后的醉语。在楼兰驿站,四海之内皆兄弟啊。

远行的商队,请在楼兰停一停吧。让丝绸之路延续你们的贸易、你们的行旅。如果没有了你们,如果你们的旗帜倒了,谁为我们运来梦想和远方?

2

需要一个高度,与三间房遗址为伴,升起楼兰的摩天大厦。

需要一个高度,同时眺望东方和西方,保佑丝绸之路年年通畅。

需要一个高度,凝聚臣民和旅人的力量,守护楼兰人、鄯善人的墓葬。

需要一个高度,安慰痛者,洗净罪人,让和平安宁出现在烽火狼烟之上。

3

1934年,瑞典探险家斯文·赫定第四次到达罗布泊,在楼兰废墟挖掘一个古代居民的垃圾堆。它的详细清单如下:一只老鼠干尸,表皮几乎没有损坏。大量鱼骨,说明罗布泊曾有淡水。一根鞭子,鞭杆用羊胫骨做成。一颗猪牙。马、牛、羊、骆驼的骨头。纽扣,铜币,碎布片。一只马鬃做的鞋底。废旧铁器,确切地说是一根锈铁链。两个中国毛笔架。撕碎的桑皮纸。写有汉字的木简。一个木钥。最下面是大量的芦苇秆。

——这是对的,芦苇曾是楼兰人最重要的建筑材料。

赫定先生尤其注意到一堆羊粪。由于沙子的保护,它新鲜如初,好像那只羊刚刚离去。他侧耳倾听,隐隐听见了羊叫:咩——咩——咩——

4

在楼兰管理保护站,我们遇到三个人、两只鸡和一条狗。

三个小伙子,来自南边的若羌县。他们住地窝子,用沙子洗碗,读旧杂志、数月前的《巴音郭楞日报》。每隔两个月,县里的卡车从四百公里之外为他们运来水、大米、面粉和蔬菜。

两只老母鸡在游荡、觅食。它们下的蛋,专供保护站的黑狗。小伙子们说,此狗嘴巴刁得很哪,不爱啃骨头,最爱吃鸡蛋。它毛色发亮,熠熠生辉,一个箭步就跃上了雅丹。"这条狗,真够娇贵的,大概是楼兰公主的转世吧。"同行的朋友研究了一番,说。

三个小伙子,开着一辆从盗墓贼手中缴获的破吉普巡逻,在路上埋钉子,以防新的盗墓贼。去年秋天,还救助了两个在沙漠里迷路的人。

他们有足够的时间去发呆。有足够的时间,看沙漠,看荒原,看天空,看星星,看月亮……当他们转过身来,看见两只鸡和一条狗,木讷的脸上就有了笑容。

——哦,守墓人! 守墓人脸上的笑!

5

死亡是一种隐私,我们却将她公布于众。死亡是一种尊严,我们却在她身边溜达,嘀嘀咕咕,指指点点。

如果我能代表盗墓贼、考古队员和博物馆,那么,我将请求她的原谅,原谅人类这点胆怯而悲哀的好奇心。

我无法揣度她的美貌,也不能说,她仅仅是一具木乃伊。如果我有一辆奇幻马车,就将她送回沙漠,送回罗布泊。在塔克拉玛干这个伟大的墓地,让她安息,再也不受人类的惊扰和冒犯。

　　死亡是她的故乡,她的栖息地。我们岂能让她死后流落他乡?岂能让美丽的亡灵继续受苦?

　　我们称她为"楼兰美女"。她的无言就是告白,她的微笑使我敬畏。因为我知道,她精通死,胜过我们理解生。

6

　　游移的湖,被大沙漠和孔雀河控制的命运。它的暧昧,它的闪烁。沙漠中的一滴,曾包容海,包容瀚海的辽阔、壮美。一个珍贵的词,在凋零之前,占有水的反光,盐的反光。

　　游移的湖:它的波澜,它的长叹。它的水面曾倒映伟大的楼兰。那消失的一滴却不再回来。罗布泊在死去,移居一个垂危的词——一具词的空壳。

　　它的死亡,是道路、城池、驿站在死去,是胡杨、芦苇、果园、麦田在死去,是死去的沙漠再死一次!是时光的一部分、我们的一部分,在死去。

　　游移的湖,不再游移,不再起伏、荡漾。沙漠深处的走投无路,大荒中的绝域,留下一只沧桑、干涸的耳郭。——我们倾听的耳朵也可以关闭了。

7

　　丝绸之路,阳光汹涌的荒原,颗颗飞翔的心脏埋入黄沙,心脏要开花。

　　——是思念与想象之花开向荒漠甘泉。活着是湿润的,而死去的文字爬满楼兰,在布片和断木上干枯地安息。头骨的酒杯,仍在风中传递。泥塔高筑，一个城池中时光难辨。三只奶羊围向红柳的摇篮，摇篮里美丽的弃婴，名叫楼兰。

帛道漫长。一个飞翔的名词将我击中。升起的头颅，炽热的目光，血脉和心脏，向着楼兰的方向。黄昏沉落，灭顶的狂欢在逃亡，沙从天空倾泻而下，覆盖了楼兰。——楼兰楼兰，你正隐身于哪一个时空，向着我们神秘地微笑？破碎的花瓶，散开的木简，被风带走，挽歌之手抚摸楼兰的荒凉。哦，楼兰，思念与想象能否将你复活？楼兰楼兰，难道你只是一个幻影，一声废墟中的轻叹？

古墓·石塔

塔什库尔干县城东北石崖上的石头城，罗马人很早就知道它的存在，称它为"石塔"(Lithinos Prygos)，将其视为中国(赛里斯国)西境的门户。

公元100年11月，第一个罗马商团到达中国，并觐见了汉和帝。记录罗马商团行程的马其顿人马林写道："从幼发拉底河畔的道城到石塔之间的距离是八百七十六波斯里或两万六千二百八十希腊里，从石塔到赛里斯国首都洛阳城之间的距离步行可达七个月，即由同一纬度算起，共三万六千二百希腊里。"(《地理学导论》)

石塔是西方商队进入东方和中国的重要标志。4世纪的罗马人阿米安·马尔塞林在《事业》一书中说，塞种人生活的群山形成了该地区的最高点，"当经过这些山脚和那个被称为'石塔'的村庄之后，便开始了一条为商人开放的交通大道，商人们便由此地前往赛里斯人中去"。此后，玄奘称它为"**竭盘陀**"，认为石头城的所在地就是公元初期塔吉克人建立的竭盘陀国的都城。10世纪末的波斯文献《世界境域志》称它为"石城"(Bikath)，并说"石城是石国的首府"。

在今天，石头城遗址不是别的，恰恰是整整一部石头的编年史，到处是石头的篇章、页码，以及石头无言的文字。聚集的石头，孤立的石头，散落的石头，破碎的石头，一败涂地的石头，一蹶不振又似乎随时会一跃而起的石头……石头用它的钝角和锐角，顶住时间傲慢的腹部，顶住日复一日时光的流逝。石头是塔吉克人的无字之书，他们的历史通过冰冷破碎的石头之书，得以部分地保留下来。石头就像一把把刻刀，刻进时间虚无的肉身里去。帕米尔的石头，刻进了塔吉克人的历史与记忆，也刻进了他们现世的家园和生存的孤寂。

与暴露在阳光下的石头城遗址形成对比和呼应的，是离它只有两公里的香宝宝古墓。这处新石器时期的遗址是一个地下幽冥世界，被认为是公元前5至前4世纪塔吉克先民塞人的墓葬，比石头城要早四五百年。在已经发掘的四十座古墓中，有十九座火葬墓、二十一座土葬墓，它的墓葬形式和出土文物，见证了古代塞人在帕米尔高原的活动。

当我们俯视地下幽冥世界时，得到的也许只是冰凉阴森的一瞥。这缄默的一瞥来自一截枯骨，也可能来自一只黯淡的手镯。米歇尔·拉贡在研究墓葬与幽冥国度的《地下幽深处》一书中说："地上和地下是一个双面镜。消失在地下的人无处不在，他们纠缠不休，回应着地面上运动的看得见的人。"当我们俯视地下世界时，我们是置身于"双面镜"中的人，自身的"被俯视"显然要多于"被眺望"。所以，对于历史，我们最好保持一种"向下俯视"的姿态。

石头城下面是水草丰美的阿拉尔草滩，这里四溢的泉水和来自上游的支流汇成了塔什库尔干河。早晨，太阳从阿拉尔草滩上升起，金子般的光芒洒在草尖上、河道里，洒向周围绵延的群山。草滩的许多地方是沼泽，牛群一不小心就会陷入其中，但它们总有办法挣扎出来，好像这是每天必玩的惊险游戏。而行人陷入其中就比较麻烦了，所以他们小心翼翼地绕道而走，在草滩上堆砌了石头小路。汲水的塔吉克妇女随日出来到泉池边，眸子里有着晨露般晶莹的光，脸上柔和安详的表情一定来自遥远的古代，还有她的穿着、塔吉克语的问候以及汲水的简单动作,一定是传统的延续,就像古代塞人一个未竟的梦。连驮水的小毛驴,也保持了千百年前细碎的步伐和温顺的性格。

在阿拉尔草滩上,我们正可以学习眺望。找到的每一眼泉水,都是眺望石头城的绝好角度。两千年过去了,它的造型和雄姿没有多少改变,是帕米尔的石头使小小的城池有了不败的筋骨和谦卑的气势。每一年、每一天,石头城里的每一块石头都在进行重组,重组成一座往昔城堡,重组成一块完整的揭盘陀石头。当石头的影子倒映在阿拉尔草滩上,它构成了帕米尔高原的一次俯身——石头的影子有着古老的重量和天空深沉的蓝。我想,这样的眺望不是一种幻觉。

事实上,石头城、塞人墓和孤寂的塔什库尔干县城代表了三种时间,却置身于同一个亲密空间里。当塔什库尔干河缓缓流过它们身边时,母亲般的河水接纳了它们,将三种时间融会成同一种时间、同一种波光的闪耀。消失的历史与时日、故事与传奇、生命与细节,在高原的河水中继续流淌,几乎变成了一曲新生的歌谣……

沉樱(外一篇)

董桥

　　沉樱1948年去了台湾。先在苗栗县头份镇大成中学教书,1957年移居台北,到第一女子中学教国文,1967年60岁退休,专心翻译外国名著,陆续出版翻译作品。我在台湾求学那些年爱读她翻译的毛姆小说。

　　沉樱原名陈锳, 山东潍县人,1907年4月16日生,1988年4月14日在美国马里兰州一家养老院病逝,81岁。樱是樱花,少女时代沉迷鲁迅周作人翻译的日本小说,取笔名沉樱,写短篇小说集《喜筵之后》、《夜阑》、《某少女》、《女性》、《一个女作家》。林海音是沉樱的好朋友,纯文学出版社出过沉樱散文集《春的声音》,林先生寄了一本给我,文字和文思都很"五四"。我没见过沉樱,跟林先生交往那些年沉樱去了美国。台北知交沈茵和沈茵的一些朋友五六十年代倒见过沉樱,有几位还是沉樱的学生,在北一女中上过沉樱的课。前几天沈茵来电话说台北热得要命,她好几天不敢出门,多在书房里读沉樱翻译的毛姆小说,打开来英文原著一句一句对照细读,说沉樱译得顶真,句子跟着英文走,一点不拗口。毛姆小说沉樱的译笔我不记得了,印象中行文流畅,不像译文,连徐訏先生都说译得好,编《笔端》的时期想找沉樱写文章介绍外国文学,我手头没有《笔端》,查不到约稿约到了没有。英文高手管先生常说徐訏先生的小说很像毛姆,还说沉樱译文有点像徐先生的文风,够好了。管先生说复杂的句法紧贴原文迻译难免生硬,重新组织译成顺当的中文又怕丢失了毛姆的风格:"翻译难只难在这一关"! 翻译家汤新楣先生观点跟宋淇先生一样,说山路崎岖,看准可以踩过去的地方放胆踩过去,运气好也许不绊脚,运气坏是要摔跤的。蔡思果先生说翻译老英文最难,像攀登景阳冈,老虎多,危险大,没有武松的体魄会送命。蔡先生风趣,说笑话一脸严肃,终归是译林武二郎,晚年翻译狄更斯,毅然上山,安然下山,纤毫无损。吴鲁芹先生五六十年代住台北,也在台北美国新闻处做过事,台北翻译界他熟悉,后来迁居美国,我们常通信,无所不谈,谈起毛姆小说中文译本吴先生也赞许沉樱,说她中文好,国文老师是顾随,指引她写作,作品三十年代很受赞扬。吴先生说中文不行不必做翻译,好不了。

　　沉樱第二任丈夫是梁宗岱,大才子,大诗人,文学翻译家,译《浮士德》译《莎士比亚十四行诗》认真得不得了。广东新会人,字菩根,1903年生,1983年殁。二十年代入文学研究会,入广州岭南大学。赴欧洲,在日内瓦大学和巴黎大学读书,出版法译《陶潜诗选》。法国著名作家瓦雷里和罗曼·罗兰都很喜欢梁宗岱,说他写的诗拔类出群。"九一八"事变回国,任北京大学法文系系主任,住胡适家一个独门独户的偏院,周立民《纵浪大化中》说他一个人住一间宽大的花厅,用苇席隔成几个小间,有书房有卧室有饭厅有会客室,卞之琳常去。一天,罗大冈来了,一经介绍,深深鞠躬,准备了满脑子学术问题要请教梁宗岱,梁宗岱张口第一句问他说:"你们中法大学的女生谁最漂亮?"罗大冈愣住了,结结巴巴不知该怎么回答。周先生说有几个学生描述梁宗岱得意忘形的时候大拇指一竖说:"我英文这个,法文这个,研究罗曼·罗兰这个,翻译《浮士德》这个,中文这个,身体这个,制药酒也这个。"加起来起码十个八个第一。梁宗岱在清华在南开在西江都当过教授,1950年出任广西省政协委员兼省参事,1956年加入中国民主促进会,任广东分会理事。同年到广州中山大学任外语系教授。1970年起是广州外语学院教授,病逝广州,80岁。

沈茵说她和她的几位朋友起初都不知道梁宗岱是谁,只知道沉樱17岁报考南京中山大学考不上,数理科不及格,18岁考取共产党创办的上海大学中文系,瞿秋白、茅盾都是她的老师。学校不久封了,沉樱转去复旦大学中文系借读两年,陈望道是系主任,教修辞学,谢六逸教写作,还有剧作家洪深主持复旦剧社,请了沉樱主演话剧《女店主》,沉樱认识剧作家马彦祥,很快结婚,不久离婚。"后来听林海音先生说起才知道沉樱离了婚回北平认识梁宗岱,一起去了日本,住了一年回国在天津结婚。"沈茵说,"林先生说沉樱那时候的好朋友是女作家赵清阁,胜利后赵清阁介绍沉樱到上海戏剧学校教书,又到复旦大学中文系教国文,在图书馆兼职,读了许多外国文学名著。"梁宗岱和沉樱1941年感情开始有了蜕变,那年梁宗岱父亲去世,他回广东故乡处理家产,偶然看了几场粤剧,迷上女演员甘少苏,说她歌喉婉转,唱腔优美,身段迷人,周立民先生那篇文章说梁宗岱回家写了这样一首绝句:

> 妙语清音句句圆,
> 谁言粤剧不堪传?
> 歌喉若把灵禽比,
> 半是黄鹂半杜鹃。

沉樱1948年带着三个孩子跟她母亲和弟弟妹妹到台湾。周先生说他相信"直到晚年,沉樱还是被梁宗岱的魅力所吸引",虽然1982年春天沉樱回大陆并没有去广州看望梁宗岱。那年,梁宗岱已经瘫痪在病床上,沉樱的帕金森综合征也很重了,见着赵清阁两手颤抖,相对饮泣。翌日,赵清阁到宾馆找她,只见一张纸条歪歪斜斜写了几个字:"又要飞越海洋彼岸了,别了!"周先生《纵浪大化中》题目摘自陶渊明《形影神·神释》:"纵浪大化中,不喜亦不惧。应尽便须尽,无复独多虑",登在巴金家人主编的《收获》上，同期还登了梁宗岱和沉樱写给巴金的几封信，里头有一封梁宗岱劝巴金不要乱写文章，快人快语，毫不客气，非常直爽。周先生说在台湾，亲戚提起梁宗岱尽管没有好声气，沉樱却一直以"梁太太"自居，给林海音她们写信署名都是"梁陈锳"，晚年在美国还跟梁宗岱通信，梁宗岱给沉樱的信上说："我们每个人这部书都写了大半，而且不管酸甜苦辣，写得还不算坏。"想起沉樱独自在台湾教书写作翻译带大三个孩子，沈茵慨叹梁宗岱那么自我中心，那么溺爱自己。那封信接着说 "因此我们的晚晴是已不错"，说 "英国诗人勃朗宁的'Grow old along with me, the best is you to be！'仍是我最常哼的两句诗"。梁宗岱译文是"跟我一起朝前走，最好景还在后头"。沈茵笑他连"老去"都忌讳，情愿"朝前走"。勃朗宁那首诗题为Rabbi Ben Ezra，1864年作品，梁宗岱没有引完全句，标点也有出入：

Grow old along with me!
The best is yet to be,
the last of life, for which the first was made.

生而有终，终见其始，怨偶老去，漫说好景，不忍再等！

《纵浪大化中》收尾说，1983年11月6日早晨梁宗岱逝世，那一刻，在美国的女儿梁思薇梦见一个白发苍苍的老人跑来家中，是父亲的样子，她迎上去叫爸爸，说爸爸你来了。可是那个老人转身离开，她正想去追，路上一辆马车在她面前翻倒，老人不见了。梦中惊醒她对她丈夫说："父亲去世了。"老岁月里的老故事，恩恩怨怨一阵清风似的飘过去。如果说梁宗岱写给沉樱的信像蒙田的《随笔集》，沉樱写给梁宗岱的信倒是像毛姆的《总结》了："在这老友无多的晚年，我们总可称为故人的。我常对孩子们说，在夫妻关系上，我们是怨偶，而在文学方面，你却是影响我最深的老师。至今在读和写两方面趣味，还是不脱你当年的藩篱

(重读《直觉与表现》更有此感)"。她信上还说他们的儿子梁思明很聪明,一学就会,"加上任性不服输的毛病(像你),和遇事过于和善迷糊(像我)不够精明的弱点"。和善迷糊不够精明倒是福气了。过分认真过分计较沉樱的日子更难过。

苹果花

李侬说老帕克那幢古屋如今归女儿黛西居住。外墙还是那么残旧,里头好像修整过,不霉了,宽大了,亮堂了。书房依旧阴冷,夏天开了窗阳光照进来才暖和。那股烟斗味道隐约还在,人都走了快二十年了,黛西说烟味也许都熏进书架上那些书里了,弃不掉。藏书卖了不少,还剩不少,全是些稀世的装帧,听说几家旧书商拍卖行游说好几年黛西都舍不得放手。老先生临终卖掉的是十四到十八世纪的古籍,李侬说留下的这些倒是十九世纪到二十世纪初叶的皮装初版,远近藏书家觊觎的装帧。

老帕克我旅英时期跟他多有往来,住过老北平老上海的英国儒商,娶过中国太太,抗战第四年难产死了,战后回英国再婚,生了黛西,老来掌上的明珠,疼得要命。

黛西的母亲安妮我们也熟,比老帕克年轻20岁,端庄秀丽的威尔士女子,乔叟专家,《坎特伯雷故事集》几乎可以倒背,大好人。

老帕克珍藏的古老英国藏书票从来一张不肯割爱,我和戴立克想要的,安妮一说话,老帕克不敢不给。安妮八十年代尾病逝,才五十多,走得太早了,我们都怀念她。乔叟的《坎特伯雷故事集》求学时代读过考过,懂些皮毛,许多段落听了安妮的阐释忽然懂得深了些。听说她从前演过不少话剧,说话声音格外好听,很会讲故事,冬夜炉边围她听她讲书是人生一乐。老帕克说安妮编写了好几幕坎特伯雷故事集,找到剧团排练过,经费不足半途告吹了。

老帕克晚年善忘，见了人都记不住名字，安妮学他的表情学得很像，先是一愣，接着自嘲："玫瑰不叫玫瑰依旧芳香"！大家夸他机智。他又愣了半天似乎忘记刚才说过的那句名言。"朱丽叶说的，不是吗？"众人争相点头称是。"傻话！莎士比亚老爱让笔下人物说傻话。没办法，莎老头是诗人，不是吗？"后来医生验出老帕克患了轻度痴呆症，安妮伤心得不得了，天天陪着老伴儿寸步难离。没几年她患癌。没几年她走了。老帕克急速枯萎，连女儿黛西都不认得了，性情还很倔强，在安老院里住了11年下世。

那些年我不在伦敦了，老帕克后来这些事情都是李侬告诉我的。前些日子她说黛西找出老帕克从中国带回英国的清代荷包佩囊，三四十个都蛀了霉了烂了。李侬说她七十年代见过那些荷包，好奇赶紧过去看看果然收藏不当，完好的只剩四五个，黛西不要，全送给李侬。绣花绣字布做的荷包舆服典籍叫佩囊，有槟榔袋，有烟丝袋，有扇套，有香囊，圆形椭圆形鸡心形都有，荷包顶端是手风琴似的抽褶，穿一对绦绳束了口，男人佩挂在腰带左右两侧，女人佩挂在大襟服饰腋下纽扣的地方。上世纪六十年代香港有些古玩店里存货不少，清宫里流出来的最讲究，最漂亮，都用刺绣缂丝的图案，纹样大半是吉祥纹样，瓜瓞绵绵，福寿万年，都有。我的朋友杏庐先生买了不少，宫里装荷包的锦盒都买了，隔成九格，长格子装扇套，其余八格装款式不同的佩囊，一片喜庆。《红楼梦》里也写了，荷包装些吉祥锞子送人，鸳鸯给了刘姥姥两个，说："哄你玩呢，我有好些呢，留着年下给小孩子们罢。"锞子是旧日作货币用的小金锭小银锭。李侬说这些荷包老帕克早年找出来给她欣赏，说是中国太太的遗物，全是大内精品，老北平琉璃厂里买的，老先生送了一个给李侬，细细一闻还散发一丝香气。难得一段异国情缘，老帕克终归念旧，亡妻珍爱的荷包佩囊细心守护，伦敦家里长年挂着两幅中国彩墨国画，也是亡妻家传之宝，一幅是齐白石工笔草虫，一幅是吴昌硕长条寒梅，题了这样几句诗：

梅溪水平桥,乌山睡初醒。

月明乱峰西,有客泛孤艇。

除却数卷书,尽载梅花影。

安妮很通人情,她说她读了那位中国原配写给老帕克的许多信,真是旧派闺秀,娴熟得体,英文写得太好了,照顾帕克无微不至,可怜烽火中医院设备简陋,白白送掉两条生命。她找出一张老照片摆在他们家的钢琴上,帕克年轻极了,又高又瘦,身边的中国女士一身碎花旗袍,古典端庄,五官很秀丽,站在西湖边的柳树下像唐诗,像宋词。老帕克说那是他们谈恋爱时期拍的照片,他跟她学讲国语,日常对话都应付得了,老了忘掉一大半。我跟他聊天他要我说国语,慢慢说,他听得懂五六成。老帕克称赞戴立克国语说得那么顺当,一点英国口音都没有。那是真的。戴立克私下跟我聊天话里还懂得穿插许多"他妈",更悦耳,更地道。这个本事老帕克领会不出。聊天聊起英文旧书装帧,术语多,我和戴立克都没法用国语翻译。

旧书装帧李侬是专家,知识广博,门路也多,老帕克经常请教她。老先生说他的藏书其实杂乱得很,十六十七世纪古籍是他爷爷那辈先人的旧藏,破损严重,修复昂贵,工匠分批修了一些不敢再修了。十八十九世纪到二十世纪初的藏本倒是他战后回英国收进来的,1948到1954年间收的最多,那时期百业萎缩,书香门第放出来的古董古书多极了,都不贵。他集中财力专买名家装帧的初版书,偶尔也买些欧洲古董家具。

"名家油画错过了,"老帕克说,"真后悔不听安妮劝说,她懂艺术,法国印象派作品那年月不算贵。"老先生从来不跟我们逛旧书店,藏书似乎够多了,想要的书几乎都齐了,生活无忧,不牵不挂,偶尔炒炒股票,大半时间都躲在家里看书,每年晚春安妮陪他去欧洲逛一逛。音乐会他爱听,戏剧也捧场,美术展览大的小的他不放过。一两个月一次的家宴我们都要去,不去老帕克会不高兴,安妮也会不高兴。安妮善烹饪,意大利菜肴最拿手,听说早年拜过意大利名厨子当师傅,缴学费学过的。

　　老先生是美食家,说西餐意大利第一,中国菜香港第一,粤菜沪菜全中国最好的都在香港:"英国菜要能做得像英国书籍装帧那么好就好了!"老帕克不认为法国书籍装帧世界第一,他说英国装帧工艺一点不输法国。他家藏书各派装帧大师的精品收齐了,许多心爱的书籍他重金聘请名匠做书盒书函保护,三册一套五册一套的经典都做了展览匣exhibitionbox,做成竖立的书形皮匣,书脊做匣门,匣门上装暗扣,轻轻一按匣门自动打开,整套书竖在匣子里漂亮得不得了,跟古时候放文件放标本的索兰德书状盒solanderbox有点像。老帕克那些展览匣做炫耀匣fanfarebox,暗示匣里装了匣主得意的珍藏,听说五六十年代桑科斯基他们接了美国旧书店不少订单,做好了卖给加州大户人家珍藏,爱看书的好莱坞大明星都买。我找了好多年才找到一套三册雪莱遗诗集,展览匣做得跟老帕克家的那些皮匣子一样,1847年雪莱夫人校注本。夫人叫玛丽,名作家,写恐怖小说《弗兰肯施泰因》闻名,老帕克藏了一本签名初版本,李侬求让求了好几年终于原价匀给她。她说初版签名本不稀奇,玛丽写了长长一段话送朋友才难得,老先生运气好碰着了。其实老帕克的藏书作者签名本多极了,带题识的也不少,安妮都抄录在笔记本里,戴立克说当时疏忽了,忘了影印一份留作参考,光是《伊利亚随笔》初辑里附的蓝姆信札就够稀珍了,札纳朵夫装帧也漂亮,我记得信札裱在书尾,蓝姆小字刚劲秀美。三四十年前的往事了,听说老先生那幢古屋从前叫"苹果花小筑",十九世纪一位国会议员的旧居,后园几株苹果都在,花季满树小白花,带些红晕,很好看。苹果熟了又是一番景色,安妮年年做苹果馅饼送人,还有苹果果酱,清甜芳香,外头买不到。都说老帕克桑榆晚景一片静好,可喜可贺。

他听了腼腆一笑,悄声自言自语说:"幸福极了,整个人快像名著那样站在展览皮匣里展览了！"李侬电话里说小筑后园苹果树只剩两株,都老了,听说花开少了,苹果也少了:树犹如此,人也难免。

土命难改

凸四

一

故乡的黄瓜是一种孤寂的果实。

或在玉米地里间作,或在沟坡崖畔闲植;玉米秆便是它的架,崖石紫荆亦是它藤之所依。农人撒下籽种之后,便把它们相忘;待炊间菜蔬稀疏之时,才有不经意的问寻。只要问寻,就有累累的果实,无言地等在藤间。任你摘去吧,果实的梦,才终于得圆。

故乡的黄瓜是一种农家品种。所谓农家品种,已非植物学的概念,系祖上的一种遗产。时光使其与故乡的人、故乡的地有了一种命脉关系,只有在故乡的土地上,才可以结出果实,在他乡肥厚的土壤上,却只长藤蔓。

它的果实,短而圆,只有青白两种。青是山青,白是月白,无中间杂色。它的皮很厚,汁液亦不丰沛;但耐得住咀嚼,且嚼出满口清香,可以爽沁污浊的肺腑。

那天,它出现在城市的市场之上,摊边蹲着一个乡下的姐姐。它特有的外形和特有的颜色很撩人眼目。但摊边极冷清。姐姐说,城里人不认,说它皮厚。

我感到很不公平,说:"与其受人冷落,不如留下自己吃。"

"不,每天总有几个老主顾,他们都是从乡下进城的。"

我明白了她的心思:她与其说是在做买卖,不如说是在照顾乡情。因此,她永远也发不了大财;却也不会没日子可过——那几个老主顾总会光顾她的摊位,给她一个存在的理由。对他们来说,她的摊位不是市场的一隅,而是故乡的一块土。故乡的颜色,故乡的滋味,滋润着他们业已枯涩起来的生活。

二

父亲是个很仁厚的人。

父亲当村支部书记那年,一个村民因违反砍伐政策而被处罚,便对父亲耿耿于怀。我家自留地上有棵名贵杏树,结出的果实又大又甜,名曰香白杏。当果实似熟未熟时节,那个村民叫着父亲的小名蹿到树间,用力摇晃树枝杈,让果实提早跌落。山里人把这种行径叫"毁秋",属极端恶劣的一途。

父亲心疼果实,用乞求的口气对他说:"即便是对我有意见,也不能毁坏无辜的杏子,你且停下来,有话好好说。"

那人顽劣地笑着,"我不想跟你好好说。"

"咱们好好说吧。"

"就不跟你好好说。"

反复有三,那人依旧摇晃,未熟的杏子就纷纷落了下来。旁人便为父亲抱不平,鼓励父亲对他施以厉害颜色,让民兵把他捆了,送去法办。父亲却没有吱声,索性任其摇晃——你不让我享受果实,我干脆就不享受,你还要如何? 那个人便哈哈大笑,很是得意,似乎自己是个了不起的人物了。

村支部一班人很不理解，认为父亲助长恶人气焰。父亲却很平和："这个事应区别来看，他私砍村树，违反公家政策，处罚他，我绝不手软；保不保全那棵杏树，是我私人的事，私人的事，便可以放他一马，他终究还是咱的一个乡亲啊。"

父亲虽是支书，却不挟隙报复，树个人威严，可见其仁厚之处。

仁厚的人，并非没有自尊，而是有极端的自尊。

1994年，父亲得了绝症。他要我把他接到县城中我的家，说离大医院近一些，好接受治疗。我理解他，他是怕癌症晚期塌了架的身形惹亲朋好友伤心；也怕乡亲们来看望他——即来看望，怎么也要花几个，但乡亲们还不富裕，他于心不忍。

临终时，他把我叫到身边："我在县城里死了，你可以放心把我烧了，不会落埋怨。"我恍然大悟：按国家对山区的殡葬政策，他可以入棺土葬；但他考虑到自己虽然不当支书了，但究竟是多年的老党员，还是有余威在的，便不想遗后患给儿女，给村人，他至死不是想到一己的风光，而是想到自己的尊严，不愿污损了身后的声名。

他攥着我的手，轻轻地叹一声："可惜啊，到底是身死异乡了。"这一声叹，像一副重锤锤得我身心俱痛，我哽咽得说不出话来。他虽然是山里的一个有威望的人，但首先还是一介普通山民啊！山里人的传统观念，还是在他的心里，留下了最后的一丝不安。

三

故乡的夏日，有瓜棚豆架；它搭在每家的庭院里，或叫天井，或叫天亭。

叫天亭，更贴近瓜棚豆架下的情趣：或围坐啖夜饭，或斜倚对家常；鸡拥猫簇，人声物声，杂然相谐，是个有生气的地方。

先富起的人，花钱打了有合金骨架的遮阳凉棚，但在瓜棚豆架的绿海之中，顿显花哨各色，不待人说，自己便悄悄地撤下去了。自然的生活自然地销蚀着人工雕饰的成色。

依然清贫的人，从瓜棚上剪下一棵嫩瓜，也可以烹出一碟熨帖的话题——没有焦虑，哪得心忧；不懂得安贫乐道，却只求心神安泰；妻还是那妻，子还是那个子；无所失，便是有所得。该说的话儿，再拙的嘴，亦说得令人动情；不该说的话，再巧的舌，亦恓惶打结。是你的鸡，长着翅膀，也不会飞远；不是你的金，揣在深怀里，也会掉在人眼前——没有人给瓜棚豆架下的人讲哲学，但他们却过得很有哲学。

所谓天道人心，是不是就这般情状？

瓜棚豆架下的人从不骂官，官离他们远，便只有敬畏。至于一个升了，一个降了，他们认为都差不多。但瓜棚豆架下的人，义愤填膺地恨骂小偷小摸，小奸小诈。这些都是发生在身边的恶行，虽小亦大：小隙可以败大节，小恶可以污大善……他们不能容忍，骂之，恶之，痛之，恨之。

在故乡，一个被亲朋好友所唾弃的人，往往也是一个善良的好人，只不过在某一方面，小节有亏也。

故乡人放在城市的话语里，会给他们四个字的评判，便是：小题大做。

小题大做，几乎就是故乡人生活处世的基本准则。用小题大做造个句子，便是：故乡人小题大做的生活，结出了一颗很美丽的果实——乡风淳朴。

读书随笔四则

张宗子

1.王荆文公诗笺注

去年夏天,从北京带回三卷本《王荆文公诗笺注》。秋深以后,渐有余暇,每天打开读几页。因为喜欢,不想读太快,囫囵吞枣,再说读多了也记不住,很难深入。因此每次只读几首,顶多十几首,视长短而定。读到卷二,有《新花》诗,当即夹了纸条,并用淡色彩笔画了圈,以备重温。诗如下:

> 老年无忻豫,况复病在床。
> 汲水置新花,取慰以流芳。
> 流芳在须臾,吾亦岂久长。
> 新花与故吾,已矣两可忘。

有说此诗是荆公绝笔的,不知有何根据。如无根据,可能是从"吾亦岂久长"一句推想出来的。首句说老年。古人的老,未必很老。杜甫从三十多岁就开始自称老夫了,老是宽泛的概念。但诗是荆公罢相之后退居金陵时作,则是无疑的。病中卧床,房间里摆了鲜花,日长无事,对花自遣,今天的习惯,也还是如此。

李壁注引田昼的话,为"老年无忻豫"三字做注脚。田昼说,他曾担任金陵酒官,荆公不时会派一名老兵来买酒。每次来,就向老兵打听荆公的情况。老兵说:"相公每日只在书院中读书,时时以手抚床而叹,人莫测其意也。"

莫测其意只是老兵的感觉,其实荆公的心事,大家都知道。司马光执政,新法尽废。王安石每得消息,痛在心头。宋人笔记中这方面的记载很多,李壁诗注中就转引了不少。

新花虽芬芳四溢,插在床头瓶中,持续不了几天。忘和不忘,它都要萎谢。忘却新花,只当它不在眼前,这是显然的道理,谁都不难做到。忘掉过去的自己,却需要异乎寻常的决绝,背后的力量不是豁达或超脱,而是无可奈何。如果不到无望的时候,谁有必要抛弃故我呢。从头再来,不仅不容易,大多数时候,简直不可能,尤其是年岁已高。

如果一个人觉得可以从头再来,可以做新人,说明他痛苦虽深,还隐约抱着别种希望,比如奇迹发生,光阴逆转,上天对自己格外垂青。这样的假想从此成了继续生活的勇气,甚至使他间歇性地产生一分乐观,让他一如既往地前行,直到某一天,把希望和无望彻底淡忘。

两忘之后,还会有新的我,还会有过去的影子重现,只不过换了一种方式。即使不在眼前,闭上眼,它依然在;即使不在清醒中,也会萦绕在梦里。这是新的业,只得继续努力,扫叶一样,为遗忘而奋斗。业和忘,如波随风,不能怨风,也不能只怨水。抹平了,再起来,除非水波干涸。而风是外物,永远不会停息的。

人是要说服自己,扭转自己到老的。一只手挥舞着昂首直前,另一只手拽着那只胳膊往回扳,扳转来了,退回去。再不济,先在路边坐下,想一会儿。然后路就拉长了,变了。时辰也跟着变。未来结出一个果实,叫作过去。世上还没有达观到完全糊涂的人。因此,怎么可能没有矛盾,没有犹豫不决,没有遗憾,没有说不完的丧失。

荆公晚年好出游,却不大搞排场,只是一个人骑驴,静悄悄的,在钟山一带闲走闲坐,与寺里的和尚聊聊天,去朋友家小憩。人不认识他,在他面前大言,他也只是微笑而已。他晚年的诗,五律和七绝,宋人无人可出其右。这是大政治家的胸襟,大学者的修养,沉静深入的观察和感受,与天才诗人的精纯相结合的产物。读王诗的人都注意到他写景诗的一个特点:他喜欢驻足凝视水中的倒影,尤其是水中的花影。他的心空明澄净,他所爱的妍丽是纤尘不染的。

2.五灯会元

鲁迅说,戴了不同的眼镜看《红楼梦》,各个看出不同的东西。我一直改不掉戴文学眼镜看所有书的习惯,结果,新闻,植物志,宗教经典,巫术记录,甚至钱谱,考古报告,都按照文学的趣味来赏玩。来纽约,《五灯会元》不在身边,对灯录一类的书热情不减,最初买台湾版的书,买的就有《祖堂集》和《碧岩录》。书如其名,《碧岩录》就是比《祖堂集》文采斐然些。西方诗人爱寒山和拾得,我觉得《五灯会元》里的诗随便挑几首就比他俩好。《十牛图》的配诗也好,以口语入诗,有说不出来的韵味——这个,后来在《朱子语类》里也遇到了,更不用说宋人话本。何谓好诗,那时我的标准是有水光山色,有花鸟虫鱼,要有节令,要有颜色。至于意思,你让读者自己琢磨。硬说,直说,就不好了。

很长一段时间,颇爱江西马祖道一,觉得他性情开张,既潇洒又豪迈,身为高僧,亚似才子。他的几则公案,借助通俗的禅学小册子,流播甚广,如"待汝一口吸尽西江水"之类。有一则说:"僧问,如何得合道?祖曰:我早不合道。问:如何是西来意?祖便打曰:我若不打汝,诸方笑我也。"磨砖做镜的故事本是比喻,民间坐实到李白头上,说不定源头正是马大师这里。"磨砖既不成镜,坐禅岂得成佛?"怀让启发马祖的话,放到读书和写作上,是一样的道理。然而简单的事,往往最难参透。人一生千山万水都能闯过来,心头的一层薄纸,只是捅不破。不是捅不破,是从来没想到可以这么轻易地捅破。

我读到诗人和禅师的交往,如药山惟俨告诉李翱,云在青天水在瓶,还有白居易的故事,曾经认真想过语言和思维的关系问题。无论作为思考还是作为表达的工具,语言既是有局限的,同时又是无限的。老庄谈到语言的限制,颇有无可奈何之叹,其实语言可以突破既定规范的限制,关键是你怎么使用它。常道之外,另有坦途。寓言和重言,仍然落实在文字上。文字的缝隙之间,还可以大做文章。这方面,禅宗很得风气之先。

诗和禅,语言和领悟,这样的问题,如果在中年之后才读《五灯会元》,大概不会很当回事地去想。年轻时候读它,把禅当成题外之旨,远缘嫁接,种桃得瓜,其中的好处,一辈子受用,尽管说来微不足道。

《五灯会元》里的和尚,很多人玩世不恭,到后来,说话里头禅机越来越少,比喻越来越难听。呵佛骂祖是觉悟的表现,表面上打破权威,实际上进了一层,破执齐物,否定之否定。但读到这些故事的人未必有这么高的道行,未必想到这么深,他们觉得敢骂本身很神气,蔑视一切,痛快。典籍的误读,不管是出于无知还是出于文化差异,结果常常出人意料,产生出一个进化意义的好的变种,也是可能的。

我对禅宗突然有所知,突然想去读禅宗的书,就是因为一个美国诗人加里·施耐德。中文系有个年轻老师,开讲座,谈西方思潮,谈禅与诗,提到寒山在西方多么受宠。于是,《五灯会元》和朱光潜的《西方美学史》一样,成了我心中最时尚的书。

3.五女兴唐传

乡间仍然有说书人的年代,想来是在我入小学之前。只记得听过那些民间传说,或者说,只记得有听故事这回事,故事本身,多无记忆。朦胧想起来的情景,是在村头的打谷场上——叫稻场——摆了矮桌,像是很隆重的演出,邻村还有人赶过来。夏天月光亮堂,不需扯电灯。月光照在人脸上,和日光不同,有遥远和恍惚的意味,而说古道今正需要这样的气氛。但我又似乎记得,说书并不需要如此排场,在村中间面对池塘的树下,或者在谁家比较大的堂屋,是几个人东倒西歪地一坐,就能一直讲下去。乡下演戏难得一次,也有其他曲艺,带乐器伴奏的,以唱为主,不知道算什么。规模稍大,演员多,有时要接电灯。说唱内容肯定还是帝王将相,但开场前的小段,是宣讲时事的。有位表哥,大我几岁,我们不能去的地方,他能。他去听说书,听完回来,在我们面前炫耀,但要让他细讲,他又不肯。有一阵子,天天晚上回家,总是兴奋莫名地大谈响马。响马是什么,我们全不知道。问他,他说:响马?嘿哟,不得了啊,比梁山泊上的好汉厉害多了。杀人放火,骑着马,腾云驾雾,说来就来,说走就走。马不是在路上跑,是在云彩上飞。要不,怎么叫响马呢?

还是不明白,在云彩上飞,为什么是"响"马。

山东响马,这也是听他说的。又听过几个名字:程咬金,秦琼,单雄信,李元霸。由此可见,表哥听的,大概是《说唐》。

此外,还有《五女兴唐传》和《薛仁贵征西》。都说古代重男轻女,可是民间传说里,女英雄,多比男英雄更出彩。杨宗保打不过穆桂英,是被人家擒住了才喜滋滋地"被迫"招亲的。上至佘太君,下到杨排风,杨家后来全靠女人报效国家。杨业和杨六郎,赫赫沙场老将,死的关头,要么凄惨,要么悲凉。但你看穆桂英挂帅,舞台上全无颓丧之气。民间故事为自己的理想,渲染起来从无拘束,一切理论家的金科玉律,都不如一阵耳旁风。那么主旋律的爱国史诗,人家就敢把堂堂天波府整成满台的未亡人,英姿飒爽,奇气逼人。薛家的传说里,樊梨花也是处处占丈夫的上风。至于《五女兴唐传》,看书名就知道,男人只好做配角。就连《白蛇传》那样比较软性的故事,扶不起来的也不是白娘子,而是既没本事又没立场的许仙。

乡下人谈到水漫金山,谈到盗仙草,忘不了她们眼神和语气中的敬佩和向往。小说中每每写到,女人们脱下战袍,从闺房里出来,淡妆素服,环佩叮咚,又是一番动人的光景。从《木兰辞》到现代武侠小说,男人笔下套路不变,都忘不了这个细节。我还是小孩子,对衣装敏感。出发点是顾及面子,却归结到好看与否。所以对于小人书和旧画上的古装,大为喜爱,恨不得为了那服装,就干脆生到古代去。理所当然的,心中最早"崇拜"的女性,就是这些头插雉尾、身披战袍的女将们。

从二十世纪六十年代末到七十年代中,在我充满渴望和幻想的年龄,在我希望认识世界的年龄,我们身边,一无所有,除了政治运动,除了没完没了的大批判,除了单调的食物和服装,除了看了几十遍的老电影和广播喇叭里敲钢砸铁的歌声。没有书,没有艺术,没有娱乐,没有知识。对于很多天性也许并不坏的机关员工和普通百姓,游斗和侮辱他人,抄别人的家,截拆他人的信件,听别人的墙脚,跟踪别的男女幽会,乃至于几年一遇的看枪毙人,都成了可耻可笑复可怜的狂欢。

4.括异志

昨夜读《括异志》,卷一卷二各见一条有关家乡光山的记载,因一气读完全书,结果误了网上一枚咸丰大钱的拍卖截止时间。又因此书和魏泰相关,睡前倚枕再读。今早想起古钱的事,觉得可惜。上网查,结标价只有五十七元,在意料之中。不贵,更觉得可惜。这枚咸丰钱不是稀罕物,只是品相好,经过长期流通,磨损自然,光滑温润。虽然未曾流通过的钱价值更高,我却一直喜欢被人把握了几十年或几百年的传世品,只要不脏,没有大的残损。我有一枚大元通宝,得于潘家园一老者。估计被人穿绳挂在身上或系于杖头,钱面磨得绸缎一般光滑,穿孔四角则磨圆了,手指伸进缓缓旋转,亲切友好如微风拂水。这样的自然磨损,没有几十年的贴身携带,是不可能的。网上的咸丰大钱紧盯了一个多星期,错失于最后一小时,误于读书,亦可发一笑。

张师正做了四十年官,据说终不得志,于是"推变怪之理,参见闻之事",写了这本志怪小说集。《括异志》共十卷,与《稽神录》合于一册,中华书局1996年版,定价15元。早前的小开本笔记小说丛书,价多不超过一元。15元,不是嫌贵,是惊讶书的不够早。张师中主要讲灵异故事,多以名臣为故事主角,特别相信预言和因果报应。他的文字不错,故事也较曲折,和《稽神录》比,还更可读,虽然名气不如后者,也许是因为他人不如徐铉出名的缘故。《稽神录》文字简淡,以前不喜欢,现在读,也能读出些好处来。

司马光的父亲司马池,曾在光山做县令,司马光便出生于光山。和光山有关的两条,也都和司马池有关。第一条说:"故天章阁待制司马公池,乾兴中以职官知光山县,秩满,考绩于吏部。时章圣临御,一夕,梦引对于便殿,仰视黼座,状甚幼冲,既觉,窃语交亲,以谓改官之期方远。铨司既质成课,将取旨,会真宗不豫,神文以皇太子监国,引见资善堂,仰视睿姿,一如所梦。"

第二条是司马池的侄子讲的,说到一个会烧药银的老卒:"太常少卿司马公里自言:未冠时,侍仲父待制光山县。门下客张某者亦年少,同舍肄业,常苦资用不足。张忽叹曰:'愿得干汞法,以快吾欲。'旁有黥卒执汛扫之役者,笑曰:'秀才年少,安知世间有此事耶?'张曰:'神仙之术,不可妄求,岂不知之乎?'卒曰:'某尝得此术,愿试之。'张大喜,脱衣质钱,市汞及炭。初夜,以水银一两内鼎中,出小瓢,取药一粒如芥子投之;又以小瓦覆鼎口,泥封甚密。炽炭围之,急扇良久,鼎中如风声,倾之成白金矣。翌日,召金工视之,曰:'此汞银也。比闻有黥卒得此术,间或鬻之,岂非此人所为乎?'张亦秘而不言。张谓司马曰:'斯人而有斯术也,图之固易;然缓而取之,善也。'自此,屡以美言抚存之。一日,请浣衣于江滨,去遂不复,竟不知所适。"

司马池能诗,他有一首《行色》,相当有名,宋人言谈多提到,香港商务印书馆的《宋诗大观》收录其中:

　　　　冷于陂水淡于秋,远陌初穷见渡头。
　　　　赖是丹青不能画,画成应遣一生愁。

　　诗的后两句意思不错,曾得张末称赞。
　　又:《括异志》记一嗜酒道士,名张酒酒,与元之赵闲闲,恰好一对。

远东图书馆师徒列传

陈文芬

　　1946年秋天，远东博物馆建立以前的"远东收藏品"(Far Eastern Collections)，跟随高本汉迁进斯德哥尔摩Karlaplan南边纳尔瓦路上的历史博物馆楼房顶楼。首任馆长安特生发现的中国仰韶文化遗物跟高本汉研究的青铜器都在这儿。屋梁高，室内宽敞，顶楼还有一个图书馆。这一年秋天马悦然从八十公里外的乌普萨拉大学转学到斯京，露宿Stureplan街道长椅，搭整夜开的电车渡过困难的寻找住房时期。高本汉在博物馆派了个工作给马悦然，为图书馆所藏英文、中文、日文等刊物上的插图撰写分类卡片，工作简单，一天两小时，一个月得二百克朗。那时，马悦然租房六十克朗，伙食一百四十克朗，老师派了这么容易的活儿，还交代他看到喜欢的文章就顺便读完。学中文一年以后，高本汉又为马悦然在皇家图书馆找了份工作，整理探险家诺舍德从日本带回来的汉文书。

　　高本汉离开歌德堡大学来到斯京，他的"中文系"仅有六名徒儿，为美国洛克菲勒基金会赞助的学术项目。斯大校园分散在斯京各处，大学生入学必得亲自跟校长报到，得到一卷校长亲手写的大学生证书，马悦然到Odenplan附近一华丽的老建筑物"鬼宫"报到，校长坐在院落亭子等待学生的模样，很像古代的门房。

　　高本汉教学的第一本课本是《左传》。传授给学生的精华是他的"中国音韵学研究"，这个独步于世界的汉学家的语言学创见，曾震撼了中国。罗常培、赵元任、李方桂三人合译《中国音韵学》发表以后，高本汉声名远播。1928年蔡元培、傅斯年写信到歌德堡大学邀请高本汉担任中央研究院历史语言学的外国通信研究员。2013年11月马悦然跟我参观史语所傅斯年图书馆，接待我们的编审主任早就拿出傅斯年与高本汉的通信，陈列书桌等候我们到来。高本汉的书信行距宽松，字写得很大，九十嵩寿的徒儿马悦然一眼就能辨识出来。

现代的学者要是在美国、中国大出名，必定奔走于国际学术研讨会码头，高本汉却镇日坐在书房编写《远东收藏年刊》，他所有的学术论述皆以英文发表，大约印数百本，仅在文博图书馆界流通，毫无稿费所得。他还守着他的徒儿，书房里头的教学很像中国古时的民间书院。高本汉不在自己家里藏书或工作，他通常一早就去办公室，工作一整天。办公室有两名工作人员，一名管理博物馆的财务行政，女秘书莉莉金掌管图书。远东图书馆的前身全部是为高本汉一个人的需求而服务，考古学、音韵学、所有文物研究需要的工具书，皆为专业需要，从无一般读者可读的书。图书馆也不编写目录，所有的书目在高本汉的脑海里。远东博物馆的图书馆，从一开始就是北欧汉学的重镇与发源地。

辛亥革命头一年（1910年），高本汉在山西大学堂当德文、英文老师（他一星期教十七小时，觉得不算什么），大量购买中国音韵学的工具书。当时他找寻百姓考察二十多种民间方言，研究已做了一大半，边写论文边寄回瑞典给他的女友，以防研究成果散佚。最后从太原逃到北京，所有的藏书都没能带走，连同他的薪水银条也因负载过重放弃，孑然一身从北京搭火车途经西伯利亚，回到瑞典过圣诞节。新年一到，高本汉即赴伦敦，数月后转至巴黎，以两年勤奋苦读，完成博士论文。由于长年专注于先秦文学、古代文物，高本汉的藏书从无现代书目，任"远东收藏品"馆长时期，高本汉偶然得到美国洛克菲勒基金会五千美元的支持，立刻汇款至香港，有一书商友人为他花尽五千美元，全数购买现代中文文学著作。

　　1963年远东博物馆搬进斯德哥尔摩的船岛现址,独立门户。宏伟的18世纪建筑,邻近王宫与国立美术馆。建筑主体造于1699—1700年,外观严实而稳固,为1697—1718年国王查尔斯十二世在位时的军防卫队驻营,此后隶属于瑞典海军。博物馆内部的陈设建构装饰皆由瑞典建筑名家所造,所有的开销经费皆由私人赞助者慷慨捐赠,而最大的赞助者就是国王古斯塔夫·阿道夫六世。远东博物馆首任馆长安特生留下大量仰韶文物,高本汉继任,以后接续由Bo Gyllenswärd教授、Jan Wirgin教授担任, 他们选购的藏品从中国扩展到日本、韩国,丰富了馆藏。国王古斯塔夫·阿道夫六世捐出个人所有的收藏跟考古学藏品,多达两千件,遗赠给博物馆。整个博物馆仅有百分之五的开销与藏品为政府花费,为20世纪以后创设的欧洲博物馆罕见的情况。

　　马悦然1948—1950年在四川做方言调查,1950年夏天离境,在香港与成都姑娘陈宁祖结婚。返回瑞典后,先在乌普萨拉大学语言学系教一年中文,即应聘往伦敦大学亚非学院任教三年,1955年返瑞典加入外交部,1956—1958年在驻北京的瑞典大使馆担任文化专员,1959年秋天应聘前往堪培拉澳洲国立大学亚洲学院。1961年马悦然升任澳大亚洲学院院长。当时澳大利亚首相Robert Menzies深具远见,认为澳洲与亚洲关系形势益发密切,故大力支持澳大亚洲学院经费,无论图书、设备、师资皆属上乘,学院里三十名研究员,只有一个澳洲人,其他皆从亚洲与欧美应聘而来。马悦然借助伦敦大学亚非学院的经验来创办澳大亚洲学院,设有中文、日文、韩文、印度尼西亚文、印度文五种语言学系,加上"亚洲历史学系"共六个系。澳大中文系学生必修两年日文课程。马悦然坚持学生应该学好日文,才可能拥有汉学家的语言基础。一名以汉学家自居的学者,其古典的学术标准,至少要能使用京都汉学家诸桥辙次的《大汉和辞典》准确地查核字义。自古以来日本汉学家为汉学研究留下甚多宝藏,这部辞典是最好的汉学工具书。澳大对学生的要求很高，一般澳洲的大学生可评分数从五十分到一百分，五十分及格，唯澳大学生低于七十五分就要退学。1960年代是澳大中文系的巅峰时期，为后来的瑞典斯大中文系所不能及。斯大各语言学系界限分明，不能要求学生必修日文。

马悦然当了六年的澳大学院院长，瑞典斯大已属意他创办中文系，高本汉退休接受访问表示，盼望马悦然回国。1965年秋天马悦然返国，中文系第一个系办教室，就在他第一次入学斯大跟校长报到的"鬼宫"对面，一处19世纪老房子，原为"鬼宫"门卫的住所，一房一厅一厨房。马悦然有两名助理，一名秘书管系务，一名学生当助教管理学生庶务，两人在厨房灶炉安上桌子工作。马悦然把澳洲带回来的重要工具书放进客厅上架，这是斯大中文系最初的图书馆。

斯大汉语系的草创时期，马悦然完全继承高本汉在图书馆讲学的方法，一解释到什么文本，即刻走到书架上取书讲解阅读，以此方式着重于古典文本跟目录学。汉语系头一批学生在"鬼宫"门房的客厅图书馆里攻读目录学，这里头最重要的徒儿是美国人艾思仁(James Sören Edgren)——马悦然一生挚爱的学生。艾思仁的古典汉学基础很好，日后成为欧美最重要的善本书专家，在美国普林斯顿大学主持"中国古籍书国际联合目录"计划，担任总编辑。

艾思仁的祖父是瑞典达兰那省到美国的移民，Sören是瑞典名字，艾氏一家人还保持说瑞典语的传统。艾思仁高中毕业从军，后在旧金山附近的蒙得瑞语言学校学习汉语。这年夏天他到瑞典来看亲戚，亲戚建议他去拜访马悦然，他一拜望就决定留在瑞典学汉学。艾思仁认识正在美国的张大千，彼时张大千在美国加州卡米尔村莱克画廊开画展，展览很成功，促成往后张大千举家从巴西移居美国。艾思仁自己练书法、学刻印，两年以后他从瑞典返回美国拜望张大千，带了一张大朵菊花花鸟画的照片，张大千一看即知，这是他1947年在四川成都开画展时，卖给一名来自瑞典的年轻留学生的，他的名字叫马悦然。

斯大中文系逐渐扩大，马悦然头一年每星期教八小时，以后随着二、三、四年级学生的到来，增加到十、十二小时，他跟妻子宁祖、学生艾思仁共三名老师教全部学生。中文系搬到Odenplan附近(Norrtullsgatan 45号)"中产阶级寡妇之家"租房当系办教室，藏书一并迁移。隔着花园整天有德国人养的猎犬守望，不能轻易走进花园，免得引来一阵狂吠，不得安宁。

艾思仁对善本书的研究很感兴趣。他启发一名学生冯德保(Chriser von der Burg)对善本书的热爱，艾思仁完成瑞典学业以后，马悦然为他找奖学金赴日本深造日文，也去台湾找寻善本。艾思仁、冯德保两人日后在伦敦创办著名的古籍书店"寒山堂"，并跟低几届的冯辽(Lars Fredriksson)以及其他学生组成五人俱乐部，钻研印刻、书法、美食。艾思仁与双冯是马悦然学生中最精于烹调的三大家。冯德保跟冯辽合写"扬州八怪"研究，冯辽博士论文写中国烈酒研究。此时期还有一个美国人班大为(David Pankenier)在图书馆求学，他有个瑞典女友，已经在斯德哥尔摩待过好几个夏天，早把瑞典语学好，遂跟马悦然学汉学。往后班大为在美国立罕(Lehigh)大学成为古代天文学研究的权威学者。

马悦然累积了伦敦亚非学院、澳大的教学与行政经验，认为斯京必须拥有一个北欧最好的汉学图书馆。此时斯京的汉学藏书分散于：一、皇家图书馆(国立图书馆)藏有16世纪克莉丝蒂女王留学欧洲购买的中国书籍，以及探险家诺舍德的船队开辟日本路线，在横滨结交一具有古典文化修养的医生，搜购的一批日本古代学者撰写的语法汉文书。二、高本汉在远东博物馆的所有藏书。三、斯大中文系自草创时期大量购买的教学所需工具书。三处中文藏书都极富特色。始于1965年的斯大中文系虽毫无藏书，但此时瑞典经济辉煌国力昌盛，重要的大型企业机构皆乐于挹注大学教育，特别是发展远东学术，马悦然写信给所有的大型企业募款购买书籍、出邮费订中国报纸、刊物，从来没有一家企业拒绝,这样的好运气一直维系到1980年代中晚期。当时瑞典跟中国之间邮费低廉,斯大中文系成立后大量订阅文学刊物、新闻报纸、地方报纸,收藏有1948年的《人民日报》创刊号,此后一直延续了汉学学术专业与现代文学刊物、新闻资料三种藏书并进的馆藏观念。1980年代马悦然提出整合皇家图书馆、远东博物馆、斯大中文系三处中文藏书,成立"远东图书馆"计划。1985年国立图书馆馆长同意,远东图书馆设辖国立图书馆之下,馆址设在远东博物馆同一幢楼,有独立的门户。

值得说明的是,1970年代晚期高本汉体力尚佳,"寒山堂主人"冯德保购买高本汉所有藏书,留在远东博物馆里让高本汉继续研究工作。高本汉仙逝以后,这批书籍送至伦敦寒山堂,往后马悦然组织高本汉纪念研讨会,冯德保捐赠所有高本汉藏书送返"远图"。

纳入远东图书馆的藏书,有一大批中国珍本藏书,来自四川华西大学美术系教授杨秀谷捐赠给马悦然的藏书,是杨家家族私藏,对清朝科举书籍的收集十分齐备。杨秀谷的儿子杨秀义是悦然在成都结识的好友,为景德镇的瓷釉专家,他们一起读汉诗、《水浒传》。对于汉诗有不甚明白之处,杨秀义即回家请教父亲。悦然因扁桃腺发炎住进华西大学医院开刀,住院期间杨秀义来病房给悦然读完七十回《水浒传》。1950年杨家藏在北京一处老庙的清朝科举制度藏书,因老庙屋顶漏水,须尽快迁移,遂赠给悦然,运往瑞典的海运运费由高本汉资助,总共一千五百克朗。

1981年中国终于发给马悦然夫妇入境签证,阔别中国二十多年,马悦然飞往北京找到中国社会科学院的朋友,影印所需中国现代小说作家的第一版书籍复印件。七月大热天,他挥汗如雨,一页一页印完所有的小说读本。马悦然从《春秋》、《左传》、先秦文学治学,1970年代末期开始翻译新诗、朦胧诗,以及现代文学作品。1980至1982年两度当选欧洲汉学协会主席,任内主持多项计划,其中一项名为"1900—

1949年现代中国文学"英文编辑出版计划,分短篇小说、长篇小说、诗歌、戏剧四大册,邀集百名汉学家撰写导读书评,为作者立传,以历史记忆之眼阐述作品的精华,使世人不致遗忘时代动荡中的现代中文作品。马悦然在北京影印所有现代中文著作头版书籍的复印件,送进远东图书馆收藏,作为编选此一书目巨作的参考依据。而瑞典学院诺贝尔文学图书馆的院士阅读室书架上。至今摆着A Selective Guide to Chinese Literature 1900—1949四册中文文学工具书。

远东图书馆数任年轻汉学家馆员的接续努力,收藏各种《红楼梦》版本甚为齐备,一度超过早年的香港中文大学图书馆,赢得北欧"红学图书馆"美名,2008年马悦然的老学生白山人(Pär Bergman)完成《红楼梦》五册译文,重回图书馆召开新书发表会。此为后话,暂且不表。利用图书馆读书有成者,尚有后来担任瑞典隆德大学东方语文系主任的罗斯(Lars Ragvald),他对粤语与广东顺德黄大仙的信仰甚有研究,近年退休出版第一部《中文瑞典语字典》。另有一学生尼托玛(Tomas Nilsson)曾在图书馆工作,他原来学数学、逻辑学,跟马悦然学汉语以后,在中国认识一苏州姑娘,岳父是广播电台地方戏曲编审,对地方戏曲深有研究。尼托玛受岳父熏陶,走遍大江南北,只要听说有好的演出,就赶去收集录音。他白天搭大卡车便车,夜宿廉价旅店,从不住一块钱人民币以上的房间,一脸外国面孔很能感动老百姓帮忙。他收藏地方戏曲数量甚丰,悉数送进远东图书馆。可惜尼托玛拗不过妻子要求,以自己的数学天才成为经济学家,浪费一大批惊人的好录音材料,至今还留在图书馆里。

斯大中文系将自己一生所学奉献给远东图书馆的人是冯辽,他可称为汉学奇才,高中没学完,当印刷工人,原来是一个玩世界音乐的嬉皮士,偶然去非洲,旅途认识另一个刚读完《道德经》的嬉皮士,顺手读完。一回瑞典就进了成人学校,跟老年女传教士学汉语,往后登门拜望马悦然,马悦然考核他的语文能力文学知识以后,上书教育部破格录用。

冯辽对地方戏曲、老建筑、鸽哨、下棋、烈酒、腌泡菜等无不感兴趣，他留学期间闯了祸，有人密报老师："冯辽逃课，没有上学。"马悦然立即去信北京："你收到此信，即日起一堂课不准缺席。"冯辽心知不妙，不敢拆信。信放在宿舍地上，绕走三天。

冯辽课余学以致用，对民间文化多有兴趣，在菜市场跟着老妇买菜，抄录许多歇后语，学会一口地道北京谈吐，在胡同里跟一些好汉们学会养蟋蟀，还娶回中国妻子张琳，这桩婚姻维系的时间不长，却为北欧培养了一名书画修复专家。张琳是北京旗人，哥哥张维是书法家、篆刻家，后来也移民瑞典隆德担任赛马师。兄妹两人皆写一手魏碑体。张琳当过马悦然在中文系的秘书，曾返北京学习纸张维护，以后成为远东博物馆的书画修复专家。

冯辽先后任馆员、主任、馆长，从善本书到数字典藏计划，是汉学图书馆资历最丰富之人。他创办"冯先生与他的鸣虫乐队"，在欧洲举办多次中国蟋蟀音乐会。他在安徽黄山、杭州等处跟农民交友，寻得各种发声不同的蟋蟀。他有昆虫学的依据，又有累积多年的世界音乐涵养，以指挥家的身份引领蟋蟀在静夜暗灯静谧环境下，各自鸣唱，曾在颁发诺奖的干草广场音乐厅举办过蟋蟀合唱音乐会。2007年我刚来斯德哥尔摩，也欣赏过冯辽在老爵士乐厅China策划指挥的蟋蟀爵士乐会。蟋蟀必须用特殊的灯光慢慢引逗，即兴随意地跟着独奏的大提琴家，或者模仿1930年代德国歌手莉莉玛莲的演唱，或者是保加利亚的敲击音乐，那些蟋蟀的鸣唱行吟到乐声当止而不能止，意犹未尽，独自高歌时，台上的演奏家跟座下一同啜饮马汀尼，会心一笑。

远东图书馆藏有一套《文渊阁四库全书》，放在大厅。图书馆的房顶高，书架罗列一眼望不尽，这套藏在北欧一小国家汉学图书馆的《四库全书》，大度气派，使人印象深刻。1980年代末期，台北故宫召开善本书与图书馆研讨会，各国爱书人相会，其乐融融。研讨会结束后，昌彼得跟学者们逐一敬酒,喝高粱。冯辽也端起一大壶高粱追随昌彼得,一人一杯连着干,如此三十杯一过,昌彼得说你这人好能喝,我要送你一木书,你要什么书?冯辽沉吟说,我要《四库全书》。昌彼得迟疑少顷,说个"好"字。第二天晨起未见昌彼得身影,旁人安慰冯辽,《四库全书》岂好说送就送。三小时过后,昌氏现身,书已经打包送往海关运寄,远东图书馆自付运费。

2013年11月在台湾诗人杨牧的家中,与通信已久的德语翻译家汪珏见面,汪珏是台湾人,曾在德国、美国的博物馆图书馆工作。这天酒足饭饱,悦然讲述徒儿冯辽在故宫获赠《四库全书》的故事,汪珏当年也在场。她详述干完那三十杯后,昌彼得看似无意实则有心,当众说出他那里多了一套《四库全书》无处可放。汪珏自己任职的图书馆花了两万五千美元购藏这套《四库全书》,一听此话张口"啊"了一声,冯辽已接话:"昌老师送给远东图书馆,我们买不起,有地方藏。"昌彼得酒后酣畅说,"那你要磕个头噢!"看来冯辽喝过三十杯高粱后,远不如汪珏记得周全。悦然重述给冯辽听。冯辽这回记得清楚,他当即双膝齐跪,三跪九叩首,承恩感谢昌彼得老师,宏恩万福。

中国童话

刘丽朵

七只小猪
【段成式《酉阳杂俎》前集卷一】

从前有一位数学家，虽然他的外表看起来跟其他人没什么不同，但其实他掌握着非常深邃的知识。这些跟浩瀚的星空有关的知识，不仅他周围的人不能理解，就连皇帝和他身边所有的科学家和巫师都没听说过呢。这位数学家曾经非常的穷，穷得只能靠他的邻居——一位富有而善良的老婆婆——接济他的衣食，否则，他就会饿死，也就无法埋头研究他的学问了。直到皇帝发现了有这样一位伟大的数学家，把他接到他的王宫里，专门请他替皇帝掌管跟天上的星星有关的事宜，他才总算摆脱了贫困。

有一天，皇帝的小女儿在外面玩的时候，看到一个小男孩拿着一枚漂亮的指南针在玩。

"那是什么？"皇帝的女儿问。

"这是司南，是我的邻居送给我的。"男孩得意洋洋地说。

"快把它给我！"皇帝的女儿命令道。

小男孩没有把手中的玩具给小公主，相反，他把它藏到身后，还说：

"这是我的！不是你的！"

小公主动手去抢玩具，小男孩不仅不给，还把公主推倒在地上，公主哇哇大哭。她身后的侍卫看到了，就上前把小男孩的玩具抢走，还把小男孩抓起来，关进了监狱里。

"他把我的胳膊拉红了，我跌倒在地上，屁股摔得又青又紫，我快要死了！"小公主大哭着，向皇帝告状。皇帝下令惩罚凶手，宣布要把监狱里的小男孩处死。

原来，这个小男孩就是关心数学家的那位老婆婆的小儿子，那枚他最心爱的司南，就是数学家送给老婆婆的礼物。老婆婆听说她的儿子要被皇帝处死了，哭得眼睛都肿了，她跑来见数学家，请他帮忙想想办法。数学家为难地说："皇帝的命令可是很难更改的啊！"

老婆婆非常生气，"我们做了多年的邻居，以前我待您一直不错，现在我家遇到了这种事情，您总不能见死不救吧！"

数学家叹了一口气，默默地转身，走到里面的房间去了。老婆婆以为他拒绝了自己，想到自己的儿子快要死了，又悲伤地哭了起来。

老婆婆走后，数学家命令工人把一间仓库里的东西都搬空，打扫干净，在仓库的中央放一口大缸。然后，他喊来了两个非常忠实的仆人，递给他们几个布口袋，吩咐他们说："皇宫的西南角外面有一座废弃的花园，请你们到那里去，从中午一直待到傍晚，就会看到什么东西进来，一共是七个。请你们把它们用这些布口袋装起来，如果七个少了一个，我就用棍子打你们的屁股。"

他的两个仆人领了布口袋，按照他说的去做了。他们等到傍晚，果然看见七只小猪走到花园里来。他们按照主人的吩咐捉住了小猪，把它们背了回来。看见他们带回了小猪，数学家非常高兴，他让他们把小猪背到那个空仓库里，全部放入那里的大缸中，用木头盖子盖在上面，又用一种特别的泥紧紧地封好，在上面用红笔写了一些谁也不认识的字。所有参与此事的人，都不知道他在忙些什么。

第二天一早,有人使劲地敲打数学家的大门。仆人们打开门,原来是皇帝的使臣到了,命令数学家马上出发,去见皇帝。到了皇宫中,皇帝迎了上来,对数学家焦急地说:"占星师说,昨天晚上,天上的北斗星不见了!您知道这是为什么吗?难道这意味着国家的灾祸?"

数学家沉吟了片刻,对皇帝说:"皇上昨天是不是见到了一枚司南?"

皇帝说:"是的!"他很奇怪数学家怎么会知道这件事。

数学家说:"拿着司南的那个小男孩,对这个国家来说非常重要,如果他丢掉了那枚司南,北斗星就会从天上暂时消失,直到司南再次属于小男孩;这个小男孩要掌管司南六十年,如果在那之前小男孩就死了,北斗星就会从天上永远地消失,国家将会陷入战争和饥荒。"

皇帝听了,非常害怕,马上下令释放小男孩,并把他的司南归还给他。皇帝还下令此后由皇室出钱供养小男孩和他的家人,这项政策六十年内不得变化。当天晚上,人们便看到天上北斗七星中的一颗星星亮了起来。第二天,又有一颗星星亮了起来,直到第七天,七颗星星的光芒才全部恢复了。

住在鼻孔里的乐神
【段成式《酉阳杂俎》前集卷一】

有个女孩长得十分漂亮,而且很聪明,既会唱歌,又会跳舞。有一天,她突然觉得鼻子痒痒的,好像有什么东西,拿过镜子来一照:天哪!她的两个鼻孔里都长出来了一块息肉,吊在那里像两坨鼻涕似的,实在是难看极了。

一开始,女孩想用手把那两个东西揪出来,可当她的手刚碰到那东西,就感到了刺骨的疼痛。她只好去求助她的爸爸—— 一位很有智慧的财主,她爸爸为她请了一位医生。这位医生说:"我活了这么大年纪,还没看见过这样的病呢!"他按照去除息肉常规的方法,想要给这女孩进行手术。可他的手一碰女孩的鼻子，女孩就没了命地喊痛，他只好停了下来。女孩的爸爸很生气，赶走这位医生，请来了另一位。第二位医生也拿这两块肉没办法，但是他比第一位医生稍微聪明一点，他给女孩开了很多药，说："吃完这些药，你保证就好啦。"他走了以后，女孩花了好几个月的时间才吃完那一堆药，可是，病却一点也没有好。

"这下怎么办呢？"女孩对着镜子流起泪来，"现在的我，简直像个丑八怪！"

不过女孩有个秘密，从来没有告诉过别人。每当孤独一人的时候，她总能听到非常美妙的音乐，有时是悠扬的笛声，有时是泠泠的丝竹，还有各种乐器合奏组成的动人的乐章。她到处寻找声音的来源，最终竟然发现，那声音就住在她的鼻子里！

"多么美妙的音乐啊！"女孩留神细听，当她因为怪病不能出门，孤零零地待在屋子里时。

她试着把听到的曲谱记下来，并用她自己的乐器演奏。这音乐太美了，就连小狗听到了，都摇着尾巴在门外徘徊不去。她家里的姐妹和婢女们听到，纷纷跑来听，感动得流下了眼泪。当她们想要同她玩耍，向她学习这新的音乐的时候，女孩却把自己关在房间里，拒绝任何人靠近她。她不想让她们被她难看的样子吓坏。

就这样过了很久，很多人听说了女孩的病，和她突然获得的编曲和演奏的才能。有很多医生赶来，献上各种药方，却都没有奏效；还有很多人前来打听女孩新编的乐曲，因为这些爱好音乐的人总希望能听到新的、更好的乐曲，女孩所做的音乐逐渐地传播开来，给无数的人带来了享受。直到有一天，有一位印度僧人到她家里来，对女孩的父亲说，他能治好女孩的病。虽然不太相信他，女孩的父亲还是答应让他试一试他的本领。那僧人从贴身的口袋里取出一些白色的粉末，对着女孩的鼻子吹了一下，以便让粉末进入女孩的鼻子里。只过了一小会儿，女孩鼻孔中的两块息肉便脱落下来，落到了僧人手里。女孩又恢复了原先的样子。

　　不久,有一位格外英俊的少年,浑身上下仿佛发着光,策马而来,敲打着女孩家的门。他对女孩的父亲说,天上的两名乐神失踪了,为了躲避上帝的追查,他们在女孩的鼻孔里安了家。这位少年前来,就是奉上帝之命捉拿乐神的。女孩的父亲惊愕极了,连忙告诉他,女孩鼻孔里的那两个东西已经被一位印度来的僧人拿走了。少年叹了一口气,说:"我来晚了。这样的话,上帝会责怪我的。"女孩的父亲急忙向他行礼,希望这位天神能到家里坐一坐,可当他行完礼,抬起头来时,这位天神已经消失不见了。

马都追不上的万回
【段成式《酉阳杂俎》前集卷三】

　　从前,在一个村子里住着一个孩子,他从来没有说过话,看上去傻乎乎的,以至于所有的人都认为他是个哑巴。他就这么长到二十几岁了,连名字都没有,人人都喊他"傻子"。

　　长期以来,傻子的哥哥在辽阳为国家服兵役,已经十多年没有回家了,也没有一封信寄回来。他的父母每天都很想念他。有一天,村里来了一个过路的客商,到他家里来讨东西吃。傻子的父母殷勤地招待这位客商,当他们听说他几年前曾到辽阳做生意时,对他就更加热情了。

　　"你在辽阳的时候,有没有听说过我们的孩子?他离家已经十八年,如今已经三十四岁了。"傻子的父母对那位客商描述他哥哥的身高和长相。

　　"是有这样的一个人啊!"客商说,"我在辽阳时,同军队做生意,见过不少当兵的人呢!就是贵乡人,我也认识几个。"他沉吟着,"是有这样的一个小伙子,不过……"他露出为难的神色,"他早就染上时疫死啦!"

　　"什么?"傻子的父母不禁失色,他的父亲更是捶胸顿足:"那么多年没有音讯,我就有一种不祥的预感,如今得到了证实!"

客商说:"当时军中时疫流行,十天不到,就死了十分之六的人,您的儿子中午还同我喝酒呢,下午就病倒了,到晚上就说不出话来,第二天一早断了气!"

"我可怜的孩子啊!"他的母亲哭倒在地。

"哥哥没有死!"那个一直在一旁呆呆地听着的傻子突然站起来愤怒地说。

"你怎么知道?"那位正在吃着他家的烙饼的商人问。小伙子抢过他手中的大饼,风卷残云般地大吃起来,又把餐桌上所有的饼卷上牛肉吃了个精光。他吃得太快了,快得其他人都来不及反应,只得目瞪口呆地看着他吃。吃饱后,他说了一句:"我走了!去辽阳看哥哥去!"就风一般地向门外跑去,瞬间就消失了。他父亲套上马追赶了一截,却完全没看到他的踪影。

到了晚上,从门外突然冲进来一个人,不就是今天才开口说话的傻子吗?他气喘吁吁地递给他父母一封信,说:"哥哥来的!"他的父母打开信,信封上的糨糊还没有干透呢!而那里面果然是他哥哥的手迹,信中说他一切很好,如果军中允许,他愿意不久以后回家看看。

傻子的父母高兴极了,那位信口开河的客商灰溜溜地走了。从此以后,傻子就被取了一个名字:"万回"(一天之内往返万里的意思)。

中国灰姑娘
【段成式《酉阳杂俎》续集卷一】

秦朝的时候,中国的南方有一个叫作"吴洞"的小国,国王的妻子生了一个女儿,他们给她起名叫叶限。后来,他的妻子死了,这位国王又娶了一位妻子,这新娶的妻子对叶限很不好,每天都让她到偏僻的山里砍柴,到很深的溪流中提水给一家人喝。

这一天,叶限在清清的溪水里打水的时候,看见了一条红色头顶、金色眼睛的小鱼。她很喜欢这条鱼,就把它带回了家,悄悄地养在水盆中。小鱼长大了一些,她就把它放到更大的水盆里,换了几次之后,小鱼就长成了大鱼,叶限发现,家里再也没有一个水盆能盛得下它了。于是,她把这条漂亮的鱼放入屋子后面的水池里,每天都到水池边看它,给它喂吃的东西。就这样过了很久,叶限的继母渐渐地发现了这个秘密,每当叶限去喂鱼时,她便悄悄地跟在她的身后,躲在暗处偷看着。继母发现:鱼儿给叶限带来了许多快乐。这可是她不喜欢的事情!

有一天,叶限的继母对她说:"女儿啊,你每天劳动太辛苦了,我给你做了一件漂亮的衣服,请你来试试吧!"叶限没想到她的继母突然间变得这么慈爱起来,赶紧接过她递来的衣服,替换下了身上的旧衣服。叶限的继母说:"好了,穿上新衣服,请你去远一点的溪流中打水吧,听说过了这座山,再翻两道山,有一座绿油油的山,那里的溪流不错,水质比这里的好!"叶限听了,不敢耽误,提上水桶,向那迢迢的远山走去。

继母穿上叶限的旧衣服,打扮成了叶限的模样,来到水池边,呼唤着鱼儿。鱼儿听见,欢快地游了上来。鱼儿刚游近岸,继母拿出怀中的菜刀,一下子就砍掉了鱼儿的头。

"这下我要尝一尝红色头顶、金色眼睛的鱼儿的味道了!"继母洋洋得意地说。

这条鱼已经长成了一丈多长的大鱼,继母把鱼身上的肉全部刮下来煮熟,她和她的两个女儿饱餐了一顿。这条鱼的味道真是不错啊!简直比她们从前吃过的所有的鱼都要鲜美!

吃完了鱼,继母把鱼骨埋了起来,装作什么也没发生的样子。

叶限打水回来了。第二天,她趁别人不注意,又跑到水池边唤鱼,唤了很久,也不见鱼儿上来。"鱼儿!我唯一的好朋友!你到哪里去了?"叶限看不见鱼,伤心地哭了起来。

"不要哭!不要哭!"叶限突然听到有个声音从天上传来。"鱼儿是被你的继母杀掉了。你在这旁边挖挖看,鱼骨头就埋在这里。叶限,不要害怕,请把鱼骨头挖出带回家,它会带给你一切想要的东西!"

叶限揉揉眼睛,上看下看,可是什么也没有看到。她按照那个声音的指示在地上挖了起来,果然挖出了鱼骨。她在清澈的水池中把鱼骨洗干净,带到屋子里去。

有一天,在节日的宴会上,继母的女儿看到了一位穿着翠绿上衣、金鞋子的美丽女郎,赶紧对她的母亲说:"妈妈,你看呀,那个人好像是叶限!"

叶限的继母不相信地说:"叶限不是正在山里背柴吗,她没有到这里来!"她虽然这么说着,却还是不住地打量那位衣着华丽、容貌美丽的女郎,越看越觉得她就是叶限。

"妈妈,怎么回事?我们上去和她说话吧!如果是叶限,她一定会露出马脚的。"继母的女儿沉不住气地说。

她们几人都站起来,想去跟那位很像是叶限的女郎说话。但还没有走近,那位女郎便转过身,飞一般地逃跑了。她们没有追到她。

宴会结束后,继母和她的女儿们回到了家,看到叶限穿着旧衣服,抱着院子里的一棵大树睡得正香。(继母虐待她,不让她睡在床上,因此她每天都是这样睡的。)继母和她的女儿这才放下心来。继母的女儿还讽刺她说:"今天我们看见的那位高贵的女子,她长得可真像叶限啊!没想到回来看见她睡在这么脏的地上,真是可怜哪。"

女郎在逃跑的时候,跑掉了一只鞋子,被路过的农夫捡到了。"这是一只多么漂亮的鞋子啊!而且它是金子做的。"农夫们拿起那只鞋子,啧啧赞叹道。"我们把它卖给邻国的国王吧,一定能卖个好价钱!"

他们的邻国是一个大国,叫作陀汗国,国王管辖着好几十个海岛,国土有着数千里的海域。国王见到了这一只闪闪发亮的金鞋子,果然爱不释手。金鞋子是由金的丝线织成的,踩在地上没有声音,是一件举世无双的宝物。他让他的侍女们试穿,可是就连脚最小的侍女也穿不上这只鞋。他又让他的侍从们把这只鞋拿给国中所有的妇女穿,可她们的脚也都太大了。国王找来卖给他金鞋子的农夫,问他们鞋子是从哪里来的,它原本属于谁。他很想知道,是一位怎样轻盈、怎样优雅的姑娘,拥有这样的金鞋。

"如果能够找到她,我一定让她做我的妻子!"陀汗国王热情地说。

吴洞国的农夫非常为难,只好告诉陀汗国王他们捡到这只鞋子的地点。陀汗国王命令他的侍从到吴洞国捡到鞋子的那个地方,请周围的女子都试一试这只金鞋。正当他们挨家挨户寻觅的时候,一位穿着翠绿色上衣、美若天仙的女郎出现了,她一下子就穿上了这只金鞋子,跟她另一只脚上的鞋子完全是一对。

"请问您是谁家的女郎?我们的国王要迎娶您做他的妻子。"侍从们纷纷跪倒在这位天仙一般的女郎面前。

"我是吴洞国王的女儿叶限。"女郎回答说。

"啊,妈妈,那不是叶限吗?"跑来要试穿金鞋子的继母的女儿们目瞪口呆地说。

消息传到了陀汗国,陀汗国的国王立即前来迎娶叶限,在王宫中举行了盛大的婚礼,两个国家的人们一起唱啊跳啊,狂欢了三天三夜。而继母和她的女儿们呢?她们被赶出了吴洞国,陀汗国也不收留她们,她们坐在地上痛哭着,整整哭了三天三夜!

辑
三

散文 海外版

Essay
Overseas
Edition

2013—2014 精品集

壶碎——一个宜兴故事

李敬泽

这个故事忘了是谁告诉我的,酒桌闲扯,很多话原本无主。

话说,一位老先生,其名甚响,不过这故事与他名姓无关,姑且称之为某先生。某日,某先生访友,该先生平生不爱钱不好色,唯独爱书,访友为的也是访书。主人多的正是书,环滁皆山也四面书柜,某先生一柜一柜看过去,忽登梯忽俯地,直把人家作自家,差不多忘了还有主人在。

忽然,哗啦啦一声脆响,正所谓银瓶乍裂水浆迸,某先生差点从梯子上掉下来,定睛看时,碎了一地的是一把紫砂壶,想是方才抽书忘情,将书柜里摆着的一把壶拂落下去。

这时,该先生才想起主人,抬起眼,只见主人微笑:

"先生欠了我一把壶,日后要拿一瓶好酒来还。"

宾主相视一笑。主人顾自取了笤帚簸箕扫去碎片,先生顾自看书。

那一日,宾主尽欢。临去时,漫天大雪。

如此而已。

此事发生在二十多年前,1991或1992或1993年。书房主人年近四十,在大学里教授已是正的,啸傲江湖、踏花蹄香,抬望眼便是千里万里的锦绣,一把壶岂足挂怀。

转眼又是数年,某日,教授闲翻杂志,见一篇文章谈的是制壶名家顾景舟,也是一时无聊,信马由缰往下看,看着看着,教授坐不住了。

忽想起，那把壶，原是有题款的，正是顾景舟制。

站起来，几步冲到书柜前，书柜在书也在，壶自是不在了。教授想了想，拿起电话，拨通了，劈头就问："那壶是怎么回事？"

这是越洋电话，打给他父亲。教授的父亲也是教授，老教授正随着老太太在美国的大儿子家住着。多少年后，老爷子归天，众弟子发一声喊，一拥而上，把老爷子抬成了文化泰斗，回忆文章连篇累牍，老爷子被描得白衣胜雪，活活就是最后一位民国大师；其实，老爷子的大学只在民国上了一年，剩下的全在新中国。退休后一屋子书留给了小儿子，住到美国去，主要爱好就是推个小车在社区里转悠，把邻居扔出来的沙发电视什么的搬回家，收拾得干干净净，先是藏于车库，渐渐竟登堂入室。大儿子力陈中美文化之差异，苦求老爹入乡随俗，由着美国人败家去，老爷子只作没听见。

话说那日，小儿子半年不来电，夜半三更冷不丁电一下，不问苍生问鬼神不问爹娘问茶壶，老爷子半天没醒过神来，胡天胡地想不起这一壶是哪一壶，最后把"紫砂"、"宜兴"、"顾景舟"凑到一起，老爷子才忽然想起——

那是"文革"期间，去宜兴出差，朋友送的一把壶。

放下电话，教授只觉得一颗心被人攥住了，是了，必定是了。当日打碎的原是一把顾景舟的壶。这一年，据杂志所说，这把壶值三十万，而教授的工资也不过每月三四百。

教授一屁股坐到天黑，长叹一声，苦笑。又能怎样呢？难不成再找人家赔壶？罢了罢了，也是命该如此。

然后，就到了2013年，教授老了，这些年他过得不好，很不好。他成了一个愤怒的老货，恨官员、恨知识分子、恨富人、恨穷人，恨这个世界和世道，这个世界从他手里骗走了一把壶，谁能想到，一次微小的碎裂事故原来竟阴险地埋伏着漫长无底的坍塌。他忍不住，他一直注视着紫砂壶的拍卖行情，那是迅速上涨的水，眼看着就从脚底漫过了头顶，他身处寂静的海底,星沉海底当窗见,而教授只见到高远的海面上漂着那把壶,顾景舟的壶。那把碎了的壶不断升值,他的人生在不断贬值,直到变成沉在海底的一粒沙子。

他已经很多年没见过某先生了。

父亲留下的书,他卖给了潘家园一个书贩子,拿到了一笔钱,几十万吧,还算是钱。在空荡荡的书房里看着那堆钱,他忽然想起,那些书其实还远远不值那把壶。

"骗子!"

他喃喃骂了一句。

那日,我在宜兴,微雨中访吾友葛韬陶庄,看各种壶,忽抬头,见墙上一帧旧照,一位老先生正在治壶。

清瘦,身着旧时工装,凝神注目于掌中壶。

心里一动,扭头看葛韬:

这,是顾先生?

是啊。

哦,这就是顾景舟。

顾先生的脸,净如秋水。看着他,心里只是无端地觉得好,好得心酸。

竟无话可说了。

铁生轶事

陈建功

1月2号清晨,我和妻子赶到八宝山二楼西厅告别室时,铁生已经安放在灵柩里了。周围只有二三十人吧,没有告别仪式,也没有人号令鞠躬。铁生的妻子陈希米说:大家不要哭,铁生不愿看大家哭……请大家撒一些花瓣给他。我们就撒一些花瓣在他身上。陈希米说,我们跟铁生告别吧。我们就各自深深地鞠了躬。陈希米说,留下几个有力气的朋友,别的朋友就走吧。我们没有走,看着灵柩被抬上担架车,缓缓地推向焚化炉……

后来,我们又随着铁生的遗像,把告别室里的一些鲜花和铁生的一些衣物送到户外的焚化炉去。焚烧衣物时,陈希米突然对我说:"王安忆织的那件毛衣没烧,还在家里放着呢!"

我心头一酸。

我不知道是铁生跟她交代过的,还是她自己想到的。

这个日子,本来是定在1月3号的,不知为何又提前了一天。想了想,觉得希米的确是最理解铁生的人。铁生说过,人之于世,应该像徐志摩《再别康桥》那样,"悄悄的我走了,正如我悄悄的来",提前一天,或许是为了让铁生走得更为"悄悄"吧?铁生永远是这样低调、平实。他死了,这死唤醒了我们所有朋友和读者心中蛰伏已久的尊崇与爱戴,用我女儿从海外发来的邮件里的话——"网上早已悲恸一片",然而铁生还是坚持着自己的低调和平实,由希米替他坚持着。他谢绝了灵堂,谢绝了花圈和挽联,谢绝了悲悼。他希望朋友们为他高兴,高兴他的一生终于战胜了灾难与残缺,高兴他终于有一点感悟与思考留存人世,高兴他还留下了一份肝脏,救治了天津的一个患者,留下了脊椎和大脑,供医学研究……

得知铁生病危的消息时,我正在广西北海,几个小时以后,知道他已经离去。本来我一家、何志云一家已经约好,元旦回京,是要和铁生夫妇做几乎每年例行的聚会的,为此我已经订下31日回京的机票,岂料下了飞机,赶到铁生家,只有何志云夫妇陪一脸疲惫的希米坐在屋里,另一个客人我不认识,却看着脸熟,有一种莫名的亲切。希米说,这就是《我与地坛》里那个"长跑家"呀。哦,就是那位"西绪弗斯"式的"长跑家"吗?记得铁生写过他们在地坛感慨人生际遇的凄凉与悲壮——

还有一个人,是我的朋友,他是个很有天赋的长跑家,但他被埋没了。他因为在"文革"中出言不慎而坐了几年牢,出来后好不容易找了个拉板车的工作,样样待遇都不能与别人平等,苦闷极了便练习长跑。那时他总来这园子里跑,我用手表为他计时。他每跑一圈向我招下手,我就记下一个时间。每次他要环绕这园子跑二十圈,大约两万米。他盼望以他的长跑成绩来获得政治上真正的解放,他以为记者的镜头和文字可以帮他做到这一点。第一年他在春节环城赛上跑了第十五名,他看见前十名的照片都挂在了长安街的新闻橱窗里,于是有了信心。第二年他跑了第四名,可是新闻橱窗里只挂了前三名的照片,他没灰心。第三年他跑了第七名,橱窗里挂前六名的照片,他有点儿怨自己。第四年他跑了第三名,橱窗里却只挂了第一名的照片。第五年他跑了第一名——他几乎绝望了,橱窗里只有一幅环城赛群众场面的照片。那些年我们俩常一起在这园子里待到天黑,开怀痛骂,骂完沉默着回家,分手时再互相叮嘱:先别去死,再试着活一活看。现在他已经不跑了,年岁太大了,跑不了那么快了。最后一次参加环城赛,他以三十八岁之龄又得了第一名并破了纪录,有一位专业队的教练对他说:"我要是十年前发现你就好了。"他苦笑一下什么也没说,只在傍晚又来这园中找到我,把这事平静地向我叙说一遍。不见他已有好几年了,现在他和妻子、儿子住在很远的地方。

或许因为"长跑家"在场,或许因为置身于铁生起居的地方,我总觉得铁生仍然坐在轮椅上,躲在空气中的一隅,默默地看着我们,就像他在地坛的树林里,察看着每一位过往者一样。我知道,倘若我向希米表达我的难过,铁生肯定会在轮椅上笑着看我。想着想着,我甚至为带来了一个花篮而尴尬起来——铁生和我,多次谈到死亡,他是如此的淡定和从容。他说过的,死是一件无须乎着急去做的事,是一件无论怎样耽搁也不会错过了的事,一个必然会降临的节日。而我,又何必要带来这个如此常规的花篮和挽带呢?

希米很平静地告诉我铁生辞世的经过,最后,她甚至有几分激动地告诉我,铁生去世没多久,她就接到了天津来的电话,说铁生捐赠的肝脏,移植成功了。我默然了很久,说:"真没想到,他还有一副肝脏可捐,我以为他已经浑身难找一处完好的地方了……"是的,他21岁截瘫,10年前得了尿毒症,双肾坏死,临终前已经是靠一周四五次透析为生,每次我见到他,都感到他的脸色日渐发黑,疑心病魔已然侵入肝脏,谁想到,这副肝脏,还救助了一位患者。希米说,她也感到惊讶,铁生的肝脏,居然还有用。希米还告诉我,铁生还捐了他的脊椎和大脑,这是他和长期为他治疗的一位医生朋友的约定,他说他死了以后,她尽管可以拿了他的器官去做研究,因为对他的病,医学界还有很多疑问。

本来我不想如此详细地介绍铁生的捐赠,因为这不符合铁生的性格,甚至我也不知道是否会违反有关规定。之所以要说出来,是因为陈希米告诉我,铁生的捐赠所获得的礼遇令她感动——既为那些全程监控着捐赠过程的红十字会人员,也为那些抱着肃穆之心执行手术的医护人员。他们移植完了器官,仔细地恢复了铁生的身体和容颜,使这个捐赠者很有尊严地远行，这使她对中国遗体捐赠事业的进步刮目相看。我想，说出这些铁生、希米应不会怪我，因为会有更多的人步铁生后尘，这也是他们所期待的。

其实，类似这样的、说出来有可能使铁生感到不安的事情还有几件，因为铁生的宽容，他没有责怪过我。现在铁生已逝，且这件事也已经广为人知，我想，再说一遍，或许也可以使人们理解铁生的宽厚吧。几年前，我兼任现代文学馆馆长不久，为了使展览有所创新，决定办一个名为"作家友情展"的展览，我到铁生家闲聊，问他有没有展示作家间友情的物件。他说："要不你把王安忆为我织的一件毛衣拿去？"我大喜过望，因为还从来不知道安忆居然有这等耐心，竟为铁生亲手编织一件毛衣寄来。以两个人的知名度，这毛衣应可视为"文人相亲"的典范。没想到铁生说出就后悔了，他说，哎呀，说不定人家王安忆不愿说出这件事呢？我当然理解铁生的担心，因为和我是朋友，才口无遮拦，同样低调的王安忆，大概也确实不会同意拿这次朋友间的馈赠说事儿。话已至此，我们就没有继续毛衣的话题。铁生对于我，历来是有求必应的，我想这次他肯定是要挖空心思找另一件事来弥补"毛衣"之憾。少顷，他说，算啦，那毛衣也不好找，要不你把刘易斯送我那双跑鞋拿去吧。

铁生是关心并热爱体育的，这有他的文字为证。他写过的一段话，我相信随着时间的推移，迟早会走进历史。他说，在奥运口号"更快、更高、更强"之后，应该再加上"更美"。如果光是强调"更快、更高、更强"，就难免会追求出兴奋剂或暴力甚至其他更不好的东西来。这"更美"，并不仅仅就是指姿态的优美，更是指精神的美丽。这就是说，在比赛中，赢并不是最重要的，重要的是人有了一个向自身极限挑战的机会。他还在散文《我的梦想》里，表达过对美国体育明星卡尔·刘易斯的崇敬：也许是因为人缺了什么就更喜欢什么吧，我的两条腿一动不能动，却是体育迷。……我最喜欢并且羡慕的人就是刘易斯。他身高一米八八,肩宽腿长,像一头黑色的猎豹,随便一跑就是十秒以内,随便一跳就在八米开外,而且在最重要的比赛中他的动作也是那么舒展、轻捷、富于韵律……

应该是这篇文章,使得铁生在2001年3月间居然有了一次和飞人卡尔·刘易斯的会面。铁生告诉我,因为运动员李彤把自己的文章念给了刘易斯听,这才有了那次与刘易斯的相见。那天上午,他把自己的一些作品送给了刘易斯,刘易斯则回赠以签名的跑鞋。刘易斯拍拍铁生送给他的书,说:"我相信这些书一定很棒,可惜我不懂中文,不能看懂它们,这真是个遗憾。"铁生也指指手里的签名跑鞋,说,得到您签名的跑鞋,应该也是特棒的事,可惜我没有健全的双腿,所以也深感遗憾!说完两人笑着拥在一起,留下了一张珍贵的合影。

跑鞋的故事并不比毛衣的故事逊色,因而成为了"作家友情展"中体现中国作家和海外交流的佳话。然而,"毛衣"的故事仍然使我难以忘怀,以致到了2005年6月,当史铁生以《病隙碎笔》再次获得鲁迅文学奖并坐着轮椅到深圳领奖的时候,我再也忍不住对这故事的偏爱,讲给了撰写颁奖晚会台本的巴丹。那台颁奖晚会获得极大的成功,主要是从中央电视台请来的主持人张泽群和黄薇的超常发挥。现场说出的许多感人的故事中,"王安忆赠毛衣"也是一个。然而,当张泽群讲出"毛衣的故事"并向台下轮椅上的铁生发问时,我忽然想起,因为筹备晚会而忙得晕头转向,竟然忘了跟铁生也忘了跟王安忆打个招呼。王安忆没有与会,倒可以说得过去,铁生是早早就到深圳了呀!远远看着轮椅上的铁生面对这意外的提问,有几分吞吞吐吐,我想象得出自己给这老弟带来了多大的麻烦,好在他很快就摆脱了慌乱,说:"这事……人家王安忆未必愿意说,既然被您刨出来了,那我就说吧……"他说得平实、得体,最后他还说,自己得到的关爱不只来自于王安忆,也来自许许多多同行以及更广大的读者们……坦率地说,尽管和铁生有着深厚的友谊,我还是颇为自己的疏漏感到惶恐。事后我在宾馆的走廊上遇见了他,抱歉地说,不好意思,闹得你有点儿被动,但你回应得很精彩。我还请他放心,说,王安忆那儿,我去解释吧!铁生宽厚地笑笑,说:"没事儿!⋯⋯还用解释吗?说了就说啦!⋯⋯"

我和铁生,应该说有三十几年的友情了。最早看到他的作品,并不是公开的出版物。和他一起在陕北插队的吴北玲,是和我一个班的北大同学。吴北玲拿来一个硬壳笔记本,就是上世纪70年代老师们常常用来写教案的那种,铁生的作品,被他用粗粗的钢笔,抄在那个笔记本里。我从那里读到了《午餐半小时》、《兄弟》和《没有太阳的角落》。我们文学专业的同学们都有谁看过这个笔记本?我已经记不清了。反正记得读完这几个短篇,班上一片赞叹之声,为作者情感的淳厚和文笔的老辣而击节称快。我记得曾经把《没有太阳的角落》刊载在我们主办的《未名湖》上,我也记得在那个新旧文艺思想的纠结期,这篇作品和当时许许多多好作品一样,受到了一些质疑,似乎是什么"把生活写得过于灰暗"、"缺少亮色"之类。这些质疑或许曾经使文场恓恓惶惶,不过,对于我们,对于铁生,都算不得什么了。即将进入80年代的中国,文学已经无须看着别人的脸色行事,更何况那些批评者并没有读懂史铁生,没有看到他在"没有太阳的角落"所闪烁的潜烛幽光。

和铁生的作品一并引起我们班同学关注的,是吴北玲的男友孙立哲所遭遇的不公。孙立哲当时是早已闻名的"上山下乡知识青年典型",随后曾被委以一个小小的官职。岂料恢复高考时,竟因此被打成"四人帮"爪牙,剥夺了到医科大学深造的权利。这不能不使我们班上的同学们同仇敌忾。直到得知同村的老百姓和知青们自动发起了"万民折",使孙立哲所受冤屈有了一个了结,大家的怒火才平息下来。

后来孙立哲告诉我,轮椅上的史铁生,竟是这"万民折"的发起者之一。

抱着对他作品和为人的敬佩,此后不久,我就和北大七七级文学专业的几个同学,跟着吴北玲,到铁生家去了。

那是在雍和宫附近，坐落于一个小胡同入口处的小平房，门外似乎是接出了一个仅可容身的"院落"，用一副板皮拼凑的"柴门"遮挡着。我们在门外一叫，"柴门"居然"咔嚓"一声，吴北玲便说："开了。"原来铁生的父亲不在家，"柴门"被拉过一根绳子，以便铁生坐在轮椅上"遥控"。我也不知道为什么未曾谋面，似乎已经和铁生熟稔如故了，边进门边笑道："你这招儿还真行呢！"铁生也有几分得意，憨厚地笑着，说："得想招儿啊，总不能让我爸老守着我！"……那次一同去的似乎还有黄子平、黄蓓佳、梁左、王小平、查建英等等，因为人多，话题是零乱的，叽叽喳喳。似乎谈了"修齐治平"、"内圣外王"，也谈了"实践"、"真理"乃至"拥旗"、"砍旗"之类。谈话中铁生的父亲回来了，他不喜言谈，进门点点头，道了一声"来啦？"就到一旁收拾家务去了。短暂的沉默之后，我们又毫无顾忌地聊起来。铁生其实也是寡言的，更多是听我们在说，但看得出他极有主见，却不轻易断言，即使是间或插上一句，口气往往带着疑问。比如说到拉美的"文学爆炸"，他当时问了一句："怎么文学偏偏在那个地方爆炸了呢？那地界不是挺穷吗，挺乱吗？"……就这样，铁生成了我最好的朋友之一，80年代，尽管摇着轮椅，铁生还是可以满城乱窜的。他时不时就来参加我们的文学聚会，或到李陀家畅叙，或来我家小酌，印象最深的是有一次到苏炜住的双榆树青年公寓做客，聊至夜深，意犹未尽，最后还是不得不告辞了。我和铁生来至三环路上，天上忽然落下雪花，没多一会儿，大雪竟铺天盖地砸将下来。我骑在自行车上，推着铁生的手摇车，望着被大雪遮蔽的前方，喊道："真他妈的风雪夜归人啦！"只见他吃力地摇着摇把儿，而我不得不下车，一步一步推着他在深雪中前行。也不知走了多久，来至雍和宫铁生家中，裤脚已然精湿。在他家的煤球炉旁烘热了裤脚，我又骑上车，奔往永定门外的家中。

铁生去世后，有一次我和陈希米说起这惊心动魄的一夜，她竟接续我的故事，如数家珍。我惊叹道："那时你们还没结婚呢！岂止没结婚，恐怕你们还没认识呢!"陈希米说:"铁生跟我说过的呀!"我默然了。足见那一夜,对于铁生来说,也是铭心刻骨的吧。

关于铁生作品的价值与意义,别人已经讲得很多。即便再讲,似乎也是另一篇文章的任务。从《我的遥远的清平湾》、《插队的故事》到《我与地坛》,铁生在文场声名鹊起,几乎篇篇都堪称精品。再以后,《我的丁一之旅》、《病隙碎笔》、《活着的事》、《写作的事》……他的写作更向着生命的诘问、灵魂的追寻上飞升。要全部读懂它们,绝非易事,要领悟个中的精髓,需要时间,更需要阅历和悟性。

我岂敢贸然言说。

铁生一生,获奖甚多,全国性重要的文学奖项不仅都拿过,而且还曾连连获得。然而一个看似奇怪却并不奇怪的事实是,我在作家协会分管全国性的文学评奖工作十五年间,铁生从来没有询问过、打听过和评奖有关的事情。在第六届茅盾文学奖评奖时,《我的丁一之旅》得以入围,耳畔也曾传来各种声音,但没有铁生的。评奖揭晓了,《我的丁一之旅》没有获奖,我仍然毫无顾忌地进出于铁生的家门,我没有、他也不需要我做什么解释或安慰。我记得,在《我与地坛》里还读到过铁生写作初获成功时的激动和喜悦,然而到了后来,铁生已经不以物喜,不以己悲,宠辱皆忘了。我们也曾经很难得地提起世界上一个很重要的文学奖项,他说:"把作品的价值交由几个老头子来评价吗? 抱着这样的期待,怎么还可能听取自己心灵的真实呼唤? 怎么还可能追求到真正的文学? "我笑着说,同行中能有多少人对评奖有这样的认知? 有一百个,中国文学的面貌将焕然一新。记得当时铁生笑笑,说,都这模样儿了,我把握着自己就成啦!

文学之于铁生,似乎算不上"经国之大业,不朽之盛事",他说过,"左右苍茫时,总也得有条路走,这路又不能再用腿去蹚,便用笔去找。而这样的找,后来发现利于这个史铁生,利于世间一颗最为躁动的心走向宁静。"然而,他用笔蹚出的这条心灵之路,难道仅仅有着个人救赎的意义吗?

　　或许他就是这样秉持着自己的信念去思考,去写作,去完成自己的一生的,而他的涅槃之路,却烛照了我们,使我们自惭形秽。

　　至少我,愿意学他,哪怕只学到皮毛。

我的工厂，我的青春

刘醒龙

　　几年前，太太在另一个单位上班，某天下班回家她很伤心，问过了才知不是她的事，是一个同事要调到别的单位，与头头话别时，伤感地说起自己从大学毕业起到现在，将自己最好的青春年华全给了这个单位。不料，那个老男人竟粗暴地回答：谁要你的青春？太太的同事大恸而去。听毕，我忍不住在心里说了一句粗话。

　　不一定人人都会老去，但人人都会有自己的青春。我也有过青春，我不敢说自己将青春献给了那座小小的工厂，但从18岁到28岁，如此10年全在这家县办工厂度过。想起来当年之事历历在目，包括进厂之前，即将上岗的青工们在一起培训，因为有3家工厂可以选择，大部分都认为其中的电机厂最为理想，工具厂则次之。当相关人员问起我的意愿时，我却毫不犹豫选了阀门厂，原因是阀门厂厂房外面有半个篮球场，别的工厂却没有。

　　多少年后的今天，我仍对飞速旋转的砂轮心有余悸。那是我进厂的第一天，师傅给了一个毛坯件，要我去砂轮上将毛刺等打磨掉。师傅教给我打开砂轮的方法后就回车床上忙去了，却没说如何让砂轮停下来。这让我在打磨完毛坯件后很是束手无策。虽然关掉电源半天，砂轮还在高速旋转。我几乎要伸手捉住砂轮！那一瞬间里，冥冥中有某种声音提醒，让我在最后时刻中断了那个伸手动作。时间长了我才晓得砂轮的厉害,人的肌体只要微微碰上去,就会磨去一大块。而当车工的因为天天都在磨车刀,稍不注意就会出现险情。好在磨车刀是细活,碰上了也只是磨去一些皮肉。如果我那用力捉住砂轮的动作完成了,一只手掌肯定就没有了。在我独立操作车床后的某个夜班,因为加工庞大的阀体,必须用专用小吊车帮助装卸,而这些小吊车都是厂里的钳工自己制造的,并无任何安全认证。那天晚上,用380伏电压运行的小吊车漏电了。当我伸手抓住行程开关、按下运行红键时,一股强大的电流击倒了我。也正是身体横着倒下的惯性力救了我,如果不是这样,也许我就要变成一堆焦炭了。因为220伏电压通常能将触电者弹开,而380伏电压却会将敢于触碰者牢牢吸附住。那一次,同车间的工友被我的惨叫吓坏了,我却浑然不知。事后在床上躺了3天才恢复过来。在阀门厂,最苦最累的不是通常所认为的翻砂工,而是车工。一两百斤重的大铸件从机床上搬上搬下,加工铸铁扬起的尘矽更是塞满了全身上下的每一个毛孔。最让车工头疼的是对付不锈钢T形螺杆。当车工的第一年,一位姓刘的师姐,就是在加工不锈钢螺杆时,不慎被缠绕的铁屑缠住,生生将右臂拧断。离开工厂十几年后,在一次采访中,有记者对我脖子上十几个疤痕很好奇。那些有着优美弧线的伤痕,正是我当车工强力切削不锈钢时铁屑飞溅的烙印。被车刀挤压下来的铁屑带着几百度的高温,偶尔会准确地钻入我的领口,因为强力切削时不能中断操作,必须等这一刀走完,停下车床后才能处理。这当中,滚烫的铁屑会将接触到的肌肤烫出一股烤肉味道。

这个世界有机会闻到自己肌体发出的烤肉味的人应该不会很多,或许这是我一直怀念那座曾经以半座篮球场而成为自己青春梦想的小厂的理由之一。我还怀念那位以爱护的名义阻止我参加高考的党支部书记,不管当时或后来发生了什么,这一点也从未有过改变。我的那座小工厂条件很差,屋顶上盖着石棉瓦,窗玻璃十块有九块是破的,一年当中三分之一是冰窖,三分之一是火炉。还有一年四季都得加工的不锈钢T形螺杆,别的工厂的车工们一班能加工一件就不错了,在我们厂里,每个车工每班必须完成的定额是18件。所有这些都没有让我觉得有什么不对。最终让我心存惶惑的,是一位初中的同学。在学校里他总是抄我的作业,毕业后他却在不到三年的时间里当了区委副书记,有一次在县城的小街上遇见,他竟然装作不认识我。当天晚上,我失眠了。这也是我生平第一次失眠。就在那个不眠之夜,我为自己绘制了一个普通青年的人生梦想。同时也是那个时代的青年学子最喜欢的梦想:将自己的一生交给文学。无论成功与否,绝不半途而废。只要真正努力过,绝不对自己的选择后悔。相信生命在于奋斗;相信自己所设定的那个目标,是青春与灵魂的一场约会。

10年工厂生活,让我获得了20张先进生产者奖状。很多年后,因为写作我获得过武汉市劳动模范称号。这小小的荣誉却是我最为在乎的,也是我最愿意引以为骄傲的。正因为如此,当我的笔与文字与工厂相遇时,最由衷的总是对工厂的一切的不舍与敬重,而不敢用那些不敬之语来描写,更不敢有半分亵渎之心。即便是后来,接连获得茅盾文学奖、鲁迅文学奖、中国出版政府奖、"五个一工程"奖、中国小说学会长篇小说大奖和中国当代文学学院奖等,一旦回到写作中,此心依然没有改变。

大约在离开工厂后的二十几年,不锈钢铁屑留给我的伤痕才完全抚平。在我心里,却永远记得当年那些从领口里冒出来的烤肉味。我越来越相信,那是一种青春的滋味,虽然那不是青春的唯一滋味。但是我既往生活中最值得热爱的。我热爱工厂生活中的诸如此类的不快。正是这种没有什么了不起的不快,和绝对了不起的青春锻造了我的近乎不锈钢一样坚韧的神经。

谢谢你离开我

张小娴

世间相对论

世间很多事情是相对的:开始与结束、短暂与永恒、复杂与简单、快乐与痛苦、生命与死亡。

然而,我们往往在了解其中一样时,才了解相对的另一样。

没有人希望快乐的事情要结束,然而,你有否回忆一下这种快乐是怎么开始的? 快乐来的时候,不是一个意外吗? 是你料想不到,甚至做梦也没想过的。你没想过自己会那么幸福,而你唯一的过错是以为快乐不会结束。当你了解开始,你也了解结束。结束就像开始,骤来也骤去。

当你了解永恒的虚缈,你也就了解时间的无常。我们觉得过去的事情很美好,因为我们已经成为一个远远的回顾者。这种距离会把回忆美化,时间变得吊诡,恍如昨日。这也是一种永恒。

人们追求简单的生活和简单的感情,生活简单的人却憧憬一段不平凡的经历。大部分女人都梦想拥有一段轰轰烈烈的爱情。经历过这种爱情的人,反而渴求简单。

爱与恨并不是相对的,爱恨相生相灭,当你压抑恨意,希望保持风度的时候,你会发觉,你也同时压抑了爱意。

相对的,是喜欢和不喜欢。当你喜欢一个人,他什么都是好的。当你不喜欢一个人,你看他一切都不顺眼。

一朵花的条件

有人说,爱情像花一样美丽,也有人说,爱情像花一样,早晚会凋谢,甚至是朝开暮落。说爱情像花,不过是个俗套的比喻,用这个比喻的时候,我们看到的只是一朵花,而不是一朵花形成的条件。

你知道一朵花是怎么来的吗? 你不可能不知道,那是许多条件的配合:阳光、气候、泥土、雨水,也许还包括一只偶然飞过的蝴蝶。有了这些条件,才会开出一朵花。

爱情也是由许多条件、现象和情境形成的。缘起而聚,佛祖拈花微笑,也是一种因缘际会。

物质永远不会消散,花谢之后,配合另外的一些条件,另外的雨水、阳光、泥土和另一只偶尔飞过的蝴蝶,一朵新的花又开出了。只是,它的形态跟从前是不一样的。

我们说没有永恒,因为同一朵花不会重现。我们愿意相信永恒,因为一朵花凋谢之后,会成为另一朵花的养分,生生不息。

所有的条件,没有一次是相同的。每一朵花,也有个性。我们从一朵花看到故事,我们从一朵花了悟缘分。缘起缘灭,不是我们可以掌控的,你只能学着拈花微笑。

我和你的层次

朋友也好,同事也好,大家层次不同,是很难沟通的。你可以偶尔降低自己的层次去迁就他,但常常要降低层次,那倒不如不要交这个朋友。

你说的,他不明白,你在思考的事情,他从没思考过,你说东,他以为你说西。你想他做到一百分,他竭尽所能,只可以做到五十五分。这有什么办法呢?唯一的办法就是分道扬镳。

找一个层次相同的朋友并不容易,所以大部分人都是寂寞的。找一个层次相同的伴侣,那就更困难了。大家层次相同,才可以一起进步,他明白你在做什么,你也明白他在做什么。男人比较可以降低一点自己的层次,女人却往往不愿意。男人会用女人的美貌和青春来弥补彼此的距离,然而,对女人来说,男人的精神层次,就是她爱他的原因,她怎么愿意屈就?

大家的层次本来相同,但有一天,你走得比他远,你层次不同了,他还是停留在那个层次,那是最无奈的。

一个人走远了就不可能回到原来的地方,有些女人很聪明,她会停下来不再前进,她知道再往前走的话会失去身边的男人,在个人的层次和爱情两者之间,她选择了后者。层次是无尽的,爱情却有尽时。

赢的最高境界

没有人喜欢输,假使毫无胜算,我们才不会做某件事。爱情也不例外。我们爱一个人的时候,是相信自己和他会有将来,即使那个将来很渺茫,毕竟还是有机会。

爱情的赢输不是在于结果。纵使分手了,我们拥有美好的回忆,那就是赢。即使往事不堪回首,我们有过那样的经历,长大了,以后学乖了,这也是赢。

每个人都喜欢赢,可是,赢要赢到什么地步?

他最爱的人是你,他对你好,对你忠心,他现在跟你一起,那你为什么认为一定要结婚才够完美呢？有的女人说：

"他不跟我结婚，是不够爱我。他更爱自己的自由。"

他这么爱你，你已经赢了。赢到这个地步还不够吗？你若要赢到最后一步，只会失去他。

有的女人很贪婪，一个男人爱她，她便觉得自己可以控制他。他交什么朋友、每天见过哪些人、银行户头里有多少钱、心里想些什么，她也要过问。他对父母太好，对前妻和儿女太好，她也不高兴。她已经得到最多的爱，她还要赢到什么地步？难道要赢到别人反感的地步？

赢到对方心服口服，才是赢的最高境界。

不能舍弃的东西

你舍弃一些东西，便会得到另外一些东西，你不去束缚一个男人，他反而乖乖留在你身边。你舍弃一些自大，也许会得到关心。然而，有些东西是不能舍弃的，譬如为了爱情而舍弃自尊，为了要一个男人内疚而舍弃自己的生命。

女人为了爱情舍弃事业和梦想，常常会让男人感动。男人为了爱情而舍弃事业和梦想，却往往会令女人失望。

男人可以为一个女人舍弃无谓的应酬、舍弃一些自由、舍弃一点点面子、舍弃坏习惯……但他不能舍弃事业和梦想。

没有梦想的男人，一点儿也不可爱。

他每天风尘仆仆谋生不紧要，最紧要他心里还有梦想，为了追求女人而放弃自己的梦想，这种男人是女人不愿意看到的。嫁给一个没有梦想的男人，好比嫁给一块石头，早晚会给她闷死。

女人很矛盾，她会埋怨男人专注事业而不关心她，然而，男人整天陪着她而无心工作的话，她又会嫌他没出息。她希望他事业有成又对她呵护备至，这不是奢望吗？只能选择其一的话，大部分女人还是希望男人专注事业的。对工作专注的男人，才能够给她安全感。男人为梦想而舍弃爱情，总胜过为爱情而舍弃梦想。

我们都是风筝

我在西安的大学演讲时，读者问得最多的，是关于等待。

大学里的恋人，毕业后，为了生活和美好的前途，其中一方选择离乡背井，跟心爱的人分开。有好多年的时间，两个人一年只能见一次或是几次，那么，留下的那个人，到底要不要等？

等还是不等，我没法告诉你。我说不要等了，你舍得吗？我说你等吧，你等不到，会怪我吗？

后来有一天，我问陪我到西安的内地编辑，这些异地恋通常可以开花结果吗？

答案跟我心里想的一样。她说："最后多半是会分开的。"

要等一个人，从来不容易，何况，他根本不在你身边。分开的那一刻，说不尽的千言万语，流不完的眼泪，说好了要一直守候。但是，人一走了，就是放了出去的风筝，那根线是那样的轻，太难抓紧了。

青春年少的恋爱，即使天天黏在一起，也还是有太多的变数，何况见不到面？

思念就跟爱情一样，是会耗尽的。头一个星期，我很想你。第二个星期，我更想你。又一个星期过去了，我想你想得很苦，恨不得马上奔跑到你身边。然而，到了第四个星期，我发现我没那么想你了。不是不爱你，而是我知道，这样的想念是没有归途的。日复一日，我再怎么想你，还是见不着你，摸不到你，只是用思念来苦苦折磨自己。我得过自己的生活。

多么傻啊？曾经以为，离开的那个人，是飞远了的风筝，然后有一天，仰头看着天空的一刹那，突然明白，留下来的，对于离开了的那个人来说,又何尝不是一只高飞的风筝?

你问,这么说,你是说不要等吗?

我说过我没法告诉你。

曾经那样相信爱情,曾经那样痴心地等待一个人,终究是属于青春的。有些人最后等到了,有些人等不到,或是不等了。

从前,我会说,等待是一份守候,需要彼此的忠贞。而今,我会说,等待的过程里,两个人改变了多少,有没有跟别的人一起过,都不重要了,最好不要去计较,也不要知道。给你等到了,他就是你的。百转千回,还是选择回到你身边的,就是想跟你过日子。

谁笑到最后

我起步比别人早,那一年,刚刚考完大学入学试,一天,无意中在报纸上看到电视台招聘编剧的广告,于是大着胆子写信去应征,压根儿就没想过会得到面试的机会。同年六月,当其他同学还在放暑假,我已经在广播道无线电视上班了。到了十月,我正式开始了三年半工半读的生活。

说是"半工半读",其实我是全职学生,也是全职编剧,还兼职写电台短剧、电影剧本和台湾电视剧。大学毕业前的一年,我已经拿着写台湾电视剧赚回来的钱付房子的首期。

不过,假使可以从头来过,我会宁愿专心读书,然后专心工作。那时候的我,忙于工作和赚钱,常常逃课,三年的大专生活,几乎没留下任何美好的回忆。

比起上学,我更喜欢上班。在学校,我没有几个谈得来的同学。在电视台里,我倒有很多朋友。我很少在学校饭堂出现,嫌那里的食物难吃,比同学会赚钱的我通常在广播道的餐厅出没。当年,那儿有一家很著名的粥面店,一个寒冬的夜晚,我跟一位副导演朋友和剧组的人在店里吃饭,跟我们一块儿的还有一位女演员。漂亮大方的她当时已经很红,但完全没架子,看到年纪最小又害羞的我,她不断给我夹菜,让我留下难忘的印象。然而,几年后,年轻的她却因病逝世了。我们也只吃过那么一顿饭。

我起步比别人早,但我不敢说我赢了,人生是一场长途赛,要看看谁笑到最后。我中学时有一个要好的同学,她因为爸爸过世而被迫辍学,中六还没念完便要出来工作。一天晚上,我跟她在电话里聊天,那时,我已经一边读书一边在电视台上班。我记得,她说着说着突然哗啦哗啦地哭起来,喘着大气跟我说:"为什么你这么幸运?你好幸运啊!"虽然我当时没说过什么,但是,看着她因为我的际遇而悲伤,我是又难过又尴尬。

然而,几年后,她终于储够了钱,考上师范学院,念她一直喜欢的美术系。如今,她已经是一位中学教师,也拥有自己的家庭。

她起步比我晚,走的路也比我崎岖,但她还是完成了自己的梦想。比起那位曾经细心为我夹菜的女演员,比起那些早逝的生命,我们是多么的幸运,因为我们还可以选择,我们也有机会后来居上。

心事的房子

曾经在电台主持晚间节目,每个晚上都听到不少心事,有些记得,有些忘记了。有一次倒是很难忘,那天的题目是"我爱你",我请来的一位嘉宾微笑着说,年少的时候,有一个男孩子对她说:"我爱你!"她哭了,不是因为感动,而是因为伤感,她很难过自己只能有这么一个糟糕的男孩子说"我爱你"。

我们当时都笑了。原来,不管爱情的火焰在心中烧得多么旺,"我爱你"这样的心事还是不能随便说的。

我是个不习惯说心事的人。我的心事要不写在文章里,要不只跟最亲爱和最信任的人说。我很幸运，有几个愿意听我心事，听我发牢骚和听我说故事的人，也有肯让我在电话那头尽情大哭一场的朋友。我说心事的对象都是活生生的，不会是我的玩具熊或是我的枕头。听我心事的都会用言语或者臂弯安慰我，而不会是只能用身体跟我厮磨的一只小狗。

可以说心事的对象，却也会随着年月改变。十七岁的时候，是这几个。二十岁的时候，换了另外两个人。二十四岁的时候，也许只剩下一个。一个人的心事总是愈来愈多，能够倾诉心事的对象却只会愈来愈少，直到一天，人把心事统统都藏在心里，那是世上最安全的地方，禁得起友情的考验，也熬得过爱情的多变。然后，我们突然了悟："心事为什么要告诉人呢？"

心事原来也可以沉淀。如许心事，渐渐会化为傻气的泪水，化为酒后脸上的微红，甚至化作一种深度。试问又有哪一个有点智慧的人是没有心事的？心事是一个人那幢虽然残破却舍不得放弃的房子。

徐邦达和朱汤生·背影

马未都

徐邦达和朱汤生

仙者徐邦达(1911.7—2012.2)

　　徐邦达先生生于清朝最末一年,属猪。第二年就民国了,他算是沾了清朝仙气的民国人。新中国成立后徐先生一直就在故宫博物院工作,任凭窗外暴风骤雨,他老人家是充耳不闻,一心扑在古书画上,几十年来成就非凡,令后辈高山仰止。

　　我认识徐老的时候,他并不知道我这个人的存在。我那时已在中国青年出版社当编辑,编辑部在北京东四十二条,胡同西口有个北京那时很有名的老字号,叫森隆饭庄,里面有几道拿手菜。油焖大虾、冬菜鸭子,我只记住了这两道菜。原因是徐老每次点菜都点油焖大虾,我每次点到头只敢点冬菜鸭子。那年月,敢吃大对虾可不是一般人,我三十岁前只吃过有数的两回。那道油焖大虾至今想起来还是口涎四溢,满目朝霞。

　　森隆饭庄有个英俊小生叫林子,特有眼力劲儿,见什么人说什么话,爱闲聊,他干服务员屈才了,赶上我也是个不把生人聊成熟人不算完的，与他很快就熟了。林子告诉我，那个回回吃大虾的老头子叫徐邦达，故宫博物院的书画大专家，从小就有钱，一礼拜来吃一回。

这是我第一次知道徐老，实际上当时印象也模模糊糊的。尽管我喜欢收藏，但属于小打小闹，与徐老这种级别的文物泰斗相距甚远。很久以后我才认识了徐老夫人滕芳阿姨。滕阿姨话剧演员出身，嗓门大，一句话能穿透三间房，自来熟，笑声永远比说话声大。后来我和她说起这段历史，滕阿姨说，他有钱？他才不管钱呢，他只管吃。当年徐老就住在东四十条，吃森隆饭庄的油焖大虾是他的保留节目，每次节目上演时滕阿姨就幸福地陪着他。

渐渐地，我开始了解徐老，知道了他的专业成就。徐老能写会画，鉴定古代书画天下第一。鉴定书画，大凡能写能画的人都技高一筹。徐老就是这样，记忆力非凡，经历非凡，说起故事条理清晰，不紧不慢，让人听得有滋有味。

每次见到徐老，滕阿姨都在，无微不至。一次给徐老祝寿，九十大寿，高朋满座。我到得早些，滕阿姨大大咧咧拍着徐老的肩膀对我说，看看我们这个瘦肉型的猪。江湖游走，我本没有接不住的话，但滕阿姨那天的这句话让我这个小辈确实接不上了，所以印象深刻。徐老体重不足百斤，滕阿姨富贵丰腴，站在一起迎宾，让人知道什么是和谐，什么是幸福。徐老那天仙风道骨，中式丝绸白衣，头发一丝不乱，不苟言笑，对每个来宾都打招呼，不分老幼。

徐老的长寿因为他人瘦心清，一生任凭天塌下来也不挡吃喝，不挡睡觉，不挡研究书画。这些年看不见徐老露面了，知道的都是他的书画大展，宾客满棚；专著面世，春华秋实。人活一生，终有百年，徐老仙逝虽早有预料，但消息到来之时还是觉得愕然，怅然若失。过去我只听说过没见过仙风道骨，直到遇见徐老才有确切的感受。徐老飘飘成仙，一定是一袭白衣，骑鹤周游。道山有道山的美妙，想必人生过百的徐老比我们体会真切，让小辈们望尘莫及。

金槌朱汤生(1941.7—2011.1)

朱汤生是Julian Thompson为自己起的中文名字,从字面上看港味十足,事实上也的确如此。朱汤生于一九七三年,率苏富比拍卖公司进驻了香港,并在那年主槌了香港第一场中国古董的拍卖。那时的拍卖都在少数富人小范围中进行,场地局促,朱汤生站在拍卖台上,尽管头都快碰上屋顶吊灯了,但依旧英姿焕发。

这一情景是我在一张老照片上看到的,这张照片载入了苏富比的史册,苏富比拍卖公司以此为荣。一个成立于乾隆九年(一七四四年)的老牌资本主义拍卖公司,以其敏锐的商业嗅觉,在两百多年后率先进军香港市场并大有斩获,今天看来已近乎神话。

我是内地最早去香港参加古董拍卖会的人了,当时在香港几乎不能用普通话沟通,我既不会粤语又不会英语,所以一进香港凡事用纸条开路,说不清楚就写。那时去香港什么都对我构不成诱惑,只有古董,尤其苏富比、佳士得两家公司的拍卖预展,让我一天天地沉溺其中。那时展览没有柜台相隔,东西任客人随意拿放,不受任何限制;展厅内人也稀少,没有工作人员打扰,让我安安静静地度过了心满意足的一天。

看过几次苏富比的拍卖,知道了台上那个和蔼可亲的老外叫朱汤生,中国陶瓷的世界级权威,一言九鼎,大凡外国收藏家都听从他的意见。这让我十分新奇,一个外国人,怎样认知的中国陶瓷呢?

第一次与朱汤生先生正面接触隔着十几排椅子,他在台上神气地执槌,我在台下忐忑不安地等待。我听不懂英文,被迫斜视看台侧面的计价牌。那时的拍卖很古典,每一件拍品都由工作人员郑重其事地亲手拿上台展示,苏富比的人穿藏蓝色大褂,佳士得的人穿紫红色大褂;计价牌是机械的,如同机场接站牌子,不停翻落,变幻着数字。一个没有拍卖经历,听不懂语言,兜里又没俩钱,还想买一件价格不确定的东西的人,其紧张度可想而知。

我想竞拍的那件瓷器终于上场了,我的心跳有多厉害只有我清楚,跳得心脏都有点儿难受了。我一只眼看拍卖师,一只眼看瓷器,一只眼看计价牌,有点儿忙不过来,我看着计价牌上是港币十七万元,战战兢兢举了一下牌,心中目标是十八万元,时间仿佛凝固了,令人窒息,我清晰地听见落槌敲击声,朱汤生笑容可掬地对我说了句我唯一能听懂的英文:Thank you(谢谢)。没等我反应过来,计价牌又无情地连续跌落几声,令我心碎地停在了二十二万元上。当时我的内衣立马湿透了,双眼湿润,觉得拍卖师真是伟大,杀人不见血。

这段往事后来在一个轻松的场合我跟朱汤生聊过,两人开怀一笑。他肯定不记得这一幕,这样一件对他稀松平常的拍品他一生经历过不计其数,在外行人看来,他是一个高高在上的洋人拍卖官,绅士般的修养,什么时候都彬彬有礼,不温不火,愿意倾听,而回答问题总是不紧不慢的,直到你满足。

国外的拍卖师大多是拍卖项目的专家,不像国内,专家与拍卖师各司其职。所以拍卖师要交许多藏家朋友,切磋交流。一件古董的真假优劣往往在行家眼中也有分歧,评判标准差异大得惊人。朱汤生的业务水平堪称世界一流,几乎所有世界级的藏家都愿意听取他的意见。即便如此,朱汤生按中国人的传统美德来说,可谓"虚怀若谷"。

有一次在香港苏富比公司的会客室里,他拿出一件永乐青花重器问我如何看,我以为这算一场考试。不鉴定文物的人不懂压力,人在重压之下技术会变形,说一些四六不靠的违心话。我看后对朱汤生说,这件东西真,没任何问题。他笑着对我说,几个大专家都说有问题。我依然坚持己见,并说出一二三。后来这件拍品顺利拍出,还创造了纪录。朱汤生事后跟我说了一句意味深长的中国话:人会为名所累。

我原以为朱汤生不会中文,每次遇见他仅打个招呼问个好,后来时间长了,才知道他的中文不错,读比听好,听比说好,他只是不大爱说而已。一个英国人，如果不是中文专业，说中文算是个难事。其实，朱汤生早期在香港时也没机会说普通话，据说他还会说粤语，可惜我没听他说过。

自苏富比进军香港市场至朱汤生退休，他为之效力超过三十年。二〇〇三年，苏富比在香港隆重举办三十周年纪念活动，盛况空前，酒会上朱汤生老骥伏枥，踌躇满志。那一天，我忽然发现朱汤生的头发白了，在我印象中好像是突然白的，回想第一次见他的时候他满头黑发。我以为外国人是不会白头的，头发天生自来旧，不像中国人，少黑老白是个规律。我那天想做的事今天可以说出来，我就是要在这场纪念拍卖会上买得一件拍品留作纪念。

翻阅《香港苏富比三十周年》画册，你会知道有多少重器是经过朱汤生之手成交的，他手中的拍卖槌可称金槌，在这支金槌下，诞生过许多中国艺术品的世界纪录。这本画册最牛的一句话是这样写的：值得一提的是，直至执笔之时，中国每个重要朝代的瓷器拍卖最高成交价纪录，皆由苏富比所缔造。

一个老牌拍卖公司，在一个特殊的历史时期，在古董最没人关心的年代(那时国内还在"文革"当中)，直至古董已得到全世界及国内大亨们的关注，一个又一个的世界纪录来自于朱汤生的槌声，这声音在朱汤生听来不过是个音节，在我听来却是个组曲。

二〇〇九年的春季和秋季，朱汤生两次来到观复博物馆参观，每一次我都陪同他看完全程。在展柜面前，只要为看文物，他不惜单腿下跪接近文物，脸上永远保留着对文物的敬意。他对文物的判断丝毫不带金钱的意味，别看他是苏富比的首席拍卖师，但他从未说过这件东西如何值钱的话，所有的问题都是专业的对话。

曾经沧海难为水。在金钱面前，朱汤生看过太多，拍卖场风云际会，龙争虎斗，过客匆匆。文物不言，却能看见人们为此的争斗。拍卖师永远高高在上，看着各色人等为一瓶一罐、一盘一碗火并，其目的或直接或间接,或高尚或平庸;但老成持重的朱汤生每当审视一番拼杀之后,最爱说的一句话就是:谢谢,这东西是你的了!

尊重商业法则是苏富比在香港创下光荣业绩的根本,尊重中华文化是朱汤生发自内心的真切感受。和朱汤生在一起,很能感受他那颗被中国艺术浸泡的心。他把自己称之为"瓷器的爱好者",每每遇见中国陶瓷都孜孜以求,不以权威面目出现。他习惯以征询的口吻问话,探讨某一个专业问题,这种探讨的方式在国内专业界太少见了,所以我每一次与他见面都获益颇多。

二〇〇九年十月,观复博物馆为新中国成立六十周年举办了两个展览——《百盒千合万和》和《座上宾》,特意布置了一个场景供来宾留念。二〇〇九年十月十二日,朱汤生最后一次来博物馆,我与他在此留下一张珍贵的照片。朱汤生当时已身患癌症,但我不知,长达两个小时的参观,让我看到一个一辈子与艺术品打交道的人的虔诚;我让他坐在书案中间,俨然是主人;我坐在旁边,像是客人来与他聊天,我觉得主宾颠倒更能表达我对朱汤生的敬意。

十五个月后,朱汤生西归,听到这一噩耗,我几近不能言语,从他的讣告中我才知道,这位我敬重的一辈子与陶瓷打交道的大家,早年却毕业于英国剑桥大学最古老的国王学院,专业是数学和哲学。

背影

江湖客秦公

1

秦公耳聋,凡不便立即作答的事情他立刻就聋了。不知他的左耳听力优于右耳，还是劣于右耳，他常把左手罩在左耳上，侧首倾听。与秦公熟识的人都会知晓他这个经典动作。

一个人的乐趣全在自己把握。工作与生活分开是一种乐趣，分不开也是一种乐趣。在外人看来，秦公属于那种没有生活情调的人，只有工作，不顾其他。他办公室后面藏有一间小屋，纷杂窄仄，内有一铺，说床就豪华了。这张铺是他的窝。无论白天夜里，困了就眯上一觉，醒来时他习惯双手向后，捋捋稀疏的头发，活动一下沉睡的思维。我常笑他是婴儿觉，短且多，困了就睡，睡会儿就醒，所以他习惯熬夜。

按理说，岁数稍大就不能熬夜了。他不然，喜欢熬，尤其喜欢有人陪熬。在很多夜晚，我陪他聊，熬鹰一样到天明。没人陪时他喜欢独自看电视剧，武打言情是他的最爱，这与他早年练摔跤有关。他有一帮老跤友，聚齐儿时常常沉醉于年轻状态，让外人看着有些可笑。我曾贸然和他试过身手，他一上手就吓了我一跳，我怕他手重，把我后半生毁了，没等惨剧发生我就告饶了。看得出他很得意，说赶明儿找个垫子再来，摔不疼你的。

他走了，就没这个机会了。我小他一轮，同属羊，见第一面就视他为兄长。我年轻时酷爱古董，今天与谁说都相信，可二十多年前没什么人愿意搭理我。我进入这行是个另类，尤其年轻，显得怪癖。癖是病字偏旁，病态。在一个民族从灾难中走出来、蓬勃向上之际，我是沉舟侧畔。遇见秦公，只三言两语，便有知遇之感。忘记谁告诉我宽额大耳慈眉善目的他叫秦公，我以为是尊称，如张公李公，便口无遮拦地一通乱叫，错是没错，但多有不恭。后来有一天，我知道这是个误会，便向他解释道歉，出了一身大汗，觉得十分不好意思。他也不计较，说他没这感觉，习惯了。

早年我尚有一份官差，在出版社充当编辑，业余时间全花在琉璃厂，逛书店，逛古董店。那时的古董店不如现在亲切，并不欢迎我这种没有外汇券的人。可能我也多少挂相，有投机之嫌。现在翰海拍卖公司的大堂,那时叫韵古斋,主营瓷器,二楼是内柜,专门为高级干部所设。以今天的标准,里面每件都是国宝。那时,瓷器是我的至爱,甭管是什么,我一见就迈不开步,两眼犯直,旁若无人。韵古斋的营业员大都是女的,喜欢家长里短,我就借机寻找话题与她们交流,以博好感。其实全是为了贴近瓷器,至今想起来仍觉可笑。

那时我对瓷器的痴迷程度一般人不能想见,可秦公的专业不是瓷器,是碑帖,俗称黑老虎,可见难度之大。若按古玩行旧式划分,这属软片儿,瓷器属硬片儿,隔着行呢! 可我们仍有的聊,天南海北,信马由缰。后来,翰海公司成立,他常叫我来凑热闹,我也愿意多个学习机会,几乎成天泡在一起。那时虽累,但各类古董云集,目不暇接,十分享受。

今天的收藏热很大程度上是拍卖造成的。20世纪80年代,买个古董很容易,只要有钱。一件心仪的古董在店里摆上几年是常有的事儿。接长不短地去聊聊,去杀价,大有追求美人之乐。可有了拍卖就不一样了,一件拍品在半分钟之内就要决出胜负,残酷至极。可就是这种类似摔跤的销售方式,引起了秦公极大兴趣。

秦公那种没日没夜的工作方式,谁也顶不住。好拍品一出现,他如孩童般地炫耀,反复给来人显摆,以逼人的热情介绍艺术品的高雅与获之不易。许多拍品就是在他的力荐下屡创新高。我有时开玩笑说他是天下第一卖家,其煽动性令我辈望尘莫及。

那些年我们常出门云游四方,征集拍品。无论到哪儿,都会有一大伙人凑在一起,山呼海啸。对古董着迷的人都是各路神仙,一说起古董就眉飞色舞,摁都摁不住。秦公出门愿意带上我是因为我能解闷,还能圆场。记得有一年在上海,波特曼大酒店刚开张,以低价招揽客人,我们便占便宜住下。早晨在咖啡厅等人,可能是秦公不修边幅,小姐就告知坐在此便要消费,否则得站着。秦公一听火冒三丈,说我消费,来二百个茶鸡蛋。我瞥了一眼餐台,上面最多就二十个茶鸡蛋。小姐先是一愣,后就哭了,伤心得很,没见过北方汉子有如此肚量。我马上两头相劝,小姐委屈落泪,背着身肩膀一耸一耸的。秦公一见,立马怜香惜玉,口气也就软了下来。出门后我问他,如果餐厅真有二百个茶鸡蛋怎么办?他说当然给钱呀!江湖四海得不行。

这些都是小事。写此篇文章时,我绞尽脑汁也没想出什么惊天地泣鬼神的大事。秦公走了快五年了,我在闲聊时常说起他的旧事,他为人的厚道,许多不认识他的朋友听了也感慨万千。韩愈曾有诗句:少年乐新知,衰暮思故友。如果我出生之日是起点,到现在为一站的话,下一站也就是后半生绝没前半生的日子了。这样说,也算是衰暮了,所以思念总是沉重。

秦公走得忒急了,我一想起他就是他那侧耳倾听之貌,也不知他是在听还是在想。他耳聋,熟悉者皆知;但不知的是,聪者听于无声,明者见于无形。

二〇〇五年四月秦公五年祭

2

20世纪80年代我做文学编辑时,正是文学的鼎盛时期,搞文学的走到哪儿都罩着一层光环。那时文物并不吃香,搞文物的人都灰头土脸的,文学和文物碰在一起,文学一定趾高气扬,夸夸其谈;文物则一声不吭,一副闭门思过的样子。

我是在这种情况下认识的秦公。从我编辑部所在的胡同向西,穿过两条知名的大胡同,然后向北一拐,有一家文物收购点,门脸不大,平时极冷清,由于我有些癖好,有事没事地骑车溜达于此,以看西洋景的心态看文物收购,一来满足内心的好奇,二来碰碰运气,看看能否捡到漏儿。

以今天的眼光看地安门文物收购部算是奢侈极致。紫檀的写字台、紫檀的南官帽椅都在使用中,琳琅满目的古董随意摆放,任人上手欣赏。可在当时,这算一个穷地儿。改革开放初期,大家都在奔新生活,对这些给民族带来沉重灾难的老物件十分不感兴趣，什么时候去什么时候屋里冷冷清清，主人和客人里外都不爱搭理，所以我去也常在门口转悠，与客人搭讪，消磨时光。

我年轻时瘦，瘦给人印象不如胖憨厚，加上遇事反应又快，估计别人看我像是心怀鬼胎。那时少有年轻人对文物感兴趣，我只要去地安门文物店里转悠，就能感到工作人员的敌意目光，如芒刺在背，因此每次进店看东西都要在门口先运上一口气。

那一次，我运气后推门而进，屋里没人，光线挺暗，我就更没主意了，进退维谷。麥着胆子喊了一声，从里屋走出一个人，由于逆光，我也没看清楚来人相貌，按常规喊声师傅，算是与秦公认识了。

那天该着屋里再没别人，我们俩先是不咸不淡地聊着，我心里惦记古董，心不在焉。秦公知我身份后却关心起文学来，说的问题也不外行，于是给了我们沟通机会。两人越说越深，越聊越有兴致，很快就到了下班时间，出门分手时他告诉我说，他是搞碑帖的，俗称黑老虎。这时我才注意了秦公的长相，慈眉善目，长发宽额，一副菩萨相。

秦公是个散漫的人，作息毫无规律。人渐渐混熟了以后打电话也没个点儿，半夜三更地来一电话叫你去聊天也是常有的事情。20世纪80年代后期，他调到北京琉璃厂文物总店，我也辞去了编辑部的工作，对文物的热情日益高涨，琉璃厂快成了家，整天地泡在这条街上。那时候是收藏的黄金时代，琉璃厂什么宝物都可能出现，按今天的价值观看，随时都可能出现"天漏儿"。我在这条街买古董倒在其次，学本事是实实在在的事情，许多文物专家我都是在这条街上认识的。今天已经逝去的许多文物大家当时都是这条街的常客。

秦公好客，一请客就喜欢拉上我侃大山助兴。我年轻时走南闯北，见多识广，又善表达，每次都把一桌人说得乐翻天，秦公背后就说我"男女老少通吃"，光吃不侃没劲，所以每次能叫上我就一定叫上我作陪。他酷爱点菜，而且总是热情有余，每次都剩下半桌，后来他每次点完菜，我就会去掉两个菜，他往往又会添上，说："吃不穷的！"

　　记得有一年北京通县(现改为通州区)张家湾出了一块曹雪芹的墓碑，开论证会，他旗帜鲜明地表达自己的观点，说这块墓碑系伪造。回来以后他连夜写了文章，逐一指出其破绽。可能是半夜知音难觅，他愣是电话把我叫去当听众。夜深人静之时，在他的办公室，他站着，让我坐着，他大声把他的文章为我一人朗读了一遍，铿锵有力，掷地有声。这是一个极为奇特的场景，像一场话剧，本应台下有一干观众观看，可惜只有我们两人，一个演，一个看。我偶尔发问，可能也不在要害上，可他却激情四射，如同讲演般地将他的这篇稿子给我念了三遍，直至天亮。

　　过去古人形容知己就说高山流水，想一想都是情调；而我们在一间杂乱无章的办公室内，烟蒂一地，茶根儿水凉。一个人直抒胸臆，另一个人侧耳倾听，实际上有许多专业地方我半懂不懂，但不妨碍我细心感受一个文人的江湖气。江湖客如有文人之气可称儒侠，文化人具有江湖之气会让人备感珍贵。

　　秦公大我12岁，同属羊。他走时仅57岁，转眼已经十年。我过去送别亲人都是长辈，在同辈好友中，他是先走的第一人，而且是在我面前倏然而去的，没交代半句话。十年前我正值壮年，不能接受兄弟之间不打招呼就瞬间阴阳两隔，许久缓不上来。

　　杜甫有诗：几时杯重把，昨夜月同行。年轻时读此诗只觉意象极美，技巧极高；当朋友远去不归时再读此诗，心中潸然，意象技巧均不再重要，而情感如胶似漆，无法割舍。人生要承受的东西很多，承受朋友永别，乃重中之重。原本山间小路，明月流水，一路欢歌，一路说笑；忽然只剩一人踽踽而行，其孤独使小路悠长明月清冷流水无声。我们对人生的感受多数时平庸，只有当景况回天无术时，才知痛楚，才知人生有短有长，有欢愉有惆怅。

二〇一〇年五月秦公十年祭

镇铘岛人

父亲口吃,时重时轻,关键看什么人在场。按母亲的话,他生怕生人不知道他是个结巴。言外之意,父亲在生人面前,第一次开口先表明自己的弱项,而且总是夸大了这一毛病。

我小时候听过父亲做报告,记得我站在礼堂门口,听了一个多小时也没见他结巴一句,好生奇怪地回了家。后来在电视上看见有明星介绍自己,平时结巴,一演戏口若悬河,就深信不疑。

父亲行伍出身,但有些文化。据父亲讲,他五岁时,他的祖父——我的曾祖父天天背他出岛去读书。父亲是长子,估计在封建观念很重的民国初期,还是占便宜的。我的老家在胶东半岛的顶端,有一狭长的间歇半岛,叫镇铘岛,名字古老而有文化,取自宝剑之名。间歇半岛是非常奇异罕见的地貌现象,每天退潮后形成半岛,有一条路与大陆相连。镇铘岛海底沙子硬朗,退潮后可以开车出入,全世界都不多见,价值连城,如开发为旅游地,肯定是个聚宝盆。可惜在三十多年前被无知的时代、无知的人费劲巴拉修了一条水泥马路,把这个间歇半岛彻底毁了,当时还大张旗鼓地上了报纸,当好事宣传了很久。

父亲十几岁的时候就从镇铘岛中走出来当了兵,参加了革命。因为有点儿文化,一直做思想工作,从指导员、教导员干到政委。父亲曾经对我说,他们一同出来当兵的有39人,新中国成立那年就剩一个半了,他一个全活人,还有一个负伤致残。抗日战争期间,山东战斗激烈,日本人的"三光政策"大部分都是在山东境内实施的。过去电影中的《苦菜花》《铁道游击队》什么的,都是描写山东的抗日战争。

父亲开朗,小时候他给我的印象永远是笑呵呵的,连说起战争的残酷都以轻松的口吻叙述,从不渲染。他告诉我,他和日本人拼过刺刀,一瞬间要和一个素昧平生的人决以生死,其残酷可想而知。他脸上有疤,战争时代留下的,你问他,他就会说,挂花谁都挂过,军人嘛,活下来就是幸福了。

我在父亲的身上学到的是坚强与乐观,一辈子受用。上一代人风风雨雨,每个人的经历让今天的下一代看来都不可思议。从战争中走出来,九死一生;进入和平建设时期,各类运动对今天的青年来说,闻所未闻,而且会觉得十分好笑。"三反"、"五反"、"反右"、"四清"、"文化大革命",那一代人无论职位高低都要历练一番,都要经风雨见世面。

我虽是长子,小时候还是有些怕父亲。那时的家长对孩子动粗是家常便饭,军队大院里很流行这种风气,所以我看电视剧《激情燃烧的岁月》中石光荣打孩子,觉得真是解气,还有点儿幸灾乐祸。小时候家中没什么可玩的,没玩具也没游戏机、电视什么的,男孩子稍大都是满院子野。一到吃饭的时候,就能听得见各家大人呼唤孩子吃饭的热情叫声。父亲叫我的名字前总要加一个"小"字,"小未都小未都"地一直叫到我二十多岁,也不管有没有生人在场。

战争走过来的军人对孩子的爱是粗线条的,深藏不露。我甚至不记得父亲搂过我亲过我,人受环境的影响都是不知不觉的,那时军人切忌儿女情长,随时都要扛枪上战场呢!我15岁那年,父亲带我第一次回老家。山东人乡土观念重,他参军后很少回家,回家还要和上级打报告获准。他在路上对我说,十多年没回老家了,很想亲人,看看他爹他娘,弟妹不能都带上,带上我就够了。那次让我感到了长子的不同。

路上火车很慢,他按规定可以报销卧铺票,我得自费。那年月没人会自费买卧铺,多苦忍一下就过去了,我和父亲就一张卧铺,他让我先睡,他在我身边凑合着。我15岁就长到成人的个儿了,睡着了也不老实,加上当时旅途劳累,躺下就一觉天亮,睁开眼时看见父亲一人坐在铺边上,瞧样子就知他一宿没睡。我有些内疚,父亲安慰我说,他小时候他的祖父还每天背着他渡海去读书呢!

我与父亲很亲,但回忆起他来却什么事也连不成个儿,支离破碎的。父亲写一笔十分有个性的字,熟练至极,其书体独特,找不着字帖可比。父亲很爱写,那年月电话没这么方便,所以常写信给我们兄妹。那个时代,骨肉分离是每一个中国人都要承受的,军人的天职就是服从命令。所以,我小时候半年一年见不到父亲是常事,后来知道了父亲在湖南株洲、四川江油"四清支左"。"四清支左"这样的词汇今天解释起来都有困难,也不知上网查一下能不能清楚。

小时候做点儿错事,父亲就会说,你小子想造反哪!说着说着还备不住扇一巴掌。终于在我11岁那年夏天,楼上的一个比我大两岁的孩子告诉我,可以造反啦!在那天之前,造反在我印象里是个坏词,可那天之后,报纸居然印着"造反有理",天地翻覆了。我们当时是无法知道那场"革命"对父亲那辈共产党人有多大的影响,反正从那年夏天起,家里就没有再消停过。

一九六八年的隆冬,父亲独自带着我们兄妹三人,拎着两件全家的行李,登上了北去的列车,到了黑龙江省宁安县的空军"五七干校"。直至一九七一年初我才又回到北京,所以我的户口本上奇怪地写着由黑龙江省宁安县迁入。如不说这段历史,户口本是没法证明我就是土生土长的北京人。我生于北京,长于北京,53年来只有那两年不在北京,连户口都迁了出去,按老话说算是闯了关东。

刚去东北"干校"的时候特苦,吃食堂,没油水。说起来我们都是长身体的时候,空军干校是由废弃的机场临时改建的,空旷的视野中净是些没用的大房子。东北的冷那才叫真正的冷,一直可以冻得你意志崩溃。那时人的思想追求先进,做无产阶级光荣,所以家里什么都没有。在北京启程的时候,父亲在行李中只塞了一口单柄炒菜锅,柄已卸掉,以免太占地。刚到"干校"的一天,父亲叫上我们兄妹,随他走到很远的一座大房子里,这座房子估计以前是个库房,四处漏风,中间有一个高高的油桶改装的大火炉。父亲拢上柴,点上火,支上锅,安上锅柄,变戏法似的从军大衣兜里掏出几把黄豆,在锅中翻炒起来。炉子太高,父亲架着胳膊，看着很辛苦，他嘴里还不停地说，火不能太大，大了就煳了。别急啊！我们兄妹就满屋子捡碎木头烂树枝，帮助父亲添柴。

当我看见父亲被火光映红的脸露出笑容时，父亲说，炒好了，放凉了就能吃了。他高高地举着胳膊欲将锅从火炉上端下来，一瞬间，事故发生了，由于锅柄是临时安上的，炒菜锅顷刻转动，一锅黄豆一个不落地瞬间扣入火中，火苗子蹿起一人多高。

那天，我的难受我还可以向读者描写，父亲的难过，恐无法说清。

就是这样的小事，让我记住了父亲。父亲晚年身体特棒，不幸罹患癌症，72岁过早地去世了。那些日子我特忙，除了帮父亲挑选了一块墓地，其他的都由母亲和弟妹做了。父亲病重的日子，曾把我单独叫到床前，他告诉我，他不想治疗了，每一分钟都特别难过，被癌细胞侵蚀的滋味不仅仅是疼，还难受得说不清道不明。他说，人总要走完一生，看着你们都成家了，我就放心了。再治疗下去，我也不会好起来，还会连累所有人。

父亲经过战争，穿越了枪林弹雨，幸存于世。他开玩笑对我说过，曾有一发哑弹，落在他眼前的一位战友身上，战友牺牲了，他万幸活着，如果死了就不会有我了。所以每个人来到世间，说起来都是极偶然的事。

癌症最不客气，也没规律，赶上了就得认真对待。过去这关就属命大，过不去也属正常。父亲认真地说，拔掉所有的管子吧，这是我的决定。我含泪咨询了主治医生，治疗下去是否会有奇迹发生？医生给我的回答是否定。

1998年12月19日晚上，在拔掉维持生命的输液管四天后，父亲与世长辞，留给我的是不尽的痛。过去老话说，树欲静而风不止，子欲孝而亲不待。深刻而富于哲理。

父亲口吃，终生未获大的改观，但他最愿做的事就是教孩子们如何克服口吃。我年少的时候，常看见他耐心地向我口吃的同学传授一技之长。他说，口吃怕快，说话慢些拖个长音就可解决。一次，我看见他在一群孩子中间,手指灯泡认真地教学:灯——泡! 开——关! 其乐融融。

　　父亲走了整十年了,我什么时候想起他什么时候怅然,很多时候还会梦见他。有时候我一个人独坐窗前思念父亲,他的耿直、幽默、达观等等优秀品质均不具体,能想起又备感亲切的却是父亲的毛病——口吃。反倒是这时,痛苦的回忆让我哑然失笑,让我能提起笔来为父亲写这篇祭文。

　　　　　二〇〇八年十二月十九日父亲十周年祭

老茶

邵丽

喝陈年老普洱，起初的几泡红得浓稠，我常常泛起喝稀饭的古怪念头，因有焚琴煮鹤之嫌，故从不与人谈及。

开始，老茶总是一副历尽烟火的样子，茶汤黏得挂口，面相也浓得化不开，简直世俗得了不得。冲泡四五道之后，色泽逐渐澄明透亮，渐渐有了点混沌初开拨云见日的通透，不过还是味甘香高，仍旧在市井味里挣扎。再往后就有些淡了，然而却愈加有回甘。其实，老茶的好正是那一回首的余韵，让人恋恋不舍格外珍惜。不常喝普洱的人会觉得并无甚味，也会作刘姥姥之思："好是好，就是淡些，再熬浓些更好了。"

的确，那余韵需要耐心地等待和修炼，品得久了，就会咂摸出淡淡的枣香或者是樟木之气。总的说来，喝普洱茶并不需要多么大的排场，不过，虽是俗中见雅，也须有他人在场方才正经。三五老友，渔樵闲话，或臧否人物，或撒豆成兵，或一无挂碍物我两忘，或酒肉穿肠歌吟笑呼。

茶可以喝得风生水起，非关禅，非关道，这是普洱老茶的阔绰。

品绿茶，却似一个人的孤身相守地老天荒。春困之时，冲一杯毛尖或龙井新蕊，对窗细看那嫩绿的芽头云卷云舒，上下翩然。窗内云蒸霞蔚，窗外诸事尔尔，逝者如斯。陡生"茶外无一事，窗外亦无一事"之慨。其实，绿茶并非不食人间烟火，其"望之俨然，即之也温"，感动常在不期而遇之处。普洱老茶虽然面目和善，浸淫久了，倒也有穿云度月，醍醐灌顶的敏捷。

品茶是要拿捏好关节的,早上起来就呼朋引类,拉开架势喝茶,纵使是好意为之,也难免着力过甚,拂逆了茶意。不信回想一下,若是逆旅之中,勿论寒冬酷暑,能得一杯暖暖的热茶,哪怕茶质不甚好,小心地送入口中,便也会有幸福感逶迤而来。想想一千多年前,西晋"惠帝蒙尘,还洛阳,黄门以瓦盂盛茶上至尊"的百感交集,所谓江山,也不过是一杯茶的冷暖得失吧!

能在一起喝茶的人,在我看来是不一般的。我曾写过酒,写过酒友。眼前的日子愈过愈宽绰,无论是出门应酬或者家宴,十有八九是少不得酒的,酒友因此多如过江之鲫。但专门约了一起喝茶,就似乎郑重了许多,也更在意这些茶友。胸有块垒,抑或遭际不堪,首先念想的便是常常聚拢喝茶论道之人。不相干的人即使在酒席上相遇,也不过是三杯两盏淡酒的酬酢,断乎不会凑在一处喝茶,哪哪都是对不住榫的。

此事想来甚觉奥妙万端,爱茶之人成千上万,唯三五知己凑在一处,在多如牛毛的茶叶面前,恰这几片叶子与这几人遇合,这是几世轮回修到的缘呢?

茶是人情冷暖的表记。《红楼梦》中,槛外人妙玉云空不空,看人奉茶,即使一言九鼎的贾母,她只用"旧年蠲的雨水"泡茶,而黛玉宝钗,喝的竟然是"五年前我在玄墓蟠香寺住着,收的梅花上的雪"。茶杯仅仅因为刘姥姥用了一下,她就坚决不要了,甚至放狠话:"这也罢了。幸而那杯子是我没吃过的,若我吃过的,我就砸碎了也不能给她!"妙玉后来的遭际的确令人扼腕叹息,是天作孽还是人作孽?诗云:"永言配命,自求多福。"其中的道理细细品来比茶汤还浓。

晴雯撕扇那一出,很难让人笑得出来。曹公借褒姒笑狼烟之典,为后来晴雯的落魄铺垫,不易猜出是哀是怒。待看到晴雯被王夫人赶出怡红院,宝玉去看她,她要茶喝那一段,才让人唏嘘不已。"晴雯道:'阿弥陀佛,你来的好,且把那茶倒半碗我喝。渴了这半日,叫半个人也叫不着。'宝玉听说,忙拭泪问:'茶在那里?'晴雯道:'那炉台上就是。'宝玉看时,虽有个黑沙吊子,却不像个茶壶。只得桌上去拿了一个碗,也甚大甚粗,不像个茶碗,未到手内,先就闻得油膻之气。宝玉只得拿了来,先拿些水洗了两次,复又用水汕过,方提起沙壶斟了半碗。看时,绛红的,也太不成茶。晴雯扶枕道:'快给我喝一口罢!这就是茶了。哪里比得咱们的茶!'宝玉听说,先自己尝了一尝,并无清香,且无茶味,只一味苦涩,略有茶意而已。尝毕,方递与晴雯。只见晴雯如得了甘露一般,一气都灌下去了。"

其实,如人一样,茶也有性子。性烈者如妙玉晴雯,四月裂帛,宁为玉碎不为瓦全,像炭烧乌龙,面黑心狠,入口即夺人魂魄。性温者如安吉白茶,悠悠荡荡,率性而归,凤羽玉肤,淡颜素心,一派天真。当然,也有夫子一样"温而厉"者,如六安瓜片,初入口倒也平和,稍有贪杯,便会知晓它的手段。

前几日,久雨方晴,天气好得实在不像话,路边的桃花樱花开得不管不顾,煞是泼皮。早上约了延玮去踏春。延玮又约了鱼禾,鱼禾再约碎碎。一众红口白牙环佩叮当者,先是在园子里煞有介事踏歌徐行,不久便心热口燥。本就不良于行,岂能躬耕陇上?终有好事者提议去"老家茶坊"喝功夫茶,二三子半推半就,卷土而去。

"老家茶坊"位于郑东新区,茶坊主人是一家报社的驻豫记者,因为好茶好友,索性弄了这间茶坊把玩。故所来者一为好茶者,一为好友者。茶坊主人内秀且内敛,诗书画兼修,深有心得,而且为人躬自厚而薄责于人,很有竹林七贤之阮籍"发言玄远,口不臧否人物"之风度,在圈子里亦甚有口碑。

我与他是多年的茶友,平日都当自家兄弟看待。更重要的是,这几年诸事纷披心乱如麻,山重水复之际,他依然不离不弃护持左右。君子虽居乱世,不改其节,善人为善岂有息哉!好在虽风雨如晦,仍鸡鸣不已。柳暗花明之时再作回首观,方知路遥人在。有如此一帮兄弟相扶,才使我从容优裕到不穷于道,不失其志。

被主人引入茶室,我先点了一款月光美人。此茶系普洱芽尖,其香淡雅脱俗,极适合女士饮。鱼禾是个自负的家伙,自吹自擂好茶懂茶,平日喜饮滇红,对于普洱则只认熟不喜生。我笑而不言,只管以茶相劝。哪知她三杯月光美人入口,一脸的迷茫,连声打问此汤是什么仙味。当被告知是生普,顷刻之间迷茫被讶异替代,丝毫不加掩饰地连连叹道,原以为普洱生茶都是些粗枝阔叶,哪承想会有这般精细!主人闻言,更加殷勤,再上一道雀嘴。那叶片状如鸟喙,尖中见圆,瘦而不骨,顾盼生姿,单单看模样便知不是寻常之物。茶汤入口,意在茶先,几个回合下来,众人几欲醉倒。主人索性又端出看家的紫鹃,冲泡出来盛在透明的玻璃杯中,真个粉雕玉琢,雾气氤氲,似紫气东来,令人飘飘欲仙,竟把几个没见过世面的主儿看得呆了。

其实,在常泡茶馆如我这般重口味的老茶客眼中,这几道茶终不过是皮毛,只是拿来表演的套路而已。待踩完过门儿,我径直唤过当值的小姑娘,嘱她好生搬了1993年的景迈老沱出来。这才是大戏开锣,入到了一板一眼丝丝入扣的九曲回肠里。如同他乡漂泊了几十年,在一个风雪之夜撞开门寻回老家,蓬牖茅椽,绳床瓦灶,历历在目,亲得只想让人纵声大哭。

此前我们曾相约写写茶。虽然我私下里一直认为我这几个姊妹不甚懂茶,但验明了正身,才知道她们有多不懂。延玮认下了月光美人,鱼禾抢了紫鹃,粉色的雀嘴自然给了碎碎,我则是千年不变的老景迈。上来的这块景迈是生沱,在岁月静好处如琢如磨,完全脱去了生茶的青涩,色比琥珀,香似淳酥,回甘变动不居而又九九归一,若那《贝叶经》般,入化到了至高之境,虽然失去了新茶似有若无的蜜香,但深藏不露的陈窖劲道,非新茗所能望其项背。品得久了,便会感觉人茶一体,岿然静坐,四面生风。

不过,拿如此老茶与姊妹几个品了评了,意见竟参差不齐。方知各人好恶其实难同，也各能自圆其说。回头想想，甚不足为奇，即使生而为人也莫不如此，青春时生涩，却清新得人见人爱。到了盛年，圆通是足够了，却难免有了开到荼蘼花事了之步步惊心。见仁见智，在在有异，其唯茶乎！

不知是谁打问行情。主人埋首品茶，莞尔不语。此时不宜论钱，否则会斩杀喝茶人的心情。分明是些树叶子，不过被人点化，方有了阶级，致使这个普通物什贵贱亲疏，皆有等威，愣是被商人拿捏成了买卖。在我的理想国中，茶叶被人采下来放置一处，逆旅之人，文人骚客，渔人樵夫，各路好茶者只管去，各取所需，或点到为止，或极饮大醉，那才不辱没茶性。

我始终以为，如果朋友间的品茶是一场盛宴的话，那么夫妻之间品茶就更似一次小酌。不过也更得有仪式感，万不可太过随意——也许这只是我一茶癖——精选所喜爱的品种，下午三四点的光景，欢喜地喝着下午茶，便是最精致的日月了。最好是有西窗的屋子，窗下放张木头桌子，鸡翅、花梨皆可。茶具一定要手工老泥做就，烫壶、温杯、洗茶一步都不能落下。那时斜阳夕照，天风流荡，满屋金黄。女人为喝茶而特意换上的碎花长裙，与男人干净的棉衫相映成趣。细品慢咽，碎语若醴，壶中日月悠久而绵长，那时光纵使一万年重复也是不会倦的。

"老家茶坊"碰巧有两间对照斜阳的茶室，茶友们松散地坐开去，由着伺茶的女子在珠帘明明暗暗的光影里游走。坐得久了，可以到偌大的茶坊里走一遭。墙上挂着京戏名角儿的水粉画，一如既往地低吟浅唱。迎门的架子上是主人收藏的各种玉器玩物，有小家子的碧透，也有当家人的雄浑。背面长廊里的酒架上各种名酒铺排得满满当当。大厅五米多长的红木长桌上备了笔墨纸砚，一时兴起可以尽情泼墨挥毫。我最喜欢展厅里那几个大肚青花茶瓮，每每过去都要挨个打开闻一闻。有的浓烈，有的淡雅，有的放肆如春光乍泄，有的收敛到不露声色。这样两三个小时过来，净了口，洗涤了肝肠，只觉饿得撩心。碰巧谁谁得了稿费做东,便由不得揭竿而起者劫富济贫,让茶坊的厨子煎了鹅肝,或者一份六七成熟的小牛排,再佐一杯正宗的法国红酒,细嚼慢咽,仿佛一生一世,天闲日永。这日子真真奢靡到了"腰缠十万贯,骑鹤下扬州"的癫狂。

我相信,这一班姊妹有了此番历练,"除了诱惑,什么都能抗拒"了。

懂事的母鸡

杜树党

　　母鸡在散步,准确地说是那只大芦花鸡在院里走,它喜欢下蛋的地方被别的母鸡占据了,心里很不痛快。它走两步,就冲窝里的小芦花咕咕叫两声,以表示抗议。娘心知肚明,这只母鸡的蛋顶着屁股门了,一定是憋坏了。娘冲小芦花喊:小芦花快下吧,别磨蹭了,人家等你挪窝哩。窝里的那只母鸡,娘管它叫小芦花,跟这只大芦花鸡一样,一身黄羽毛,头戴一顶小黄冠,像老太太头上的小毡帽。娘一叫它们,两只鸡就同时歪着脑袋,眼睛不眨地瞅着娘,好像知道娘叫的不是别人,是自己。大芦花长得胖实实的,小芦花长得瘦溜溜,平时它们总是第一个进鸡窝下蛋,第一个咯咯叫着向主人表功,可小芦花今天抢了大芦花的窝,让大芦花很不高兴,而且不知怎么了,它一点不着慌,好像知道二哥闯下的祸,知道娘比它们都急。

　　昨天下午,二哥不慎把顺子的脑袋割了一个口子,口子有一寸长。父亲正忙着用土坯砌墙,二哥与顺子爬上爬下,后来顺子被二哥扔出的一把小刀击中了,血从顺子的脑袋上流到脸上,又从脸上流到脖子上,顺子哭着叫疼,疼得龇牙咧嘴。娘被吓糊涂了,她一边捂着顺子的脑袋,一边领着顺子去卫生室包扎伤口。

　　闻讯跑来的顺子娘,看看顺子的伤口,气得没了好腔调,顺子娘说,没囊气的东西就会号丧,没长眼睛……娘羞愧无地,捡了最好的软话给顺子娘说，回家好好管教那个现世报，三天不许吃饭。顺子娘好像没听见娘说的话，又捶了顺子一拳，顺子刚刚止住的哭声又骤然变大，顺子娘对我娘说，你看这伤口流的血快有一盆了，怎么也得有五个鸡蛋补补。娘犹豫了一会儿，说五个就五个，明天端来鸡蛋让顺子好好补一补。村子里，头疼脑热肚子拉稀，吃鸡蛋、喝红糖水是偏方。多大的病，喝碗红糖水就好了，鸡蛋的作用类似于红糖水。顺子一听有鸡蛋吃，马上止住了哭声。

晚上的时候，爹又去顺子家看了看顺子。爹从来没去过顺子家，爹低声下气地听顺子爹说话，顺子爹是生产队长，跟我们家一个生产队。爹说，小孩子不懂事，让顺子受了罪，一个生产队的，队长可别记恨呀！扣几天工分也行，只要队长不生气。顺子爹看看我爹，好像有点真生气了，他冲着我爹说，你说扣几天工，你一天能挣几分工？顺子爹的话像刀子刺在我爹心上，都知道我爹在生产队从来没起过早，没有干过一个整工。爹张嘴呆立着像一摊泥巴。双方都有点尴尬。为了缓和气氛，顺子爹说话了，他说算了吧，都小孩子家的，扣嘛工分，不过你那小子得好好管管，再不管不知会闯什么祸，这小子可不像你，也不知像谁……

小芦花脸涨得像涂了红油彩，眼睛迷迷糊糊的像要睡着。娘走到鸡架前，把手伸到小芦花下面。母鸡儿女情长会让母亲烦躁，遇到不懂顾全大局的家伙，娘会一点不客气地施以惩罚，惩罚的手段是用一根细麻绳捆住鸡的一条腿，一头钉在墙上，绳子的长度正好让这只鸡单腿直立。娘的手伸进鸡架里，果然触及一个溜圆温润的东西。母鸡瞒天过海的伎俩被娘识破了，有点委屈地咯咯叫着从架子上跃下来。

大芦花终于跳到鸡架上，大芦花跳得很轻，它只轻轻一使劲就落到了鸡架上。鸡窝架离地有三尺高，是爹用秫秸和泥巴做成的，像一栋小二层楼，里面铺着切碎的麦秆，看着就那么温暖舒服。

爹从顺子家回来的晚上，脸子就阴沉着，娘做的晚饭都没吃一口，还把一只碗打碎了。二哥自然挨了爹一顿狠揍，爹一边打，一边问二哥,改了吗,改了吗?二哥不说话,爹越打越狠,越打越来气,最后把个扫帚都打烂了。娘看着二哥挨打心疼,边抢扫帚边对二哥说,快给你爹认个错,别让他生气了。

娘去外屋看了看,家里只有两个鸡蛋,那是留着来人待客的。娘愁得一夜没合眼。早上五点,娘就起来了,来到鸡笼前一个一个地从笼里捉母鸡放,只不过每抓一只鸡,就用一只手用力掏一下鸡屁股,然后才放走。母鸡们好像不愿意娘掏它们的屁股,觉得很难为情,都一个一个像体检的孕妇般羞羞答答地,它们一边在娘的手里挣扎,一边拼命叫唤。六只母鸡一会儿就放完了,娘通过自己的手指,判断今天有两只鸡要下蛋。娘在心里记下了那两只芦花鸡。娘有些满意,也有点失望,满意的是今天会凑足四个鸡蛋,失望的是还差一个蛋没有着落。娘盼着自己的判断有误,或者余下的母鸡会出现奇迹。

下午一点多,大芦花咯咯叫着从鸡窝里走出来,像从战场上唱着凯歌归来的大功臣。没等母鸡跳下鸡架,娘快步走了过去,娘看见鸡窝里并排躺着两个鸡蛋,一大一小,像一对双胞胎。原来这只鸡产下了两个蛋,娘头一次见到这种奇怪事,她有点不相信自己的眼睛,她把两个鸡蛋轻轻地握在手心里,又拿起来冲着太阳照,看看是不是真的。

娘将这两个散发着母鸡体温的蛋,连同另几个放在一起,娘又数了一次,不多不少正好五个。院子里的母鸡还在咯咯地叫着,大芦花叫得理直气壮,小芦花也想起自己不是白吃,就又跟着叫起来,别的母鸡跟着起哄,也跟着一起叫,像有什么高兴事一样。鸡们的叫声断断续续地,它们叫一阵,停一下,停一下然后又叫,娘发现,这些母鸡是在一边叫,一边啄食土里的小虫子,它们没有休息的意思,一只一只很懂事。

娘走出院子的时候,母鸡们看到,娘手里的五个鸡蛋,正在午后的阳光下闪着温暖夺目的光芒,娘的小脚踩在胡同里,一扭一扭向顺子家走去……

那个度日如年的初夏

温亚军

　　高考一模之前,女儿一切都是正常的,每天摸黑起床悄悄地洗漱完,带上简单的早餐,由她妈妈开车送,或者自己乘坐近一个小时的公交去上学。学校在接近北五环的地方,是女儿中考时自己选择的一所重点中学,除了离家比较远点之外,学校还是不错的。

　　距离高考越来越近,女儿的话越来越少,可能她的压力比较大,不想多说话吧,除此之外,看不出她有什么变化。说实话,一进入那个敏感的学期,我们与孩子之间的交流也变得少了,如果话题非得扯上高考,也尽量言简意赅。按我个人的意愿,安安全全度过这个"高危期",比什么都重要。

　　可是,一模的成绩出来之后,女儿考得不是太理想,与她平时的成绩有一些差距。女儿的成绩有时候会像过山车一样,忽上忽下。但高二以后,本属她弱项的数学倒稳稳地保持着偏高的成绩,她开了窍似的,莫名地对数学有了很大的兴趣;而一直是她强项的英语倒十分勉强地维持着居中的位置。很难想象,女儿看到这个一模成绩单时,心里是怎么想的,在此之前的海淀区摸底考试中,女儿的成绩还冲到了班上的前几名。我坚信,高考前后,很多考生和家长的心脆弱得像糖稀做的,一碰就碎。得到消息后,我怕女儿心理压力过重,忍住沮丧,给她发了个短信,安慰她没关系,又不是正式高考,不要看得太重。但事情远远没有我想的那么简单。晚自习后回家，女儿直接把自己关进屋里，哭得昏天黑地。我以为是她考得不理想，心里难过借此发泄而已，哭过也就罢了。待问了妻子，才知女儿在学校已经哭了一天，中午饭都没吃。原因不仅仅是一模考得不理想，更主要的是班主任老师说这样的成绩按往年的经验，也只能够着三本线，女儿如跌万丈深渊。老师也是心里着急，说了些别的话，语气上有些硬吧，我绝对相信这个时期的班主任都有一颗慈母之心，应该不会说太过头的话来刺激孩子。可女儿的性格潜藏着一份敏感，而且争强好胜，便把老师的那句话当成了晴天霹雳。妻子在接女儿回家的路上，问出事情的真相，开导她别把老师的话往心里去，老师也是为她们好。没想到这种劝说适得其反，女儿认为她妈是为老师开脱，而罔顾她的感受，越发生气，也懒得跟她妈再作交流，只是一个人委屈万分地哭着。

妻子也置气不与我交流。我心里更不踏实，真不知怎样才能与女儿扯起这个话题，把她心里的结解开。熬到晚上十一点多，女儿都没进食，还撑着在她的房间里复习。我装作轻松地揽住女儿的肩膀，像她小时候那样逗她开口。可女儿不吃这一套，她早不吃这一套了。我没别的招数，都已经死乞白赖了，女儿终于忍不住，又大哭起来。边哭边说，爸爸，我不想上学了！让我休学吧！这句话在我脑袋里爆炸了。愣了好一阵，我才强忍着怒气对女儿说，这十二年都熬了过来，就剩最后一个月，再坚持一下吧。女儿抬起泪眼看了一下我，绝望地摇着头，哭得上气不接下气，且全身发抖，拳头攥得过紧，胳膊上的青筋都暴起来了。我看到了女儿眼神里的绝望，那一刻，我害怕了，头皮发麻，不知怎么办才好。

我怎么劝都无济于事，女儿的哭惨烈得如同世界末日，说实话，那一刻我心里有了恐惧感。这节骨眼上，我只求千万别让女儿出啥岔子，她的一生还长，不能因为一次考试就叫她的人生有裂变。女儿与考学，孰轻孰重，显而易见。我决定同意女儿不去上学。妻子却嫌我太草率，她总认为女儿应该有承压能力。可当时的情况几近失控，我这个决定或者不明智，但这时候我只是一个父亲，我不想女儿有任何意外。女儿似乎有点出乎意料，待情绪稍稍有了些好转，她抽噎着对我说：爸爸，我不想去学校，但我一定要参加高考！我知道，内心要强的女儿不会放弃的，她是过于敏感，心理压力太大所致。有了她这句话，我心里还是踏实了一些，拉过她的手说：没什么大不了的，有多少人没有参加过高考，不照样生活得很好？爸爸就是其中一个。

为走出那个阴影，我把话题转到女儿小时候的一些趣事上。说着说着，女儿的情绪慢慢平静下来，我趁机转弯，劝她得吃些东西，不然半夜会饿醒的。女儿点点头，算是默许了。终于，女儿在我的劝说下，上床休息了。那一夜，我却怎么也睡不着。

接下来的事情比我想象的要麻烦很多。既然答应了女儿不去学校，就得给学校一个说法，又不能怪罪班主任，只能不停地请假。临近高考，女儿的学校对毕业班的管制更加严格，连晚上都开设了各种班，由任课老师轮流帮助学生们解惑。这种时候的请假就变得非常不明智而且非常可笑。妻子为给女儿请假找了各种借口，这借口无非就是一个"病"字，各种病。当然，也不完全是造假，女儿心理压力一大，头疼和胃痛的毛病一直就有。只是，我们都不拿那些小毛病当事。或者班主任已经洞察到女儿并非真的有病，而是一种软弱的逃避吧。班主任也焦虑，女儿这样不愿上学的孩子在他们班上也不是一两个，却不能开了这个头，否则会影响更多的学生。班主任自然是不准假，并且声色俱厉：耽搁了高考，后果自负。

妻子在班主任那儿碰了钉子后向我讨主意。比起高考，我还是更心疼女儿，女儿若是出了什么问题，高考又有什么用？当时，我有了最坏的打算，大不了被取消高考资格，待女儿心绪平静下来，回炉复读，来年再考。只要孩子没事。

我把想法告诉妻子，妻子几乎先于女儿崩溃了。我们回到家强作笑颜,绝口不提高考的事,连个"考"字都不提。女儿也是小心翼翼,一如既往地复习着功课。但是,我发现她是茫然的,不知从何处着手,一会儿背英语,一会儿又演算数学题,有点无所适从,但一模给她带来的恐惧已经淡了许多。有天晚上,我还发现她有了笑容,我心里一下子轻松了不少。后来才得知,是她的那些同班好友不断来短信,说是特别想念她,问她何时去学校上课,他们要以壮烈的气概走向那个谁也改变不了的考场,来终结他们十二年的求学生涯。

从学校传递来的各种消息,让女儿在家待不住了,眼看二模临近,她像思考了很久,终于做出决定,要去学校上课。女儿主动提出,我当然支持了,嘱妻子送女儿去学校。原想老师又会说些什么,没想到,老师并没为难我们,也没有对女儿缺课提出批评,从头到尾,根本就没取消高考资格这一说。我悬着的心总算搁回肚子里。一切没我想象的那么坏。

二模的成绩与一模不相上下,女儿依然提不起精神。那个时候,成绩已经不重要了,重要的是女儿不要心理上有阴影。我回到家总是笑呵呵的,与女儿扯来扯去,她再没兴趣的话题,我也试图陶醉其中,连我自己都觉得不可思议,在女儿跟前,我居然没那么多悲观情绪,反而把生活想象得美好极了。可是,不这样,我又怎能让女儿感觉生活其实不仅仅只有高考,还有其他更多的美好呢?

二模之后,妻子又给女儿请了几天假,到最后,班主任的短信询问都变成一种常态的无奈,问的是,孩子今天还来吗?看来,高考前的这段时间,老师们所承受的压力也不亚于正待奔赴考场的孩子们。回家待了几天,女儿情绪看上去已经平稳了,她自己还去学校领了考号,填报志愿时也非常激动地与我们商量来商量去,对于我们的意见,她也平心静气地接受。紧接着看考场,规划去考场的路线,连应对堵车转地铁的方案都制定了出来,一切似乎都在正常运行。按我当时的想法,只要正常去考,至于成绩怎么样,真的都不重要了。那个初夏,我是数着时间过完每一天的,简直是度日如年,相信许多家长都有过这种感受。

可喜的是,女儿高考时发挥正常,虽然经历了高考前的变故和煎熬,顶着莫大的压力,但还是顺利地考入了她理想的大学。

那个度日如年的初夏·温亚军

冬至如年

徐则臣

　　人老了对生命和死亡的看法会变。70岁后,祖母突然热衷于谈论死亡。之前有20年她对此毫不关心,每过一天都当成是赚来的,一年到头活得兴兴头头,里里外外地忙,不愿意闲下来。

　　这20年的旷达源于一场差点送命的病患。50岁时,医生在祖母肺部发现了可疑的阴影,反复查验,尽管好几家医院都说不清楚这阴影究竟是个什么东西,但结论却惊人地相似。当时正值寒冬,马上到春节,医生们说:回家准备后事吧,过不了这个年。那时候中国还处在喑哑灰暗的上世纪70年代,医生的话跟毛主席的语录一样权威。一家人抱头痛哭之后,把家里所有的钱都拿出来,又借上一部分,决定再跑一家医院。去的是大城市里的一家军队医院,在遥远的海边。其实也不远,一百里路,但对一个一辈子生活在方圆五公里内的乡村女人来说,那基本上等于天尽头。祖母有生以来第一次看见了大城市,有楼有车,马路上的人都有黑色的牛皮鞋穿,她觉得来到了天堂里,死也值了。她做好了准备。可是医生在经过繁复的检查之后,告诉我们家人:尽管没查出明确的毛病,但应该也不至于死,回家好好活,活到哪算哪。

　　等于从鬼门关前走了一遭又回来,祖母满心再生的放松和欣喜,决定遵照最后一个医生的嘱咐:活到哪算哪。就活到了70岁。70岁的时候身体依然很好,好得仿佛死亡的威胁从没降临过。这个时候,祖母突然开始谈论死亡。那时候我外出念书，每年只节假日才回家，一回来祖母就跟我说，在我不在家的这些天，谁谁谁死了，谁谁谁又死了。白纸黑字，好像她心里有本"录鬼簿"。祖母不识字，也不会抽象和逻辑地谈论死亡，她只说一些神神道道的感觉。有阵风过去，她就说，有人死了；一块黑云挡住太阳，她就说，谁要生病了；满天的星星里有一颗突然划过夜空，她就说，某某得准备后事了。有一年暑假我在家，祖母坐在藤椅上觉得浑身发冷，她跟我说，这一回得多走几个人了。

的确，年纪大一点的老人经常会约好了一起死，75岁的这个刚埋下地，74岁的那个就跟上去了，一死就一串子。过去我不曾在意过，到祖母70多岁开始不厌其烦地谈论死亡时，我才发现，在乡村，死亡真的像一场瘟疫，开了一个头，总会一个接上一个。所以祖母说，巷子里的风都大了。她的意思是，人少了，没个挡头，风就可以越来越肆无忌惮地满村乱跑了。在70多岁的某一年，祖母开始抽烟、喝酒。过去活得劲头十足，每天都像过年，现在要把每天都当年来过。70多岁了，祖母还是很忙，但动作和节奏明显慢下来，从堂屋到厨房都要比过去多走好几步，往藤椅上一坐，经常一时半会儿起不来。她坐在藤椅里慢悠悠地抽烟，目光悠远地对我讲村里已经发生的、正在发生的和将要发生的死亡。

现在想起祖母，头一个出现在我头脑里的形象就是她坐在藤椅里抽烟。祖母瘦小，老了以后又瘦回成了个孩子，藤椅对她已经显得相当空旷了。她把一只胳膊搭在椅子上，一只手夹着烟，如果假牙从嘴里拿出来，吸烟时整个脸都缩在了皱纹里。除了冬天，另外三个季节藤椅上都会挂着一把苍蝇拍，抽两口烟她就挥一下苍蝇拍。有时候能打死很多苍蝇和蚊子，有时候什么都打不到。这个造型又保持了20年；也就是说，从祖母热衷于谈论死亡开始，时光飞逝中无数人死掉了，祖母在连绵的死亡叙述中又活了20年。

临近90岁的那几年，祖母每天都会犯一阵子糊涂。除了我，所有半个月内没见的人她都可能认不出来。即使是我，她最疼爱的唯一的孙子，有一次在电话里也没能辨出我的声音。我在北京，隔着千山万水跟她说了很多嘘寒问暖的话。然而她放下电话，跟我姑妈说，刚才有个男的打来电话，让我多喝水，多吃东西，谁啊？

还有一个重大变化：她不再谈论死亡。一天里有越来越多的时间坐在藤椅里，偶尔挥动苍蝇拍，话也越来越少。死亡重新变成一件无足轻重的事。

因为间歇性的糊涂，我们经常把她的沉默也当成病症之一，看她安详地坐在藤椅里，不忍去打扰。只有等她想要说话了，我们才陪她聊一聊。她开始谈论各种节日和节气。这个我能跟她老人家谈得来。土节、洋节，各种稀奇古怪的节日，我基本上都知道一点，传统的二十四节气也能扯上几句。我还不识字的时候，二十四节气歌和一些农谚就会背了，这大概是大多数乡村知识分子家庭里的孩子都要经历的启蒙教育。这些年我跟土地渐行渐远，与乡村为数不多的联系之一，也仅是靠着那点童子功，能把二十四节气有口无心地背下来了。祖母在谈论这些节气时像回到了20年前，而一旦回忆起在这些节气中的个人史，祖母思路之清晰，简直就像回到了40年前。某年某节，某件事发生了。某年某节，某个人如何了。她用她为数不多的清醒时光回忆了90年里的各种节日和节气。

"那个时候，"祖母说，"我就想活到过年。"

我明白。医生当时断言，她过不了年。"都是过去的事了，奶奶。"

"现在不想了。过了年也就那样。"

但她对春节还是最看重。在她的一生中，最大的事情不少都发生在这个天寒地冻的日子里。因为过年的时候一家人总要团聚在一起，一夜连双岁，是终点也是起点。

祖母去世在冬至的那一天：她完全是掐着点儿要在那天离开人世。这当然是我们事后的推断和发现。

是我们迷信吗？祖母能决定自己的死亡？我们一直在怀疑，但不得不承认，从她决定不再进食开始，她的确就一直在扳着指头数。冬至前的半个月，祖母从藤椅上下来，经过走廊前的台阶时摔倒了，摔裂了右脚踝骨。就算对一位90岁的老人来说，这也不算多大的伤。对祖母来说更算不了什么。在之前的5年里，因为股骨头坏死，祖母相继动过两场大手术，第一次植入了人造的左股骨，第二次植入了人造的右股骨。换了两根骨头，祖母依然能够拄着拐杖到处走。

踝骨骨裂无须大惊小怪。不过伤筋动骨一百天，需要耐心养。祖母枯瘦，医生建议打点滴给祖母消炎和补充能量，以利于恢复。祖母在医院里静脉注射了几天药水，出院后回到家，某个早上却突然决定不再进食。祖母多年来一直是过于有主张的人，说一不二。开始还愿意喝点粥，两天后，一颗米粒都不进，只喝稀汤；然后稀汤和牛奶也不喝，只喝白开水；很快连白开水也不愿大口喝，只能过一会儿喂一汤匙，润润喉舌。12月天已经很冷，祖母躺在床上，你把她两只胳膊放进被子里，她就拿出来，两手交叉，闭着眼，缓慢地扳动手指头。不说话，只是一遍遍数手指头。给她挂水打点滴更不答应，连着针头一起拔了扔掉。不吃，不治，闭着眼数手指头，数得越来越慢。直到某一天，手指头不再数了，很长时间才能艰难地睁一次眼。她不再说话，除了嗓子里偶尔发出的痰音，再也没有说过一句话。

一大早我还躺在北京的床上，母亲打来电话，说祖母可能要不行了，抬头纹都放平了。在乡下人的观念中，抬头纹摊平了意味着人走是眼瞅着的事。我赶紧往机场跑，回到家，祖母躺在床上，睁了半只眼看了看我，接着又把眼睛闭上。我不知道这一次她老人家是否认出她的孙子来。她没吭声，再也没吭过一声。

接下来是残忍却无奈何的漫长的守候。漫长是指那个煎熬的过程，残忍也指的是那个煎熬的过程，你知道她在奔赴死亡，你知道无法救助，你还得眼睁睁地看着她的生命一寸寸地从她的身体上消失。这种守候简直是一种谋杀。一天过去，一夜过去；又一天过去，到晚上，祖母早已经神志不清，你知道缓慢的死亡对她也是煎熬，但你也得顺其自然。先是胳膊不再动，然后是腿不再动；祖母偶尔转动一下脖子的时候，93岁的祖父经过祖母身边（这也是在他们共同的生活中，最后一次经过祖母身边，其余时间祖父把自己关在房间，一个人悲伤和回忆），祖父说："她要等到12点。"

12点就是半夜，零点，是新一天的开始。被祖父说中了，12点前后，祖母突然挺了一下身体，不动了。再没有比那夜更漫长的夜晚。

的确没有比那夜更长的夜晚。那天是冬至。那一天太阳直射南回归线，北半球全年白天最短，黑夜最长。那一天在北方，是数九寒天的第一天，明天会比今天更冷。

我们的哭声响起。祖父在房间里说："这日子她选得好。"

是不是祖父都知道？他们在一起生活了70年。祖父说，这一天要吃饺子，要给祖先上坟烧纸，这一天要当成年来过。我知道往年冬至也要吃饺子、上坟，但从不知道这节气有祖父这一次语气里的隆重。

冬至，"阴极之至，阳气始生"，古时它是计算二十四节气的起点，也是岁之计算的起讫点；这一天如此重要，仅次于新年，所以又称"亚年"；民间常说，"冬至如大年"。

祖母过了年，也到了冬，圆满了。愿她在天之灵安息。

关于拖拉机的研究报告

张立宪

一

前些天见到一头"失散"多年的"猪",他看我的眼神躲躲闪闪,令我很是纳闷。坐到饭桌旁,我忍不住追问,他才鼓起勇气说,俺还欠你稿子呢嘿嘿。我忽然回过味儿来,那是十年前我约他的稿子。

现在,我离开那家单位都已经六七年了。相逢一笑泯恩仇,为那篇永远不可能问世的稿子喝一杯酒拉倒。当年可没这么超脱,记得我还改编过齐秦老师的《思念是一种病》,哀怨地献给他:"当你在磨磨蹭蹭的另一边,我在等待的路上没有尽头……"

拖拉,是人性中最顽固的一种病。那些皮糙肉厚历久弥拖的拖拉机啊,多少次闯入我的梦中,成为俺辱骂或痛打的对象,梦醒时分,还得哄这帮人高兴。我的世界最灰暗的时刻发生在四年前,一篇稿子迟迟不交,整本书万事俱备,但不能付印。记得那天我坐在后海的边上,手执手机,拨了千百遍但那家伙依然不开机。绝望之下,我望着波光潋滟春光无限美的湖面,想干脆就这样跳下去,省得再受这些王八蛋的气……过了一会儿,有朋友过来,才把我从死亡的悬崖边拉回来。

让我继续生活下去的办法并不复杂,只需一起愤怒声讨一会儿那头拖拉机即可。朋友陪我骂了一会儿，我气消了，也觉得措辞有些狠，就说其实也怪我贱，他早就声名狼藉了，我还偏偏主动送上门去受辱，千错万错都是我的错。

是的，这才是颠扑不灭的残酷真理：没有拖拉机的错，只有找拖拉机的人的错。

从那天之后，我淡定下来，以后再约稿，千万不要找那类拿不到他的稿子你就难受的人，而要找那种不让他写稿子他就难受的人。

这大概是对付拖拉机的唯一法门。有些不知死的编辑可能会说，给他们足够多的时间，就不信写不出稿子来。官人有所不知，对于职业拖拉机选手来说，你就是给他六年的时间让他写篇一千字的稿子，他也只是在最后的六十分钟才开始构思……能按时拿到稿子就不错了，大多数还要再给你拖上六年。

采取惹不起躲得起的战术之后，事不关己，旁观者清，我发现拖拉机也有它的生存之道。

那些拖拉机因为理上输了三分，所以都有一副好脾气，任你冷嘲热讽，这一点在人人都是"暴力"分子的现如今，还是难能可贵的。为了解释自己的拖稿行径，他们声称电脑系统崩溃过无数次，写了大多半的稿子就这样功败垂成；或把自己的亲人弄病过无数次，百善孝为先，只好大义灭稿。有的练就了表演功底，用那种忧急如焚的口吻说，我家里有点急事儿先不跟你说了稿子马上就交。有的培养了反应能力，一听是催稿电话，马上把手机伸到嘈杂的窗外取点儿环境音响，假惺惺地说我在地铁里信号不好过会儿打给你，然后销声匿迹。有的还能变声，在躲稿债期间见到债主的电话就不接，聪明的债主换个陌生电话打过来，这主儿也早有防备，先用娘娘腔问一声"喂"，听对方若是来讨债的，就急忙娇滴滴地回道，我是他的朋友耶，他现在不在这里我也找不到他，然后撒腿就跑。

唉，都不容易啊。

三年前,我加入到陈晓卿老师的《森林之歌》战斗小组,工作之余与各位战士探讨人生,提起拖拉机,莫不人神共愤。提起与拖拉机打交道的多年经验,我说,不管那帮家伙搬出什么样的拖稿理由,我都可以一语将其识破。

再往下探讨,我发现可以成立一家公司,专门代理媒体来催稿。我们的催稿特工,名唤"零零六",让那些重型拖拉机闻风丧胆生不如死。

再往下探讨,我们酝酿拍一部大片,名叫《零零六大战拖拉机》。故事讲述的是,《读库》因为一个叫陈晓卿的家伙拖稿,迟迟不能出版,严重打乱了其纳斯达克上市步伐,诸位股东三宅一生的梦想即将成为泡影,于是重金聘请催稿特工零零六出山。风流倜傥酷得流汤的零零六啊,身披风衣慢动作出镜。他准备绑架陈晓卿的儿子为人质,逼迫其把稿子交出来……经过一番偷天妙计和殊死搏斗,最终零零六抱得稿子美女归。

剧力千钧,特技出众,故事情节跌宕起伏,豪华阵容一时无两,多好的一部大制作,横扫国际票房,拿奖拿到手软,毙掉冯凯谋,不让斯卡伦……

如你所知,这部炫到极点的神作,被一群拖拉机拖到现在,连个脚本都没有见到。

二

我家的小时工阿姨曾经有一次探讨她做的菜为什么差点儿意思。六嫂说,是因为你没有带着爱意去做。

不知道这种唯心主义的说法有没有科学依据。但据此可以解释拖拉机之所以成为拖拉机:屁股坐得不够沉,是因为对他做的事情爱得不够深。反过来说,即使是再万恶滔天、人神共愤的拖拉机,也曾有过贱得嘀嘀叫的辰光,不用人催就一挥而就。那是为什么?因为那件事情让他迫不及待要抒发感情,他爱它就像老鼠爱大米一样,晚几分钟就要憋出人命。

写完第三篇关于拖拉机的文章后,我并没有停下思考的脚步,而是继续锲而不舍地总结这些奇怪生物的病征,发现确实跟爱情有关:

有的兄弟要做一件事情,总喜欢把架势拉得很大。材料堆积如山,计划丝丝入扣,四处搜寻弹药,周知亲朋好友,把自己洗得干干净净的,还要吃几顿好饭祭旗,连成功后的发布会请哪些嘉宾、祝酒词念叨些啥、要鸣谢哪些在世好友和已逝亲朋、自己的艰难岁月渲染到什么程度都想好了——然后,这件事情不知所终。君不见,有些人呼天抢地嚷嚷爱一个人,向全世界人民晒恩爱,把属于两个人的感情表演给很多人看,不也是因为他自己那颗脆弱的小心灵对这段感情吃不准吗?秀给群众看的爱情,不是试图绑架对方,就是无法说服自己。拖拉机亦然。

一些拖拉机手,在其任务列表中排得最重要、最实质性的那些事儿(其实也不见得有多复杂),一定要磨磨蹭蹭半推半就,最后把人家拖到高粱地里。而那些无足轻重、可有可无的边角余料(没准更麻烦费劲),却能效率极高地超前完成,手脚特利索。有另一种重型拖拉机手,放着任务列表中的事儿不去做,反倒主动招揽些跟他无关的活计,津津有味、耗时耗力做好,还余勇可贾地左顾右盼。君不见,那些逃婚的新郎或新娘,主动说起别的来眉飞色舞振振有词,被动说起正事来推三阻四磨磨叽叽,似乎早些品尝胜利果实就对不起谁似的。是的,对不起,再动听的理由都只有一个残酷的真相:你没有燃起人家那种不顾一切的爱情。

综上所述,拖拉机关乎爱情,那么,在真正的爱情面前,拖拉机就会像《地心引力》里的地心引力一样不存在。

由此可证,治疗拖拉机的特效药是:不做那些自己不喜欢的事情。

问题就来了。人生在世,谁能保证自己做的都是喜欢的事情,对不喜欢的活计扭脸说声No呢？尤其是那些年轻人，居大不易，为温饱计，不得不咬牙接一些脏活累活，心里泛不起情感的涟漪，产生抵触心理，也在所难免。逆来顺受，不会愤怒的年轻人反倒没出息。还有的人志存高远，身在此处，心在彼岸，为了一个崇高的目的卑微地活着，接些距离自己理想甚远的单子，只为攒钱买张去彼岸的船票，也就有了些悲壮色彩。瞧，在冷酷的现实面前，拖拉机的心理动机就像《地心引力》里的地心引力一样永远存在。

论证到这里，答案昭然若揭：一些人到中年、生存压力不那么大的拖拉机，既无温饱之虞，又无人强你所难，何必给自己揽写不情不愿的活计呢？这属于自我主动降低生活质量的贱法，再也不能这样活。

还有些中年拖拉机，误以为自己是精力弥漫的青壮年，欲望无限多，能力无限大。一张贱嘴，一双肉手，对人对己夸下许多海口，许下许多诺言，最终力不从心，所以干得左支右绌。这已经不是爱意不足的问题，而是爱的能力有限了。

活了好几十岁，少年已老，意气不再，还不知道自己那几亩地里能出产多少庄稼的人是可耻的。都这么大岁数了，自不量力地承揽许多的活计，描绘恁多蓝图——实在是说不过去了。

古街深处封存的伤心和温暖

梅洁

1

七年前的2006年2月,当我拿到了一张海淀区公安局颁发的居民身份证时,我便真正成为北京的新市民了。一时间,我的亲戚、朋友纷纷发短信祝贺,我感受着他们快乐的祝贺中对首都"北京人"的艳羡。

作为北京的"新市民",对于亲朋好友们的艳羡我没有优越感,却有一丝淡淡的伤心。上世纪六十年代,我曾在北京上了五年大学,大学毕业时,我们全部"四个面向"了——面向边疆,面向农村,面向工矿,面向基层,北京一个学生不留,我们连"留京"的梦都没有做过。我们潮水般退出了这个城市,我们走得很远很远,走得销声匿迹。

九十年代伊始,当我在僻远寒凉的乡村、高原磨炼了二十年后,当我把生命最宝贵的年华留在了大漠的风里之后,我想回到一个风小一些、气候温暖一些的地方。那时,如果我勇敢地回望一眼北京,我想凭着我们的实力,我和我的大学同班后来成了我的亲人的那个男人,是会成为北京的优秀建设者的。然而,我们依然没有回望北京的勇气,一丁点也没有。直到前些年,我挚爱了一生的那个男人走了,他化作了一缕白烟,在宇宙间消失得无影无踪时,北京才敞开胸怀,接纳了我。北京说我的两个儿子都在北京,我是可以随儿子迁进北京户口的。这个政策是当年攻读光通信博士的小儿子从网上发现的,是北京市公安局在网上发布的,是对天下如我这样的母亲或父亲们制定的。小儿子如同发现新大陆一样兴奋,然后下载下来发到了我的电脑邮箱。

之后发生的事如同做梦:大约就是给大儿子户口所在地的派出所打了几个电话说明情况,派出所让我邮寄了几份有关材料,我就成为有北京户口的北京市民了。我至今都在感激派出所那位年轻的范姓女干警,仅仅是几个电话啊,仅仅是两个月时间啊,她就为我办妥了我几乎用全部生命历程都办不成的事。当她电话通知我必须来京照相办身份证时,我好长时间顿在那里,以为我听错了什么。很长时间我都处在梦一般的恍惚中:世上真的有比登天还难的事可以像过马路一样容易?!

可我已经老了。我的生命已经非常疲惫非常脆弱了。

如今七年过去了,自来北京后,我除了独自蜗居在京西的住宅里外,便是一个人静静地在一些想去的地方走着……

2

静静地梦幻般地一个人走着。

这座泅渡了我们青春的城市让我怀想,让我依恋。

圆明园遗址去过了。我和我的大学同班是在这片遗址上流泪牵手,最终决定了一生的相依相爱;

位于圆明园北面的母校去过了。我们是在那所高等学府度过了风雨交加的五年;

鼓楼大街、烟袋斜街去过了;花60元乘漂亮的黄包车,把前海后海的四合院看过了;把青年时代多次去过的颐和园、天坛、香山也默默地走过了……

　　然而,对于前门大街、前门大街左侧的大栅栏,这个800年京都人文文化最荟萃、商业文化最发达、百年老店最集中、古建筑恢复最炫目、京城最繁华热闹的地方,我却心仪了一次又一次,就是一次又一次踟蹰,一次又一次怅惘,一次又一次欲踏进又缩步。

　　2008年,前门大街改造成为步行街。我从电视里看到恢复或重建的古建筑满街巍然屹立,看到大栅栏街里辉煌着无数百年老店,看到消失了四十多年的"当当"车(有轨电车是在我从南方来北京上大学的那年给拆除了)又出现在前门大街,那一刻我内心充满欢欣,充满温暖……去前门大街去大栅栏走一走!我下过几次决心。但几次跃跃欲试最终依然却步。

　　古老的大街封存了我怎样的温暖和伤心啊……

　　1969年,北京的大学生们已经和正在潮水般退出这座城市,在圆明园遗址定了终身的我和我挚爱的大学同班,决定在离开这座城市前照一张合影,我们毅然选择了正阳门前的"大北"照相馆。那时乘公交车分段计费,一角、二角、五角……我们都是贫穷学生,花一角钱车费都很心疼。我们两人决定步行到前门"大北"照相馆。从西苑出发,我们一直走,但没等走过中关村,在中央民族学院门前我便脚趾起泡、寸步难行了。我们不得不乘车来到了前门。

　　"大北"照相馆为我们留下了青春,留下了挚爱。我和我的男人没有结婚照,也没等到银婚、金婚,他就一个人走了,他的离世成为我一生的悲苦。唯有"大北"照相馆为我们学生时代留下的这张合影成为我永世的珍藏。

　　创建于1921年的"大北"照相馆,担负着为全国历次重大会议(全国人大、全国政协会议等)拍全体合影、为中央各政要拍照片的重任。其实,我们当时并不知道它辉煌的历史,只是我的那个同班男生他知道前门有个很好的照相馆。他知道这个照相馆是因为他的舅舅在大栅栏里街一家旅馆上班。我见过他舅舅,舅舅姓炼,清瘦而干练,炼家在清末时出过举人。炼家舅舅1949年前就在大栅栏经营旅馆业,之后公私合营,之后他老家的妻子去世,之后他与小他二十多岁的被人民政府镇压的前北京警察局局长的遗孀成婚。在大栅栏舅舅家,我数次见到新舅妈,她端庄美丽,落落大方,她对我说她很感谢舅舅对她的"收留"。

我们结婚后来大栅栏看过舅舅、舅妈,舅妈带我到"瑞蚨祥"绸布店买了一米凡尔丁布作为送给我的礼物,她让我拿回去做条裤子。凡尔丁是那个年代很时尚很奢华的一种化纤布,也是我结婚前后收到的唯一的一件礼物。无论后来的岁月我有多少衣服、多少布料,我都难忘新舅妈送我的那块凡尔丁布。也是在那时,我知道了大栅栏里的百年老店"瑞蚨祥"。

七八十年代,无论是我从塞北回湖北老家,还是到北京出差,我都是在炼家舅舅的旅馆住宿。那个年代,北京的旅馆不多,住宿也很严,没有单位的介绍信旅馆是不收的,舅舅的旅馆也一样。但毕竟与大栅栏熟了,买东西、就餐很方便。舅舅的旅馆临街,附近就有"内联陞"鞋店,我在鞋店为我的母亲买过老北京布鞋,在街边大观楼影院看《野火春风斗古城》的电影,到宋庆龄题写的"新中国儿童"商店为我的儿子买童衣、童鞋……

最难忘的是,每次住宿大栅栏,我的丈夫总是在一家连一家的小吃店里寻找专卖"褡裢火烧"的店铺,5元钱一盘4个的褡裢火烧和一碗绿豆米粥足够我们解馋也充饥了。

丈夫对皮焦、肉嫩、味香的褡裢火烧的钟情,成为我做主妇后的年月一次又一次仿效自制的美食……

八十年代末,炼家舅舅去世了,之后,我们就不再去大栅栏了。

新世纪伊始,我挚爱一生的那个男人也走了,他把我一生一世的幸福也带走了,唯一带不走的是漫长岁月里不死的记忆,这记忆包含着京城最繁华的闹市——前门、大栅栏为我们封存的忧伤和温暖。

3

2013年5月30日,在阔别了前门、大栅栏二十余年之后,我决定要去生命中不能忘却的那个闹市区走走,我不再迟疑了!

我和挚友韩小蕙约好,午后一点我在光明日报社看望她之后就去前门、大栅栏。见面后小蕙告诉我,从报社前面搭乘特一路公交车,一站即到前门大栅栏站。

下车后,一眼看到对面的便宜坊。穿过鲜鱼口美食街,麻辣鸡块、酱猪蹄、北京卤煮、炒疙瘩、六百年焖炉的"京城第一烤"、"王记"锅贴、京城夜面发源地的"永丰"夜面、老北京酸梅汤、炸酱面、爆肚……满街的美食真是让人馋涎欲滴了。

终于,走到了前门西侧街头。在大栅栏入口,第一家店就是"三希堂",坐落在店门口的"三希堂"铜像在阳光下灼灼闪光。

依然是入口处的"前门八大祥"之一的老字号"谦祥益"丝绸店,紧邻"谦祥益"的是清光绪二十三年创建的"正兴德"茶庄。挪步间,就看到了一直未能忘怀的"瑞蚨祥"。默默走进这家始创于清同治元年(1862年)的老店,一阵酸楚与温暖倏忽便涌上心来:端庄美丽的新舅妈、深蓝色的凡尔丁布,顿时幻化成眼前的五彩缤纷。舅妈,你现在在哪儿? 我在心底深深地呼唤着。

走出"瑞蚨祥",街对面就是清咸丰八年创建的巍巍壮观的"步瀛斋",往前走,就是百年的"稻香村"、"东来顺"、"张一元"茶庄了。走过观音街牌坊,大观楼就巍峨在眼前了。继续往前走,天津"狗不理"包子铺大栅栏分店门前,太监伺候皇太后吃包子的塑像惟妙惟肖。路南一侧是海内外享有盛名的开业于清康熙八年的"同仁堂"药店,电视剧《大宅门》的故事让我不由得多看了它几眼。

继续往前走……

炼家舅舅的旅馆应该早到了,舅舅,你能否告诉我,你的家现在在哪儿?我和你甥儿无数次落脚的旅店在哪儿?走过来走过去,再走过来再走过去,"智能源"宾馆、"东升平"宾馆、"青云阁"酒店、"中联鑫华"酒店、"安馨源"宾馆、"红达悦"宾馆、"宾客来"宾馆……仰望着眼前高高耸立的一座座古老建筑和鳞次栉比的老字号商店、酒店、旅馆,我在心底喊,炼家舅舅,哪家酒店、旅馆是你当年无数次接纳两个清贫学生的地方啊?

走着走着就走到了黄昏,走到煤市街,走过廊坊四条、六条,终于走进了门框胡同。

在这个狭窄、拥挤的小巷里,在一家挨一家的小吃店旁,我终于看到了经营褡裢火烧的"同义轩"饭庄。怀着感念的心我走进了这家饭庄,无论此饭庄是不是当年那个爱我的男人数次带我吃美食的饭庄,只要有褡裢火烧就够我怀念了!

不知是离夜宵时间还早还是别的什么原因,饭庄此刻没有一人就餐,唯有经营饭庄的一中年妇女和年轻女孩安静地坐在餐桌旁。

在我落座的瞬间,便看到墙壁的宣传栏里写着"1876年顺义人民姚春宣夫妻始创褡裢火烧"的简介,这种色泽金黄、焦香四溢、鲜美可口的油煎食品,在经历了近140年之后,成为了今天遍布京城的名小吃。

还如当年一样,我要了二两褡裢火烧、一碗温热的绿豆米粥、一小碟咸菜。不一样的是我对面永远不会再坐着我挚爱的那个男人了。我一边品尝着这百年美食,一边泪流不止。中年女人见状递过餐巾纸,问:"你是辣椒蘸多了么?"

从门框胡同出来已华灯初上,大栅栏旋即沉没在一个霓彩的海洋。我匆匆走上前门大街,我要去拜谒我心心念念的"大北"照相馆。四十多年过去了,当年的建筑已不复存在,修缮一新的"大北"照相馆应该是今天的前门一景,那在原址上拔地而起的彩绘楼阁在夜色中分外辉煌耀眼。走近它,走近它!

默默抚摸它红艳无比的廊柱、华丽的门壁,我又一次泪流满面——这个为我们留住了青春和怀念的地方呀……

抬头望天,我多么希望天堂里那个高挑英气的男生,此刻也在凝望京华这片瑰美之地,凝望我们生命与爱情流连过的地方……

前门、大栅栏,这个中国最繁华最喧闹的街市,安放了我一份久远而寂静的感情。

编　后　语

　　每到年终岁末,总是要梳理一番过去的日子。编辑出版《散文海外版》2013—2014年度精品集,便成为年底必做的一项工作。作为一本荟萃海内外佳作的散文类选刊,《散文海外版》多年来秉承自己的办刊原则,编发了大量优秀的散文佳作,受到读者喜爱。翻检着这两年来刊发的几百篇作品,读着那些熟悉的文字,品味着那些曾经带给我们感动、舒畅、沉重、风趣、感悟、轻松的文字,被美文陶醉的情感依然醇厚。能够回到过去的时光,体验曾经拥有过的付出后的喜悦,这些如珠玑般的文字,便显得更加亲切,编刊的辛苦荡然无存了。

　　如果从实用主义的角度来看,抚慰心灵也许可以作为散文的一种功能罢。作家们以自己的情感、智慧、哲思以及优美的语言,为读者书写着一篇篇名篇佳作,编织着亦梦亦幻,或让人感觉美好,或让人感觉痛楚的文字,在文学的世界里描绘着春的美丽,夏的炽烈,秋的寂寥,冬的雪飘,感知着这个世界的神奇变幻,人生之旅的鲜活体验,精神生活的慰藉满足，往昔历史的遥远记忆等等。作家会比其他人对这个世界感受更加真切，更加深刻，也唯有如此，他的笔下才会流淌出更容易与读者共鸣的音符。这一篇篇从两年间所编刊物中，精选出的能够触动读者心灵的作品，是在作者和读者之间架设的又一座桥梁，旨在为读者提供选读散文佳作的又一种可能。再一次选择，面临的窘境是篇幅的限制，想要做到涓滴不漏是一件很难的事，我们也不得不有所取舍，好在所选篇目应该还能体现出刊物的风貌，体现出我们所认知的双年度散文创作的大致脉络。

本书的编辑出版，是对过去的一个总结，也是我们今后继续努力的一块基石。在未来的日子里，《散文海外版》将一如既往，披沙沥金，遴选佳作，为读者奉献出更多优秀的散文作品，繁荣我们的文学事业。

本刊编辑部

2014 年 12 月